危险

陈幻

湖南文艺出版社
HUNAN LITERATURE AND ART PUBLISHING HOUSE

博集天卷
CS-BOOKY

图书在版编目（CIP）数据

危险 / 陈幻著. -- 长沙：湖南文艺出版社,2013.12
ISBN 978-7-5404-6509-4

Ⅰ.①危… Ⅱ.①陈… Ⅲ.①长篇小说 – 中国 – 当代Ⅳ.①I247.5

中国版本图书馆CIP数据核字（2013）第284063号

上架建议：情感·悬疑·小说

危　险

作　　者：陈　幻
出 版 人：刘清华
责任编辑：薛　健　刘诗哲
监　　制：刘　丹
特约编辑：华海玲
封面设计：颜　禾
封面插画：岑　峻
版式设计：李　洁
出版发行：湖南文艺出版社
　　　　　（长沙市雨花区东二环一段508号 邮编：410014）
网　　址：www.hnwy.com
印　　刷：北京嘉业印刷厂
经　　销：新华书店
开　　本：880mm×1270mm 1/32
字　　数：224千字
印　　张：10.5
版　　次：2013年12月第1版
印　　次：2013年12月第1次印刷
书　　号：ISBN 978-7-5404-6509-4
定　　价：30.00元
（若有质量问题，请致电质量监督电话：010-84409925）

为找到你，

每一分钟险象环生。

序 幕

窗帘能打开吗？

说话的高个子警察站在落地窗前，敲了敲玻璃。百叶窗密实地封着，看不出这是个阳光灿烂的冬天早晨。

客厅里弥漫着一股刚煮过咖啡的香，还有种他说不上来的味道，显然不是空气清新剂。一侧的墙上挂着本简易日历，显示着当天的日期：2012年1月9日。他刚才凑近看过，日历空白处写了三个字：旧金山。

如果不是有人报警，这就是一个西化人家的正常早晨。

他转身看了看那个一言不发的问话对象，这幢别墅的女主人——自打给他们开了门，她就端坐在厨房门外的餐桌前，面无表情。估计有查水表的上门，她也就这样了。

有种人就是这样。他心想。

餐桌上摆了一套精致的杯子，旁边一盒散装巧克力，还有两张吃过的巧克力包装纸，她把它们摊平，叠放在一起。除此之外，整个房间异常整洁。整洁得像是没人住。

找着开关了！一个年轻警察在旁边叫了起来。

百叶窗缓慢升起。光线从南北两面的玻璃墙透进来。房间起了变化，白的地方显得更白，整洁的地方经得起光的考验。屋里气氛一时有些紧张。

窗帘遮住的是个花园。高个子警察目光粗粗地扫过去，目光停在挨着后门这一侧的花园。土有刚翻动过的痕迹。大冬天？

他回头看看女主人。她脸上没有任何异常。

亮堂多了。他坐到她对面的椅子上。顺便看了眼她身后的走廊。尽头有一扇门是关着的。

"姜燕是吧？是这样，有人报案，说你爱人张铭失踪了。"

姜燕抬起眼睛。

"你爱人的妹妹，张颖，说十几天联系不上她哥，还说他定在圣诞节的画展也取消了。她怀疑……当然，她也只能叫怀疑，现在谁都不能确认这件事的性质——"警察的身体向前微倾，说得很慢——"她怀疑她哥已经不在人世了。"

他一说完，谁也不动了，注意力全部集中在姜燕身上。

"你爱人现在人在哪儿？"

"姜燕？"

他提高了音量，好像要确认她的听力是否正常。

沉默中，姜燕手颤抖着把巧克力盒子护在手里。看到她这个动作，两个警察交换了一个眼神。

他把目光再次投向姜燕。"如果你爱人确系失踪，我们也会帮你找到他。问题是，我们得先确认他是否真失踪了。你知道，他妹妹那个指控不是闹着玩的……你能告诉我，她有什么理由那么说？"

姜燕推开椅子站起来，说出今天的第一句话。

"你们的意思是我杀了他？"

"我只是问你，张铭现在人在哪儿。"

姜燕不再回答，过去打开了他们进来时的大门。

他站起身，再次打量了一下这个漂亮又整洁的别墅，还有站在门口那个冷静到有些冷漠的女主人。

"看来……我们还会再见面。你说呢？"

春

第一章

2011年4月15日 晴

20天。追逃。

5个抓了现行，1死。

全胜。

抓捕的时候一直想吐。头天晚上就胃疼，加上张胖如雷贯耳的鼾声，一晚没睡成。

5点多起来屋里瞎转。张胖睡得快掉地上了，那么黑，我都能看见他的口水。

此人行动时胆小如鼠，怎么混进这队伍的不详。优点是什么事儿都不走心，永远睡得气势逼人，我怀疑他平时都是装的。我好像正相反。

想叫他起来陪我去吃碗桂林米粉。走了两条街，终于吃上了。我自己。话说到桂林这都俩礼拜了。

熬到7点集合吃第二遍早饭。总比什么都不吃强，下顿也不知什么时候。一天也就这样了。

坐上车胃又开始疼。到达现场疼到一个高潮。幸亏这次行动还算顺利。酒真是不能再喝了。

也不知道是不是疼出了幻觉，那哥们儿毙命前，我听见他喊了一声"你们给我好好活着"。周围也没他的同犯，喊给谁听？

除了他，谁又不想好好活着？看看其他那5个，活得好着呢。没准儿他这一死，还能活得更好。

回京路上我问张胖，他说没听见。又问老刘，也说没听见。没人听见。这就诡异了。是我灵魂出窍，还是他灵魂出窍了？我明明听得真真儿的。

是从15楼跳下去的，迎着风。说出这句话，好像是个舍生取义的英雄人物。看了我一眼，就下去了。楼下刚好是个小吃街，幸好没砸着人。就是那家小吃店老板有点儿心疼自家的门脸。

屋里还有8个红口白牙，都没听见。

这事儿只能用前几天那个老美在课堂上讲的"选择性记忆"来解释——人会主动去记一些和自己有关系的事儿。包括我会记住这个，包括……

他用的是"剪辑"这个词。同一件事，每个人都有一套独特的剪辑方法。身为警察，就是要找到每个当事人背后的那套剪辑原则，揭发出全部真相。

那，我的原则是什么？这跟我有关系吗？我不想好好活？不想好好活我干吗还准备了一件礼物?

"不去做一件事的理由,一个就够。去做一件事,却要找好几车的理由——还不一定去做。"这是上回喝酒,张胖那傻×总结的我。我最烦别人一副看透我的蠢样儿,当时我就一把花生米拽丫脸上了。

不说准了我能急吗?我得承认,我多少受了点儿刺激。再傻的货也偶有灵光一现。

"你得让她知道。"张胖说。把这句话刻脑门儿上。不能满足于每礼拜在网球场看看她,扯那几句闲淡。"杨霄,你的人生不能老停在这儿。"

如果我这次表白成了,我真他妈没法承认,人生是被这么个蠢货开启的。

在一大包桂花味儿的姜糖和玉坠子之间我选了前者。优势是吃的东西还有个期限。

"你得有求胜的欲望。"上次打球那教练也这么说。

有没有这份欲望,差粗了。我他妈3盘都输在抢7。几乎放弃了以后转行的念想。

跑马拉松的时候想终点是件可怕的事。也不能完全不想。不能完全泡在路上。得在想和不想之间。我真佩服自己这悟性。

得亏有3天假,还刚好赶个周末。去之前还是喝了2两。

路上一直忐忑,总觉得哪儿不对。后来一想,真够缺的,开车不能喝,特别行动不能喝,谁规定打网球的时候不能喝?

桂花姜糖在包里。脑门上刻着"你得让她知道"。

到底怕什么?距离?我和她的距离能有多远?有马拉松远吗?

有15层楼跟青石板地面远吗？

人生就是这么扯淡。好不容易被张胖洗了脑，打足了狗血，她今天却没来网球馆。

我又有点儿看不懂了。

许璟楠，你为什么偏偏今天不来？

1

许璟楠第一次看见海是在青岛。青岛带来的第一次还不止如此。

作为内陆长大的姑娘，没见过海很正常，但是到二十五岁还没见过，除了地域问题，也难免让人怀疑她之前的生活质量。所以她一直没把这个细节告诉一路同行的女孩刘欣。看见海之前，之后，她都不能表现得太没见过世面。

"在海里游泳就有一点不好，有浪，呛到咸了吧唧的海水可够受的。"借着飞机上的一阵颠簸，她已经做过铺垫。心虚时语速加快，特别像她平时玩杀人游戏抓到杀手牌后的症状。刘欣白了她一眼，不明白这有什么好说的。

到达时正是黄昏，夕阳西下，一群人聚集在海边突起的岩石周围拍照，他们身后是一轮近乎樱桃红的落日。太阳沦为道具后，也不显得那么动人了。刘欣也很快挟持摄影师加入了拍照的队伍。

许璟楠站在四月的青岛海边，以那种看一块肥皂般的淡定，看着这个庞然大物，暗暗刷新着她的阅历。确实没什么了不起，唯一有点震撼她的，是海天相接的延长线。能看得见的汹涌，随距离拉远变得平静，直到和天相接的地方，近乎一幅静止画面。只是想到海深处真正的情形，她又觉着有点心慌。

"好个地中海风格。"进了宾馆房间，她把行李箱踢进梳妆台下面。

这是个陈列简易的标准间，很小，只有一扇对着树林的小窗户，如果不是茶几上扔着本海岸线观光图，根本看不出这是在海边。

"你也听见了，海景房要留给这次来参加活动的艺术家，怎么可能留给我们！"刘欣在过道摊开行李，取出里面的大包小包。"我这样的小报记者，能给我分独立的一间房就够不错了。再说，想看海，下楼两分钟就是。"说完躲进了卫生间，再不提来前是怎么吹嘘的。

许璟楠看看乏善可陈的房间。茶几上，除了观光手册，还有两页打印纸。她拿起翻看，一张是这几天艺术节的行程安排，另一张是嘉宾及媒体人员名单，多是些她没听过的名字。

房间座机响了，她接起来。是宾馆前台打来的，问他们是否愿意换到4楼的1405房，那是一间海景房。

许璟楠以为对方打错了，核实了名字后，前台确认就是她们的房间。她一时脑子发蒙，怎么会？

刚才她和刘欣办入住手续的时候，在前台问了半天能否换成向海的房，对方一口咬定是主办方的安排，他们没权力更改，而且海景房确实已经客满。

"刘欣！"她捂起听筒朝卫生间大喊了一声，转念又觉得不对劲。"要加多少钱?"

"不用加钱,"对方回答,"是1405房间的客人主动提出想和你们换房。"

1405房门开着,门口抵着一只银色的行李箱。

站在走廊里,许璟楠看看身边一脸狐疑的刘欣,意思是这下放心了,她也放心了。1405不是楼层里的第一间,也不是最末一间——刘欣坚持认为这可能是传说中的闹鬼屋。

她们走到门口,房间的气势让她俩眼前一亮,甚至有点梦幻。迎面一整扇落地窗,黄昏的海景在玻璃后优美地展开,还有阳台。一个男人背身站在窗前。

刘欣敲了敲门,对方转过身来,是个四十岁上下的中年男人。

"来了,"他点了点头,环顾四周,交代公事般严肃,"房间里的东西我基本没怎么动,嗯,只喝过一瓶桌子上的水,回头叫他们补上。另外,刚才前台忘了说,这儿只有一张床,好在还算大,不介意吧?"说完他停下来看了看两个女孩。

"不会不会!"刘欣黏乎乎地说道,"只是——"

"门卡在桌上。你们的呢?"他走近几步,目光快速从许璟楠脸上扫过,最终停在刘欣脸上。

"您确定换吗?"刘欣掏出门卡,"那个屋跟这个可是没法比。大概只有这个走廊这么大,而且完全看不见海,洗澡水也不是很好——"

"没事,"男人终于露出笑容,"你们喜欢这个房间就好。刚才在大堂,我听见你们想换房,这不是正好?"

正好？两个女孩对望一眼，明显都无法理解他对正好的定义。

男人不再说话，走到写字台前，拿起桌上的手机和钱包，向门口走去。许璟楠看着这个男人从身边走过，还是觉得哪里有些怪异。

"为什么跟我们换？"她还是决定问问。

他抽出旅行箱的拉杆，有点惊讶地看了看她，好像在说他已经回答过这个问题了。

许璟楠觉着微微紧张。

"我喜欢安静的房间。"

男人走后，许璟楠头皮还在发麻。

"这房子吵吗？"她问刘欣。

屋内隔音相当好，关上门后，几乎听不到什么杂音。那男人的理由不是很奇怪吗？刘欣没有回答，正专注研究桌上那几张打印纸。

许璟楠四下转了一圈，所有的东西都在原位放着，几乎没留下任何入住过的痕迹。卫生间里也干干净净，香皂卫生纸之类的东西都没有拆封。要么是他之前找人打扫过，要么就是入住后很快决定要换房。怎么想都让人难以理解。

屋内装饰是蓝白黄相间的色调，还配了些藤编的装饰物。以她这个室内设计师小助理的眼光看来，说这里是地中海风格还有点沾边儿。最后，没检查过的地方只有进门处那个黑漆漆的衣帽间。她硬着头皮过去，打开门口的灯。除了在镜子里看见自己时吓了一跳，也并没有看见更奇怪的东西。

作为初次海边经历，这确实是她能想到的最高级别住所。

"真住？"她看看刘欣。她个人倒无所谓，可这次旅行是借了刘欣工作的名义。

"怪了怪了……"刘欣有点恍惚地离开椅子,到随身包里翻找着什么,看上去对此事已不太关心。

许璟楠拉开阳台门走了出去。潮湿的海风带着嬉闹的人声迎面而来。

还真是看海的极佳位置。前方没有任何遮挡物,能清楚看见傍晚的海滩,此时还有很多人在沙滩上游荡。只是楼层还不够高,否则会更壮观一些。

这个人到底为什么要把这么好的房间让给她们,自己去住个差的?脑子稍一空白就想回这个问题。在前台询问的时候,没有看到他,应该就在大堂的某个角落里。如果他不喜欢这个房间,完全可以直接调换一间,没有必要非住她们那间。

出于别的目的?能是什么目的?她回忆了一下对方的样子。没太看清,只觉穿着讲究,态度冷淡客气,看什么都是蜻蜓点水,介于不耐烦和沮丧之间。这状态完全符合她对上流社会的想象。即便不是上流社会,至少也是与她和刘欣的世界完全没关系的世界。

她突然想到,他是拿她们俩解闷呢?很可能出于闲极无聊,便决定帮两个将住进海景房视为重要人生经历的女孩实现梦想。没准儿此刻他正陶醉在自己这个居高临下的小把戏里。完全可能是这样!那种态度不就是非常傲慢吗?

想到这里她立即对自己还沉醉于眼前美景感到羞愤。自己在前台的表现更是傻得冒泡。

那个熟悉的坏情绪传送带就此全面开启。本以为换个地方,如刘欣所说的,就可以摆脱在北京时那种糟糕状态。可刚多长时间?任一点风吹草动,那个刚打满了气的"人形"眼看又干瘪下去。

正觉着毛躁，不知打哪儿飞来一只巨大的飞蛾，不要命地朝玻璃上扑腾。她一时有些错乱，分不清这蛾子到底是不是真的。

站起来，关阳台门。门关好后，她盯着那只飞蛾看了一会儿，又有点儿同情它。

一走神儿，门又被刘欣拉开。

"我说他们会让谁住这么好的房呢！"唾沫星子快喷到许璟楠脸上，"你听说过张铭吗……"

刘欣顾自鸣里哇啦的工夫，许璟楠光顾着看那只蛾子了，刘欣开门的瞬间，它在空中划出个得意的弧线，一头扎进了房间。

刘欣终于注意到许璟楠身后的壮观夜景，脸上露出惊奇。

"你说，"她看了看许璟楠，"要是我找他加个采访，他能答应吗？"

2

"你的电话？"坐在茶几对面的女人看看姜燕。

姜燕的心脏猛地收缩一下。最近每次听到电话铃响都是这种状态。这铃声不是来自张铭，当然不是了。

她从包里取出老款诺基亚手机，是个没名字的手机号码。

还是那个号。怎么这时候打来了？她把电话调成静音，放回包里，任它在包里振动。这一过程手心已然出汗了。

"真搞不懂这样的推销模式有几个人会上当。"她没有焦点地望着对方。刚才毛毛躁躁没有按错键吧？如不小心碰着接听键就太蠢了。"每天都要接无数这样的垃圾电话，实在烦人。"

她听见自己好像拼了全力似地说道。她向来不擅长拿捏说闲话的腔调，尤其跟对面这个台湾女人比起来。

女人随即接住话头儿，说这是她来大陆后发现的新特色云云。姜燕听不进去，下意识地把包靠在腿上，等那个振动过去。原本就拘谨的坐姿，这么一来显得更为奇怪。

好一个漫长的过程。

为什么一直没把这个手机卡换掉？她沉重地想。不是多难的事，为什么要任它在各种不合适的时间打过来折磨她？

振动终于停了。她调整了一下坐姿，躲开窗外那束直射她半天的夕阳余晖。模模糊糊觉得自己不换电话卡是有个理由的，因为紧张一时又想不起来。

"姜小姐平时喜欢做点什么？既然是邻居了，可以一起喝喝咖啡聊聊天。咱们这个年纪的女人，要对自己好一点……"台湾女人把沏好的花草茶推到姜燕面前。

"咱们"在姜燕听来可真是别扭。显然把她也归入了应当享受生活的贵妇人之列。也难怪，来这里买别墅的，至少也是中产以上，她这么说完全没错。只可惜，姜燕很难跟她"咱们"得起来。

"你这样，我没法子搬进来。"她不想再浪费时间。"我买这个房就是看中客厅里阳光好，你在后院里栽这么大一棵树，把我家的光挡个严严实实——所以，希望你尽快把那棵树移走。"

"移走？"台湾女人干笑。姜燕进来之后，她就一直在跟她灌输风水理论，讲这棵将近三米高的榆树，对她丈夫工厂总是死人的问题能起多么神奇的功效，她以为这个看上去瘦小、安静的邻居已经被她说服了。

姜燕有点心烦意乱，站了起来。

"为什么不能——移走！"她突然提高音量把自己都吓着了，显然已经超出对一棵树的气愤。她眼看台湾女人打了个激灵，脸变得发红。

看场面尴尬，同来的物业人员赶紧上前打圆场，最后对方勉强答应可以修剪一些树枝。

从邻居家出来，姜燕穿过那个植物园一般的小院，去往自己的新家。一路都在想之前那通电话。

对方第一次打来是一个多月前，之后每隔几天就会又打。尽管她只在第一次接起来过，但这件事的影响并没有因为她的回避自动消失。

那种被什么东西在无形中追踪的感觉糟透了。有时她在超市买东西，会被凑到身边的人吓得尖叫出来。想尽快搬新家也有这方面的考虑，现在家里厨房正对着园区里的绿化带，好几次做饭时都觉得有人趴在窗口往里看。

没想到今天来看房又遇到这棵树的问题。短短一个月工夫，台湾邻居把自家后院迅速充实，扩张，连路灯都圈进自家栅栏了。

该怎么办？她心焦地打开自家院门，知道棘手的并不是这棵树。要不然……她心里冒出个念头。往深里一想，又觉得快虚脱了。

暮色里的新家，空荡荡，什么家具都没有。钥匙几周前就已拿到，来看了几次后就总也打不起精神。这里还是张白纸等着她一点点把它填满。以往每当这种时刻，那些空白处可能成为的美好画面，会像彩色的珠子纷纷坠落到她眼前。可是这一次，她什么都看不见。

张铭走了有几天了？她突然想起。两天不联系，不知道对方在做什么，这在他们十三年的婚姻生活里还头一回。

他是跟她吵完架才决定去青岛的。她本来就嘴笨，可怜巴巴挤出几句话后，发现那并不是她想说的。后来她都要崩溃了，只能做出那样的举动来。

尽管他是被自己吓跑了，她倒也没想象中难受，甚至还有某种程度的轻松。只是她不得不找很多琐事来打岔，比如这个新别墅。

买房是她全部乐趣。她大部分时候不太舍得花钱，坚持在家做饭，不请钟点工，很少买昂贵的衣服。可以让她和那个台湾女人成为"咱们"的爱好她一概没有。

从他们几年前回国开始，她就不停地用张铭画画赚来的钱在各处购置房产。最早一套是在四环边上。房子买了几天就升值了，姜燕不仅体会到有家的快乐，更体会到了投资的成就感，从此一发不可收拾。

每次新钥匙到手，她便开始研究世界各地的家居杂志，大到瓷砖、墙纸，小到水龙头、门把手，她都带着惊人的热情和耐心亲自挑选。

起先那些房产都有名目。譬如继四环后的第二套公寓，叫作"如果我们有了孩子"。于是那套房具备了一个婴儿房和一个能供孩子玩耍的地下室。可惜这个功能一直未能实现。

他们目前住的小别墅叫作"如果我们要请朋友来家中烧烤"。

这也未免太想当然，她和张铭都不属于好客的类型，偶尔的朋友聚会让她筋疲力尽，因为她总是想处处做到最好。

她打起精神，打开客厅唯一的简易灯，想努力把那通电话忘了。听见自己脚步声时，竟觉得有几分刺耳。有多少天没好好睡过觉？

新别墅分为三层，楼上两层是他们的起居室、书房，一层将来会分成一大一小两个客厅。南北朝向的两面墙都是落地玻璃，她已经订好了一套德国的百叶窗。如果没那棵碍事的榆树，白天的房间应当十分动人。

别墅的另一端，也是最特别的地方，是个和主客厅面积差不多大小的四方形房间，她有意用它来给张铭当画室。

现在张铭的画室在郊区，和家分开两地，每次还要她开车载他过去，时间平白浪费在路上。张铭多次提出雇司机也被她否定了。她宁肯自己辛苦，也不喜欢有外人到家里来。

可是此时她还不能确定这是不是个好主意。

凝神中，手机再次响起，在空荡荡的房间里发出回响。意料之中，还是刚才那个号码。这次很是执着，十几声之后仍没有挂断。

她强迫自己看着那个号码。

也可能没她想的那么可怕，这通电话的目的并非是……无论朝哪个方向做决定都让她感到艰难，她飞快地在脑海中权衡。能确定的事情是，张铭目前不在身边，她有足够的时间来处理这个问题。其次，张铭是肯定指望不上了。

两面反复拉扯，头都疼了起来。她盯着那串闪烁的挑衅般的数字，终于下了决心，再响一声，她就接。

3

"抱歉，来晚了。"

张铭从一家咖啡馆门口的塑料假花旁边走了过来，比约定的采访时间晚了半个小时。这是第二天下午。刘欣和许璟楠正站在一个观赏鱼缸前。

"张老师！"刘欣笑着迎上去，"您来啦！中午聚餐的时候人太多，没找着机会感谢您……"

"你们刚才在聊什么鱼？"张铭打断她，似乎认为换房的事不值一提。

"鲶鱼！"刘欣兴致勃勃又讲一遍，"我也是刚听一个艺术家说的，说挪威人发现捕捞的沙丁鱼运回去后死掉的特别多，于是想了个法子，在鱼槽里放几条大鲶鱼。鲶鱼是种特别讨厌的家伙，到处乱窜乱咬，会让沙丁鱼精神紧张，只好努力游动，保持活力，这样渔夫就能把活的沙丁鱼带回去啦！"

张铭愣了片刻，突然哈哈大笑。"真不容易，是吧？"

"对，活鱼才能卖个好价钱。"刘欣得意地总结。

张铭微笑着没有作声。

"活下去不容易吧。"许璟楠插嘴，说完自己都觉得一语双关。她发现张铭扬了扬眉毛，快速地看了她一眼。

她今天本没打算过来。在想明白他那个"险恶用心"后，她本想着最好离此人越远越好，不要再成了他扮慈悲打发无聊的道具。直到她中午起床时在床头柜的抽屉里看见了那盒药。

那是一盒未拆封的艾司唑仑片。她知道这是一种强效安眠药，有段时间她每天都得吃药才能入睡，对各种助眠药非常熟悉，还曾专门托在医院工作的朋友妈妈开过这种药，那时它还叫舒乐安定。

不是她的，不是刘欣的，显然也不是每个房间必备的，那就只能是那个画家落在抽屉里的。她不明白，一般人外出旅行有必要带那么猛的安眠药吗？如果睡眠真差到这种地步，又没见他回来取。换成当年的她，恐怕就得疯。

刘欣当天上午参加主办方的见面会，下午两点到四点有段自由活动时间，她约了这个画家在咖啡馆做采访。本没打算来的许璟楠，突然起了好奇。

她仔细观察刚从面前走过的他，想找出和当年那个自己有哪些共同点。皮肤很黑，五官深邃，看上去不至于精神焕发，也不像失眠一晚的人。右眼角处还有一道将近一厘米的淡粉色疤痕，被碎头发挡着，不细看不明显，不过让他即便在笑也显出几分阴郁。

诚实说，他不是个让人讨厌的人。可不知道为什么，看着他，总让她想起《哈利·波特》电影里每次伏地魔出场时的那团黑雾。

包括他答应这个采访，连刘欣都觉得不可思议。此人回国后很少接受媒体采访，行踪一直低调神秘，因此昨天换房时她都没认出他就是著名画家张铭。为什么这次就痛快答应了？

结合那个"险恶用心"，她真是不敢想，这趟旅行到底还要幸运成什么样儿。她等着他问起安眠药的事，他没提，直接找张桌子坐下了。

采访刚要开始，他又有一个傲慢之举——不接受拍照。虽然说的是"最好不要拍"，但是后面补了一句：不然就算了。刘欣只得妥协。

许璟楠在不远处找了个沙发坐下，采访开始。她越听越着急，刘欣再不提换房的事了，就这么不明不白受着。问题是，要是由她去问，肯定有比"您最近有什么新作"之类更有意思的问题。比方说，什么叫"安静的房间"？

在海景房睡了一晚，除了那只飞蛾，没听见别的动静。真是糊弄鬼的。她隐约觉得将来自己一定有机会问出这个问题。今天看到这个人，她直觉那个理由一定与她和刘欣都没有关系。一定有更特别的原因。

午后的咖啡馆没什么人，除了正在进行的采访，就只能听到老式风扇轰鸣的声音。

有几次她看向他的时候，他的目光已经在那里了，像辨认什么东西似的也远远注视着她，每一次都让她觉着浑身发麻，换房的原因也跟着变得模糊。她不讨厌跟他对视，但一想到这束目光看自己的真正心情，就气恼自己竟在这过程中也产生了愉悦。

他说起专业领域时，自信严谨，没有太多虚头巴脑吹嘘的话。不难明白他的傲慢来自何处。一遇到需要斟酌的问题，就举起咖啡杯。转眼三杯了。往往等他深思熟虑完，抛出来的就是些硬货。

比如刘欣问他，之前春季拍卖会上，他转换风格后的新作遭遇流拍，是否影响他继续以这种方式作画。张铭喝了一大口咖啡反问："什么时候外界的评价成为艺术创作的标准了？"

如此进行了两个多小时，一半是创作谈，一半好像是粉丝刘欣给画家张铭颁发终身成就奖，许璟楠昏昏欲睡。

刘欣提起什么在苏富比拍卖了六百多万美金的东西。"价钱不等于价值，我只能算运气好。"画家谦虚了一通后传来刘欣满足的笑声。

许璟楠实在听不下去了，起身到外面木板搭建的平台上看海。刚才还在外面晒太阳的摄影师这会儿不知道跑哪儿去了。午后光照十足，更是让人迷糊，她又回了咖啡馆，停在鱼缸前。

没站多久，有人来到了她身边。她不太意外。

"中午聚餐没看见你。睡得不错？"张铭说话时也没看她，只是看着鱼缸。很明显他想说句俏皮话，紧张的口气又一点也不俏皮，与先前的自信状态判若两人。

许璟楠回头看看他们采访的那张桌子，刘欣已不在座位上。

"多谢你的海景房，的确很舒服。"她那个角度刚好可以看见他眼角那道疤。"我们那间恐怕就差远了吧？"

"我睡得很好。"张铭伸手敲敲正贴着鱼缸一角静止不动的鱼。"看来也该给这鱼缸里放条鲶鱼。"

许璟楠没有理他，有点不高兴。她清楚地察觉他故意滑开了换房的话题。装什么神秘？同时她也尴尬地发现，自他站到身旁起，她就自动进入了超级灵敏的状态。

"你说沙丁鱼知道吗？"他问她。

"那得问它自己了。"

张铭只好又去看先前被他逗过的那条鱼，它正惊慌地游进水藻深处。

他本来是打算上天台看看的。

半天他都没太明白她是干什么的。记者？但采访时她一句话也没说，一直摆弄手里的相机。女记者好像含混地提过一嘴，他也没太留意。

几小时前，他还在宾馆卫生间里手忙脚乱对付着出血的下巴，后悔答应这个采访，更后悔来这个鬼艺术节。如果不是和姜燕爆发了那场尴尬的争执，他万万不会来。除了尴尬，还有些不同寻常。她平时再怎么生气也不会乱摔东西，这回他最爱的非洲木雕被从三楼直接扔到了一楼，客厅的茶几也未能幸免。

每次出行都是姜燕给他打包，这次因为正冷战，只好自己收拾，直接后果就是卫生间那一幕。他盯着下巴上那个不断冒血的小伤口，简直能看见姜燕那种得意又要假装平静的表情。

想想自己躲到这么远，还用如此方式宣告着她的大获全胜，他一阵烦躁。尤其让他憋闷的是，往常她准会主动来求和，可这次都两天过去了……单是想到自己在惦记这种烂事，他都觉得害臊，更何况他简直是被笼罩。

想了一通，站在鱼缸前的举动没先前那么有趣了。

"不知道正好。"他干巴巴地自言自语。

许璟楠站在那儿觉得很不舒服，老要抵抗着什么。她是感到了吸引力，同时也感到了不平等。应该马上走开。可对方身上有种忧郁的气息，让她不忍心那么无礼。

应该主动告诉他药在她这里吗？这才是比较合理的对话。嘴巴却跟粘住了似的。她不能确定冒着主动拉近距离的风险后，会出现什么状况。从猛然加剧的心跳看来，那是一件极度恐怖的事。

两个人都沉默着，都没有走开，同时看着趴在鱼缸壁上怎样都不受影响的清道夫。

"你名字里有个'璟'字，"他先开口了，"少见。是什么意思？"

"谁告诉你的？"她看向蓝光里他的侧脸，身体热了起来。不知是不是和她心里那个不愿承认的预期合上了，甚至是超过了……从她过去那些惨不忍睹的爱情故事看来，这也是她能享用到的最好时候。可她转念反应到，他们换了房间，知道她名字应该不难。

"你是不是落了什么东西？"她调转话题。

"什么东西？"张铭把身体转向她。这时刘欣走了过来。

"你们在这儿！"她奇怪地看了眼许璟楠，对张铭笑道，"张老师，我刚在厕所里想起来，还少一块没聊，就是您去美国之前……"

"先这样吧，"张铭打断她，客气地说了句不太客气的话，"我今天回答的问题，比一辈子都多了。"

这突然的转变，连刘欣都没法接下去。冷场几秒钟后，张铭向身旁的许璟楠点点头，嘴角浮现出一个堪称温暖的笑容，快步走出咖啡厅。

刚走到太阳地里，张铭就打定了主意，这件事只能到此为止。再好，再美，再容易，也只能到此为止，绝不能再往前半步。

许璟楠完全不是这么理解的。她满脑子想的是，她一定有机会问出那个问题，一定有机会弄明白那团黑雾升起的原因，这就是他最后那个表情的含义。本以为来了跟没来一样的乏味旅行，就此发出令人兴奋的信号。

只是这个机会到最后一天才别别扭扭地到来。

之后她唯一弄明白的就是，这可绝对不是她"最好的时候"。

4

姜燕在车流里猛踩一脚刹车，几乎撞上前面那辆出租。

一身冷汗下来，这才意识到自己有多紧张。脑子里先前那些纷乱的画面也戛然而止。她看看车窗外的西三环，此起彼伏的鸣笛声，时空有些错乱。

原本这天下午应该在丽都新开的一家咖啡馆喝咖啡。几天前就和小虫妈妈约好了，临了又不得不取消。说实话，对同龄的女人她也没什么兴趣，只不过有点想念她那个可爱的女儿小虫。

和她马上要去的这个地方比起来，更加想念。前方的蓝色指示牌显示，已经错过了出口，需要找地方掉头。

竟会犯这样的错。她来之前明明已在地图上多次确认过路线，就是不希望有任何可能搅乱节奏的事情发生，因为那意味着需要耗费更多的时间。

现在她必须耐着性子改正这个错误。这一点点的差错让她自以为建立很好的心理防线眼看就要崩溃。

她一贯有点儿迷信……可她一直做着的何尝不是这样的事。

对啊，她没理由抵触这一天的到来。哪怕她最讨厌就是这种不知道会发生什么的状况。

曾经有一次张铭事先没打招呼就往家里招了几个画廊的朋友，她都到了家门口，又走了，一直在外面耽搁到确认他们离开才回家。她不仅生气自己精心打理过的家被生人踩踏，更是受不了类似的突发状况。那会让她觉得自己是个废物。

她可悲地发现两件事毫无可比性。

随着车流进了辅路，掉头，错误一点点地纠正。出来前她就不断告诫自己，不要有情绪，要把它拆成一件件具体的小事。出门，行驶，找路……只可惜这样迟缓的交通状况，很难不让她走神。

唯一让她感觉好受的，是她主动在电话里要求跟对方当面解决问题。在所有不可控的因素里，她至少觉得自己有那么一点荒唐的先机。

一个多小时之后，她找到这家位于火车站附近的小旅馆。在小胡同里，门脸很不起眼，且破败不堪。灯箱上用红字刷着"24小时供应热水"之类的广告。她盯那些字看了半天，好像那可以解释她此时要出现在这里的原因。完全看不懂。

深呼吸，快步钻进了那家旅馆。进门处的中年妇女看见她还问了句什么，她顾不得回答，闪进旁边的过道。走在那个肮脏黑暗的走廊里，失眠一晚后的迟钝，不怀好意地跟着她。

她再一遍整理思路。要问些什么，最坏的情况是什么，她又如何应对……她还看了眼自己右手无名指上连洗澡都不曾摘下过的结婚戒指。那还是在他们潦倒的时候买的，只是个没任何装饰的银质素圈。那时她凝视着它，感到的是一股晦涩的力量。

为确认自己现在智力正常，敲开那扇门之前，她在脑子里做着一个奇怪的练习……直到终于背出了自家保险箱的密码。敲门。

门里有迟缓的脚步声响起，还伴随着某种东西敲打地面的声响。她整个人像被从什么东西里拽了出来。现在可以确认，就是那个人。再没有任何的侥幸。

等待开门的那一刻，也不知道是怎样的心理，狂躁了一路的心绪平息下来，有片刻接近麻木。

开门的是个五十岁左右拄着拐杖的精瘦男人，几乎跟她差不多高。并不比她见过的任何一个人更可怕。他瞥了眼姜燕，带着浓重口音说了句"来咯"，把她请进屋。

姜燕屏住呼吸跟了进去。对方没说什么，蹒跚地走到桌子边拿什么东西，她才有勇气正眼看向他的背影。

也不知道是不是记忆夸大了，这个人连身高都比自己记忆中要缩水不少，当年他还是个臃肿的中年人。现在这样即便在路上迎面过来都不一定能认得出。唯有那种总是从下往上看人的眼神，还有那根掉了漆的黑色拐杖，隐约能辨认出是当年那个卢庆丰。

也是，十三年过去了，对于当时就已近中年的男人来说，变化只会更剧烈。只是她不无委屈地想，十三年可以发生多少变故，每天的报纸上、电视的新闻里，总会有很多人或得了怪病或者就死了，为什么这些事都没有发生在这个人身上？竟然他就能好好地活着，并带着不知道什么目的又站在了千里之外的她面前。

桌子上搁着一个积满烟头的方便面盒子，比这更让她不舒服的是，旁边还扔了一张皱巴巴的地图。她的目光有些怨恨地停在那张地图上，好像那就是出卖她的东西。

房间里忽然响起砰的一声。明明是很轻微的响声，姜燕却吓得打了个冷战。有什么东西沉重地覆盖下来。

卢庆丰转过身来，递过来一瓶刚打开的雪碧。

看着他脸上那种嘲讽的表情，和她记忆中那个人终于合为一体。

"怎么找到我的？"她近乎愤怒地看着他。问出了这个困惑了她太多天的问题。

第二章

2011年4月20日　晴

　　中午食堂吃饭，老刘讲了个案子。两个二货半夜撬开一金店，把里面扫荡一空，最后大摇大摆走了，监控录像没坏，可没有录上这段。查一溜儿够，最后发现是个天大的巧合：附近在装修，保安嫌吵就把监控关了一阵儿，就这工夫，那俩完成了盗窃。

　　查内奸，查外应，任谁想不到真有"天助"这么回子事儿。

　　还有比警察更讨厌巧合的人吗？噢，一个人活着活着，不小心死了；一个人走着走着，钱包掉了；一个人也没比别人多烧香，就能想遇见谁就遇见谁；老天爷也不是大傻子！

　　"咦？你怎么在这儿？"为这一句，我准备了不到一年也得有大半年。说的时候，还不能显出是为她，得是一副被命运巧手眷顾的鸟样。

准备了得装成没准备，苦思冥想得装成是妙手偶得，踩了几百回点儿的地方，非当成是人生的"转角"。越说越像是我天天追捕的那帮孙子。

我就是这么糟践巧合的。

她不打乒乓球不打羽毛球，最便宜的网球拍也得好几百。不找教练教的话，动作永远像一只屁股着火的鸡。

如果打成那样，也好意思天天去网球场嘚瑟的话，那我就比那些盗窃不踩点儿、现场不擦指纹的孙子还要业余。

找完教练，光是纠正我手腕的毛病，就花了400。好吧，朱教练，你也教了点儿别的。

我真不是可怜自己。我甚至鄙视那偶尔一现的可怜。那不是我要的。尽管一写这些，我就想起张胖那张肿脸问我："何必呢？"

何必绕那么远？以前有她那话痨前男友在中间横着，现在不是散了吗？

最可悲的是，网球也是那话痨教她的。他肯定想不到，这一教就是俩人。他跟她分手了，可这影响还在。谁和谁能分一干净？

要他妈的说伤感，也就在这儿了，我靠近她还得托那个话痨的福。我还得祈祷她别一生气就把拍子撅了，再不去打了。我才是正经"所托非"呀。

要说我之所以抗拒搞对象，原因也就在这儿。我受不了任何人想要改造我。

所有这些，其实都不是最难办的。最难的只有我知道。

桂花姜糖昨天喝酒的时候吃光了。张胖还好意思骂我屄？丫吃的那是糖吗？

今儿接到喜帖。星期天早上9点，赵大疯子结婚。少不了又得破费了，关键是还没有回收的指望。当初一起警校毕业的，他却开起了电器城。听说为了婚礼，这孙子已经学了一个月交谊舞了。现在结婚这么花哨？

真他妈可笑，我倒要看看他是不是娶了媳妇就能飞了。

还想让我们几个在他婚礼上一块儿唱Beyond的《光辉岁月》。别逗了，我这日子，狗屎岁月还差不多。

可谁又不是呢？

1

回北京一下飞机，张铭就感觉钻进了一只灰色大罩子里，浑身上下无不憋闷。来北京将近五年，他发现了，在这里感到灰心丧气，简直就是顺便的事。

坐摆渡车，过安检，出机场，一直到航站楼外的告别队伍中，他也没有见到那个女孩。

当然，他再也不会见到她了。

见到也没什么可说的。自己昨天晚上在海边那个恶劣表现，她恐怕就此认定他是个怪物，只会避之唯恐不及。以这样怪异的方式结束了青岛之行，他也很意外。

他强迫自己认定这只是个插曲，可一路都没法摆脱这件事，脑中反复重放昨晚的经过。自己面对她的时候，居然会是那么暴躁的状态，多年没有过的暴躁。她不过是个二十岁出头的陌生女孩，自己那么失态，实在莫名其妙。

是什么让他当时连最基本的掩饰都不会了？那明明是他的强项。也许是因为当时气氛很古怪，还有她出现的时机。

恍惚中听见有人叫他名字。他看过去，吴子轩正在最外侧车道向他招手，旁边停着他那辆已经有些年头的别克车。这画面现在看还真有些超现实。

他想起来了，他们约好在出发口见。

通常这种情况都是姜燕来接。吴子轩一边拖走他的行李，一边解释，姜燕此时正在家里准备接风晚饭，他下午又恰巧没事，就直接过来了。这么安排太符合姜燕风格了。她不会让外人知道他们闹了别扭，也不会忍心让他自己打车回家。她必然能巧妙得体地解决这个问题。

吴子轩走在前头。看着自己的妹夫，最好的哥们儿，年轻矫健，顶着一头不知怎么梳才好的茂密头发，还把他的行李在地上拖得哗哗作响，张铭突然觉着有点受刺激。真是好笑，这又从何说起？

"时间刚刚好，"吴子轩把他的行李扔到后座，"要按你妹说的，我就到早了，估计国航也不能准时。"

张铭盯着他看了一会儿，没有反驳，上了车。

"小颖先过去了？"上车他主动拉起家常，想尽快把频道调整到位。

"号称去帮姜燕打下手。"

"太阳打西边出来了。"

按照惯例，隔三岔五他妹妹张颖都会和吴子轩来他家吃饭，自他们父母去世后，张铭和妹妹互为唯一的亲人。

他对张颖无原则的疼爱，经常让姜燕产生不满，倒不是吃醋，而是她认为他这种大包大揽会弄出一个废物。"她以后连穿几号内衣都要来问你？"

当然，姜燕完全有资格看不起不能独立生活的人，但有必要总用那种教人讨厌的口气说出来吗？就好像要随时提醒别人她是自强不息的代言人。

每遇上她这种自信爆棚时分，张铭就什么都不想说了，只庆幸他和姜燕没有孩子。

他和吴子轩是在美国时认识的，吴比他小九岁，不妨碍二人一见如故。吴子轩当时在美国学的是广告，总想拉张铭一起做点什么，现在看来，两人最成功的合作就是成了亲戚——替他接管了张颖。

他突然想到，如果半年前吴子轩没有邀请他作为"成功人士"在那个为白血病小孩拍摄的公益片中出镜，他和姜燕也就不会有出发前的那次争吵，他的非洲木雕也就会好好地待在书架上，他也就不会去什么青岛艺术节。也就不会……

停。

张铭看看专注开车的吴子轩，他大概还不知道自己无意中当了一回蝴蝶。

一路上两人也没怎么说话，张铭想到了蝴蝶效应后，便有点心神不定。为避免自己忍不住说青岛的故事，他主动问起吴子轩广告公司的情况。

吴子轩说的时候，他又听得心不在焉。之前由理性建立好的东西，随着家的距离迫近，忽然间不再那么牢靠。

他有点放纵自己不断回忆第一天，咖啡馆里的那些瞬间，在北京这样的天气里想来尤其显得美好，简直光芒四射。

再稍稍往前一步，应该也不是多困难的一步，他就不会是现在这种心情。可他却亲手用土把那些光埋掉了。实际情况更糟。

吴子轩把车停到了他家门外的草坪边。

跟他走的时候并没什么不同，他这么告诉自己。没有实质的不同，什么都没有发生改变，他做了最正确的选择。

"姜燕怎么样？"下车前他问。

"啊？"吴子轩关上了汽车引擎，"你老婆你问我？！"

是啊，问得真够怪的，张铭心想，她还有什么理由怎么样？

2

隔壁持续传来音乐声，许璟楠从座位上弹起。

刘欣房间的电脑里正传出一个男主持人的声音，用词浮夸造作，偶尔还会跟着音乐一起陶醉哼唱。

"你没得听了！"许璟楠冲进刘欣房间刚想把音箱关了，又把手收了回来，坐到一边的床上安静地听了起来。

这声音她再熟悉不过，来自她前男友马一然，专职电台节目主持人，常年在午夜主持一档《老歌重现》节目。

只有她听过这副声音的另一面。他们两个经常用掀翻屋顶的音量吵架，有时吵累了，还会把家里能砸的东西都砸了。在马一然被各种怀旧金曲轻易带到的高潮情绪里（好像就从来没下来过），她总是像个赶不上趟儿、不解风情的呆子。

马一然定位他们俩是"乱世里飘零的两个孤独的灵魂"，她确定他不过是想欣赏自己说这几个词时的声线。

那时刚刚到北京，处于刘欣所说的人生低潮期。某次聚会，突然有人这么讲话，酒后听上去也不那么吓人，加上——谁都有那种特别需要被肯定的时候，马一然的口才起到了神效。那也是最后一次。

马一然除了说话有些华而不实，对她还是很好，那种好又让她说不出的别扭，每天早晨湿乎乎的腻在胸口，让她将近两年都需要靠安眠药才能入睡。当时还没有目前这份室内设计师助理的工作，激怒他就成了她一天到晚最充实的事。打到不可开交，一地狼藉，于她竟有神奇的快感。

最终是网球救了他们。那是马一然想到释放她多余能量的办法。可笑的是，当累到身体近乎消失的时候，她终于能赶上马一然的高潮了。

尽管她曾经多讨厌这个自我感觉良好的声音，可今天真是怪了，音响里传出这些空洞的词汇，不仅不想吐了，还都在她心里找到了实在的落脚点。她还第一次想跟马一然致敬。

"你一路都不理人，是不是特别不想回北京？"刘欣转过身，含着话梅问她。"昨天晚上我们在海边烧烤，后来你跑哪儿去了？我都不知道你几点回屋的。"

许璟楠不知道该怎么回答，靠在刘欣床上。

她和刘欣合租了一套两居室，老式居民楼的一层，窗帘背后很清楚能听到流浪猫的叫声，刘欣床单上还散发着一股老也没晒透的霉味儿。真能给人的"好心情"锦上添花。

她也很想问问自己昨天晚上去哪儿了。

她知道刘欣不是讨论那件事的人，也可能那件事永远都不会被说出来，只会像被她稀里糊涂扔掉的每天那样，无非是又一个她总能把一切弄砸的最新证据。

与其说失败，不如说更安心了，因为一切都跟她预想的一样。

自从在咖啡馆和张铭分手后，情况完全不是她想的那样。三天的行程，她尽管也跟着刘欣起早贪黑，参观画廊，主题交流，各式各样的聚餐，却再没找到她所期待的说话机会。当时她都觉得自己很像是那种贴在电线杆子上走失的精神病人。

这个刘欣口中的"实力派"很不爱和人打交道，跟同行也只有面上的寒暄。活动一结束就消失，概不出现在其他娱乐场合。第二天又会很早就出现在指定地点。大部分时候是找个角落默默呆着。

唯一打过一次照面，是在餐厅吃早餐的时候，他茫然地站在自选台前，好像不知道该从哪里下手，托盘里只放了一杯黑咖啡。他和她目光相对时，眼神也并不比看一个陌生人更亲切。那让她感到非常诧异。鱼缸前曾经明明白白出现过的温暖瞬间，就跟从来没有发生过一样。一切又回到了黑雾弥漫的状态，只是她坚持认为他又戴上了面具。

本以为自己手上拿着他的药，起码还有一个联系物，他之后却根本没问过。倒是事后她把药拆开吃了两粒，这样才不至于赶不上一大早回北京的飞机。

最后一晚的欢送活动，主办方在海边举办烧烤派对。她没指望会见到他，类似的活动他从不参加。果然到活动快结束他也没现身。正觉得有些失落时，一个熟悉的身影从大海边掠过。

她都奇怪自己离那么远是怎么发现他的。当时她已好几杯香槟下肚，面前的人潮在她眼里已变成一个蠕动的扇形，刘欣也开始到处跟人勾肩搭背讲起了英文。她放下杯子，穿过人群，跟上那个背影。

这是最后一天，她还有问题想问他。没有任何道理留下这一个满是疑问的背影。酒精的作用，让她忘了这是件多可笑的事。

张铭沿着海边，很快就脱离了人群，朝海岸线深处走，喧闹声在他们身后一点点消失。海滩上只剩下他们两个人。

晚上海风很大很冷，加上周围的光线越来越暗，她没走多久便觉得脑子正一点点苏醒过来。

那条路线她也走过，白天到处是人，一直延伸到一个水藻浅滩。再往后是一个布满岩石的区域，就很少有人光顾了。海浪在岩石上炸开的恐怖声音她一直没忘。

随着四周光线越来越昏暗，她微感紧张。她不明白为什么他还要往前走，前面除了越来越荒，什么都没有。没有在第一时间叫住他，后面的状况也变得有点尴尬，有种闯入别人私密空间的异样，完全没了大喊一声他名字的勇气。

她正犹豫是不是该掉头离开时，张铭在那堆岩石前停了下来，接下去的举动把她牢牢吸在原地。他站上一块较为平坦的岩石，面对大海片刻，就开始脱衣服，脱到只剩内裤后，抱着双臂向海水里走去。在那片漆黑的背景里，他裸露的后背十分醒目。远远的也能看出他身体在发抖。

这可是四月夜晚的海边，她穿着外套尚且觉得很冷，他居然要游泳？什么奇怪的健身方式？模糊的光线中还能看见他后背上有几大块瘀青。后来回忆，应该是刮痧之类的理疗留下的，但在当时那种气氛中，看得她毛骨悚然。

随后的事更让她崩溃，她想离近些，也走上了那块岩石，却发现张铭刚下水没几秒就已经完全不见了人影。

那段时间她不确定持续了多久。

她当天下午在一个交流会上曾看过他的画，是他的成名作，叫《新世界》。她一点儿也不喜欢他的画，那些油画的色彩异常瑰丽绚烂，很美，美得像在极力掩饰什么。

结合海边这个怪异的举动——他根本就不是来游泳的！

叫人恐怕来不及了，她沿着张铭下水的位置也扑入水中。海水冰凉刺骨，入水瞬间她就开始打哆嗦，几乎没有继续前行的勇气。

好在他并没有游出去多远，在他消失的位置附近，许璟楠轻易就在水里碰到了他的胳膊。大概因为实在吓昏了头，这个过程到底是怎么完成的她完全不知道。那一瞬间她才想到溺水的人很可能会抓住她一起往下坠，她要救一个这么壮实的男人，简直是疯了……正等着悲剧来临，水里的那只胳膊受惊吓一般甩开了她。

等她游出水面，视线清楚时，张铭已经是一个游向岸边的背影。

许璟楠随即游上岸。张铭看清楚是她后非常震惊，盯着她看了半天。也不知道是不是往回游的速度太快，他剧烈地喘着粗气。

"会游泳的人不能在水里自杀。"许璟楠看不清他脸上的表情，只是回忆着以往在影视剧中看到过的同类情形，最后她决定举重若轻。"是不是应该先吃几片安定？"几乎有些轻佻。

"你胡说什么！"张铭愣了片刻，粗声粗气地开口，暗淡的月光下也能看见他眼神有多阴沉。"这么冷你下什么水？你跟踪我？你是不是有神经病啊？！"

一句比一句严厉。他猛地住了嘴，四下看看，在不远处找到先前脱下来的衣服。先是手忙脚乱地揩去身上的水，又把衣服一件件套回身上，一直都在打哆嗦，不知是气的还是冻的。

他这一吼，许璟楠所有预设的情节都混乱了，完全忘记自己本来是要拯救他的。

"我是看……"

她不想解释了，哪里说不上来的奇怪。

她看向泛着银色月光的海面，那片晃动的深蓝色简直像一张阴险的笑脸。自己冒着生命危险去救他，换来的却是这样的态度。她绝对不可以把这种话说出来。犯不着对这个冷酷的人低三下四。

"我们有关系吗？我需要跟你解释？"张铭上上下下打量她，好像太过嫌恶以致不知道该把目光停在哪儿。

对于刚刚所有柔软部位大开的许璟楠来说，这无异于致命一击。即便如此，也很难不注意到他还说了"解释"两个字。她并没要求他解释什么，他为什么如此敏感？仅仅是游泳并不需要对谁解释。

她看着他双手颤抖，怎么也系不对衬衫扣子，除了烦躁还有一些别的。他最后套上外套离开了岩石区域，月光下他的背影几乎站立不稳，看上去有点无助。

自己怎么能跟一个刚想了结自己生命的人计较？他发脾气也很正常。

"你没事儿吧？"许璟楠调整好情绪，跳下岩石，追上他。

张铭猛地站住了。转过身来，看怪物一样奇怪的眼神在她脸上飞速扫过。

"你这样的人是不是觉得自己可以随随便便闯进任何一个男人的世界？"他也不知道看着哪儿说道，"真抱歉，我跟那些找你麻烦的艺术家还真不一样，我对满足你的自我感觉良好一点兴趣也没有，你找错人了，沙滩那边倒是有不少。"

许璟楠这时终于意识到自己干了件多蠢的事。晚上喝过的那几杯香槟从胃里翻搅上来。

"对，我有病！你最好被淹死！"她近乎失态地嚷了回去。

张铭忽然向她走近了几步，脸上的表情让她浑身鸡皮疙瘩都起来了，她以为他要把自己推进海里，但他只是暴躁地撩起一脚沙子。

"真他妈的闲的！"他的口气听着既恼怒，又像是无可奈何。丢下这一句话，就朝来时的方向走去了，再也没有回过头。

她现在回想，他骂得真是一点儿没错。

3

张铭一进门，妹妹张颖从过道蹦了出来。她骨骼宽大，身材高挑，五官看着就是女性化一些的张铭，兄妹俩的相似度极高。她到张铭跟前打了个招呼，腻乎了片刻就急着把吴子轩朝厨房方向拽，说要展示她做的东西。

张铭来到玄关旁的小屋，借着走廊里的光线换衣服。姜燕有洁癖，进家门必须先换衣服。他也抗争过，反而增加她的痛苦，索性就照做了，现在已经变成了习惯动作。

姜燕突然推门进来，扔到他脚边一只大垃圾袋，另一只手里抱着一摞干净衣服，放到了一旁的条案上。"看得见吗？"她打开了灯。

张铭此时脱得只剩一条内裤，听见她的声音条件反射想把身体赶紧遮住，匆匆套上干净衣服。他自己都觉得可笑，这身体又没干什么见不得人的事，他慌得着吗？

姜燕在一边盯着他，跟旁边的橱柜一样静。

他正想抱怨洗衣服时加了太多消毒药水呛得他直犯恶心，可突然看清姜燕的样子，吓了一跳。几天没见，眼睛本来就大的姜燕，因为消瘦脸上就只剩下一双眼睛了，下面还多出两只明显的眼袋。眼神看着有些怪异，不知道是呆滞，还是过于严厉。跟他的眼神一对上，又虚晃开了。

"这么累就不一定非今天叫他们过来。"他说道。同时纳闷，是不是也因为他很少这么仔细地去看姜燕，才会觉得吃惊。

"你妹一早提着东西就过来了，我有什么办法。"说话间姜燕尖着手从一侧的橱柜里抽出一个透明塑料袋，把张铭的手机装了进去。张铭正想说什么，突然瞥见她双手通红浮肿，装手机的过程手还一直在发抖。

"这么严重？"张铭惊讶，"你又洗什么了？"

姜燕把手收到身后。

张铭突然有点难受。他不在的这些天，她不知道是怎么过的，看样子也不是很好过。可是怪谁呢？

"非洗不可的话，戴手套吧。能有多麻烦？又没人逼着你干什么。"后半句还是没忍住一起秃噜了出来。

姜燕犹豫了片刻，似乎想说什么。最终什么也没说，冷淡地走出了小屋。

来到客厅，张铭注意到，先前被姜燕砸坏的水晶茶几神奇地复原了，还摆着一瓶白色百合。就在他走之前，那里还是一块战后的尴尬空地。即使她那态度不咸不淡，也没去机场接他，但还是用行动表明了态度。

每次吵架过后，他也可以跳出来欣赏姜燕这种更为成熟的风采。如果终归是这样，他其实也可以主动一次。但真到了下一次，他又会被自己的气急败坏困在一角动弹不得。

心情好的时候，他也佩服姜燕，每每都有种毫不置疑走下去的魄力，没有他那么多的弯弯绕。有时他觉得低级，有时又颇有些羡慕。

这一波次大概就算过去了吧。他心想。心情又稍有点复杂，就像看到她那双手一样的心情。

当年他们在美国，姜燕同时打着好几份工，双手常年在水里泡着，加上她本身又爱洗东西，落下了病根。检查过几次都没查出所以然，只是单纯的用手过度，导致关节臃肿变形，基本上是不可逆的。

她不知道出于什么心理，不管对张铭有什么意见，从来不拿这个说事儿，同时也继续不拿自己的手当回事，继续夸张地使用，一点保护措施不做。

张颖哼着歌从他身边经过，把一盘菜端上了桌子，隔着热蒸气，跟他做了个鬼脸。

张铭定下神四下看看，每次回家都得适应一会儿。说他回家，不如说是回了姜燕家。房间布置完全由姜燕操办。他的画一幅没挂，只有她从世界各地搜罗来的一些廉价工艺品，拘谨地散落在各种高级家具里。

整个房间以白色为主，到处是大面积的白。白色地毯，白色橱柜，托底的也是雪白的壁纸，有种强迫症似的统一。包括他们卧室里使用的床单被罩，都是姜燕照五星级酒店那样买来的纯白色。这些东西本身就爱脏，保持它们的本色就带给姜燕无尽的工作。

更有特点的是，为了方便打理，家中所有座椅全是硬朗的明清式木制品。不管谁来吃饭或聊天，必须正襟危坐。张铭回家若想舒服地躺一会儿，只能去卧室。然而姜燕又讨厌他在非睡觉时间躺着，那种眼神就好像他在浪费她的时间。

姜燕做了刚跟电视上学来的西式薄荷叶烤羊腿、土豆萝卜焖鸡翅，还有她最拿手的珍珠丸子、干烧鳝段，密密麻麻一大桌。

张颖那一对吃得赞不绝口。张铭觉得大部分菜都偏咸，鸡翅没有入味，绝对不是姜燕的最佳水准。都不用特别注意，就能察觉到姜燕尽管手上分寸不乱，可整个人都恹恹的，拢共没说几句话也都故意绕开他似的。

幸好还有张颖和吴子轩做缓冲，气氛还大体正常。尽管在张颖炫耀她最近拍的一个新广告时，姜燕还是露出她那一贯的看寄生虫般的表情。

饭吃到尾声，张颖看了眼墙上的挂钟，怪叫一声打开了电视。那时姜燕正给大家盛汤。在张铭的碗里，她还特别多装了几块排骨。等张铭意识到他们将要在电视上看到什么的时候，已经晚了。

一个综艺节目播完，张铭就出现在屏幕上，讲着有关如何"突破自己"的成功箴言。张铭几次想去关电视，无奈张颖总是死死攥住遥控器。

张颖在电视前兴奋地转来转去："嫂子快看啊，你们是不是还没看过这个片子？我哥上镜好帅啊……"说着又重重拍了一下站在她旁边的吴子轩，"喂，穿西服是个正确的决定吧？"

两人议论的时候，姜燕突然把汤碗摔到桌子上。

张铭看了眼姜燕，低下了头。他就知道她还在想这件事。可拍都已经拍了，广告隔三岔五就在电视上播放，他想补救也没办法。她揪着不放又有什么意义？

"姜燕……"他耐着性子低声叫了她一声。

此时镜头正停在张铭的特写。重拍了很多条之后，吴子轩最终给他选了笑得最为自信最接近"成功人士"的一条。当时导演想表现出艺术家的日常状态，让张铭坐在他画室里那把姜燕挑选的鸟巢椅子里。为了表情自然，也没让他直对镜头说话，而是微微倾斜，似乎是在跟画面之外的一个人聊天而已。

姜燕像完全没听到张铭叫她，叮叮咣咣开始收拾碗筷。这么一比，电视里的张铭更显得有些滑稽。张铭也不知道该看哪儿了，只能绕到一边去倒水。

吴子轩看出情况不对，把电视关了。只有张颖饭后脑子越发迟钝，瘫倒在沙发上念叨："哥你以后不能这么低调，你看看谁还跟你似的？你就该多出镜，当明星画家，陈丹青那样的，身价能再飙一层楼……"

无人搭腔。吴子轩干咳了一声，过去跟张铭打岔："一晚上没听你聊青岛，怎么样，好玩吗？"

姜燕正卷起桌上的餐布，声音听上去有些尖："怎么能不好玩？天天让人围着，爷似的供着，吹吹牛装装样子，享受人家的崇拜。要我说，好玩得很！"

谁都没听过姜燕一口气说这么多攻击性十足的话，都呆住了。随后又是哗啦一声，餐布被姜燕粗鲁地撤掉，一个红酒杯子被碰到了地上。

"姜燕！"张铭满脸通红，也顾不得体面了，"你还有完没完！"

很不习惯他这种反应的姜燕也打了个寒战。

张颖也像听见警报声，斗鸡一样冲了过来，又有些搞不清状况，最后就瞪着姜燕："有人吃枪药了？一晚上吊起个脸给谁看？！"

"唉！"张铭拉了拉张颖，重重叹口气。本来可以好好的一个晚上……就这一晚上不好吗？他也懒得深想。他奔波了一天还得面对这么复杂的场面。余光里姜燕已经跟什么都没发生过一样，忙叨叨地收拾残局。

他转身朝厨房外面的小院走去。

吴子轩过来拉走张颖，她嘴里越说越不像样，不知道哪儿来的气，已经开始管姜燕叫"老妈子"。

姜燕完全无视，从厨房拿了工具，把地上的玻璃碴子仔细地扫进簸箕里，用抹布把红酒渍擦掉，动作幅度越来越小。待地面完全恢复整洁后，她满足地直起腰，客厅里只剩下张颖和吴子轩。

　　"冰箱里还有甜点，现在吃吗？"

第三章

2011年4月25日 阴

　　男比女大10岁，外地人，为女的离了婚，之后又受不了女的花他的钱跟别的男人网聊，把她骗到酒店弄死。5刀。

　　结案倒快，3天就来自首了。给死者妈跪下了。深刻检讨来着，但是一说起女的怎么骗他，又目露凶光。这种人，永远也长不了心。

　　一天到晚都这类案子，我说我怎么越来越冷淡。妇科男医生是怎么找老婆的？也费劲吧？

　　这盒子，最好别打开。

　　赵大疯子婚礼，我懒得记，可不说一笔也不合适，我怕我忘了什么叫丢人。

喝大了。开电器城的结婚，气势真不一般，每桌清一色茅台。真假就喝不出来了。反正是大了。

看那孙子跳舞，我简直想找地缝钻。你说这会儿吃奶劲都使上了，后面还有什么盼头？

本来结婚这事就够扯淡了，张灯结彩就够扯淡了，满世界告诉别人你妥了，你能妥多久？我也知道我这么想不好。

其实最让我来气的，是丫的新郎致辞。大早上听这个瘆不瘆人啊？

但我总体感觉，一直都还挺给面儿。不知道怎么就招他了。据张胖后来提醒，丫带媳妇敬酒的时候，我把他惹了。

我说他跳舞的时候像个傻×了吗？真的说了？

最后丫留下来跟我们桌喝酒开始打击报复，说我至今耍单儿就因为忘不了苏红。

7年前的事了，还你妈跟我嚼这人，私下嚼也就罢了，当着一桌人说我追求未遂。也是喝得有点多，不然真不至于摔杯子。

喝醉这事也挺怪，屁大点事能突然变成导弹。只不过，这导弹不该是苏红。

昨天在网球场看见许璟楠了，跟她那矮个儿闺密一块儿去的。聊了几句，原来上礼拜出差了。

打半截儿，她拍子脱线，特别自然就麻烦我去帮着穿线。我当时有种感觉，这丫头有特别残忍的一面。让我想起第一次见她那种感觉。但她有一定隐蔽性，可能是沾了长得白的光。

被男人惯坏了？以她那一张机灵的脸，不可能搞不清当时的状况。她那闺密明显对我有意思，她还当着她面使唤我。

依我说，你闺密都长那样了，你就该让着她。

扯远了。其实我是觉得自己有点悲催。在她眼里，我可能就是个能跑腿的男的？当然，理解成不见外也成。

我又去征求大明白人张胖的看法，果然不负众望。

"你这个人就是太追求不俗了。"骗了我一顿涮羊肉之后他说。"老想跟别人不一样。什么能不一样？完美就不一样。"

他说我这样对许璟楠也不公平，人就是一好好的姑娘，我不该老妖魔化人家。谁还没点儿毛病。还说我就差把她摁床上办了，我这病就能全好。

前半截儿听着还有点儿意思，后面就不像人话了，这是人民警察给人民警察提的建议吗？

这是病根儿嘛张大夫？能别把自己的病安我头上吗？

1

窗帘没了。张铭看看表，才早上九点。

昨晚餐桌前歇斯底里的一幕，随着睡意消退再度浮现，像是在涨潮的峭壁上睡了一夜。他生气自己怎么这么早就醒了。

吹吹牛？装装样子？她太可以了！亏他在青岛接受采访时还说那么多感激她的话。

姜燕在他所有的生活细节里以一个绝对女主人的姿态穿梭，但她完全不知道这个人是谁。现在他更是消极到极点，一点儿都不想去纠正她。

另一张脸在他眼前不断闪过，变幻着新鲜的颜色和场景，最后完全冲进他脑海。在还没完全清醒时想起她，竟是一股足以让他完全精神起来的力量。

他很快给这股力量找到一个可信的面貌：他是太内疚了。那张脸在他脑海里出现的样子也是个痛苦的状态。应该去向她正式道个歉。这个念头在那间整洁有序的卧室里邪火一样蔓延开来。他知道更诚实的说法是，他想见她。

他也不想把这两件事建立出这么个低级逻辑，所以之前都压制着，等到终于下了床，才发现一多半的自己已经做了决定。

从楼上下来，起床后的一系列，洗漱，拿报纸，上卫生间。默默想着，没有她的联系方式，也没有理由问她那个记者朋友，这件事到底该怎么做才好？

一切停当，来到客厅，姜燕正跪在地上擦茶几，背部因用力而上下起伏，明明那茶几已经看不到任何污垢。

"洗衣机吵到你了？"姜燕转过头来。声音听上去温和平静，仿佛完全没有昨晚那一出。又来这套。

"没。"他客客气气回答。

张铭坐到餐桌前。眼下有个技术问题，即便有办法找到她，又该怎么跟他这位不辞辛劳的老婆交代？

每次都是姜燕早上开车送他去画室，晚些再接回来。这在一般的画家看来匪夷所思，可他已经习惯了，他已经练就白领上班一样的工作生物钟。他从没想到有一天这会成为问题。

想着自己正在做一件打破习惯的事情，又觉着有些惶惑。

他看看姜燕忙碌的身影，如果继续生气倒还好办，可她看上去又像大多数的早晨那个她一样。

不要动摇了，这都是假象。

无论如何，他今天必须见到那个女孩。突然脑子里灵光闪现，他好像并不是完全没办法……

他心情微微激荡地看着姜燕端上来的早餐。大小碟子花花绿绿一大桌，好像指望这些食物能像消声器一样吃掉昨晚的恶言恶语。

院子里聚集了几只流浪猫，在吃姜燕每天固定给它们准备的早餐。能听见它们为了夺食彼此撕咬，和吃得兴起的呼呼噜噜的声音。

有时虚着眼看看他的生活，他和这些猫没什么区别。如果他们当真闹掰了，他恐怕连手机费都不知上哪儿去缴。

"昨天晚上，"姜燕仿佛听见了他的内心独白，"我不该那样，尤其是当着别人的面，可能快生理期了吧。"

他没抬头，应付了一声。免得看见她那一副为照顾大局的表情替她尴尬。

因为心里有了那个念头，他觉得身上蒙了一层薄薄的膜子，似乎可以暂时把他从对姜燕的感触里隔离。

姜燕脸上露出疲倦的微笑，看出也没怎么睡好。她个子小巧，身材纤细，要是配上适宜的表情和情景，还是很容易让人产生要疼惜她的想法。

她自己也不吃，只是盯着张铭吃。看了一会儿说道："今天去画室吗？我是要出去一趟。"

"去。"

张铭感到心跳加速，挣扎着应不应该说出来，声音自己出去了："对了，晚上不用管我，我可能还要见一下吴子轩。"

"十周年画展的事？"

"对。"张铭顺势接了下去。"是要碰一下画展的事，他那边可能拉来一些珠宝品牌的赞助商。"

"好，应该的。"

什么应该的？张铭脑子都乱了，本想继续编，她已然相信了。什么东西在不去损坏的时候，都感受不到它的存在。

他第一次骗她。

"这些事我也不懂，"姜燕说，"但你真得抓紧了。圣诞节要展出的话，这都几月了？时间并不宽裕。你手上不是还有没完的作品吗？"

"嗯。"张铭抻开报纸挡住大半张脸。

姜燕总是以"这些事我也不懂"开始，然后也真的就她"不懂的事"对他大加施压。平时一听到这些就浑身不自在，可今天因为有了那层神奇的保护膜，他都觉得自己马上就能跟她开句玩笑了。

这个功效并没有持续多长时间。

"为什么是白血病？"临近结束时，姜燕没头没脑地问道。

张铭从报纸后抬起头来。

"有那么多种慈善可以做，为什么非要选白血病小孩？"姜燕在碗边磕一只鸡蛋。

张铭放下筷子。判断不出她这到底是真心在问，还是想激怒他。"刚好就有这么个事找到我，也算是帮吴子轩一个忙。我记得这些话上次已经说过了，你到底想说什么？"

姜燕把鸡蛋壳撕成一小块一小块堆在自己面前。

"因为我想不通。"

"你把话说完了。"

"有时候觉得真是有点活烦了。"姜燕说。

张铭冷笑。他知道当她这么说的时候，其实也不是字面的意思，可以理解成"我下面要说的话很重要"。

"我们一定要大早晨的——"

"这么多年从来都不接受电视采访，突然就接受了，就因为朋友面子？上次吵架的时候，你总是说我想法自私，你觉得你这么做就不自私？"

张铭怔住："这和我自私有什么关系？"

姜燕仍然看着面前的鸡蛋壳。"难道真的和'那件事'一点儿关系也没有？"

"什么事？"张铭嘴上虽然问着，脸色却已经变了，不可思议地又看了看姜燕。她面无表情地垂着头，一句话也不打算再说的样子，好像他就理应领悟出什么。他什么也领悟不出来。她这种傲慢甚至非常伤人。张铭用力推开桌子，椅子在地板上刮出刺耳的声响。他也一句话不想再说，逃跑似的离开了餐桌。

姜燕还说她活烦了？他真的没看出来。他倒经常有掉进一潭死水的感觉。就是刚才她眼睛里那种东西。他努力想忘了，姜燕偏偏要用各种方式提醒它的存在。尤其是最近几个月。到底从哪儿开始不对的？跟他有关系吗？！

他已经有了一个逃离它的办法。在家里多待一分钟，无非是获得了更多离开它的理由，是软弱也罢，是逃跑也罢——

"对不起。"他听见姜燕在他身后说。

他停下来回头看了看她，她那表情是对不起吗？

晚了。

张铭拿起手机钱包快速奔出家门。

姜燕看着面前被她剥出来的鸡蛋，也不想吃了。

为什么会这么烦躁？几个小时之后，她必须去那个她这辈子不想再去的地方，独自把那个完全没有必要出现的恶心交易完成。这一切都是因为张铭，如果不是他偷偷拍那个什么白血病广告，一张大脸天天在电视上晃来晃去，那个人就不会突然闯进她的生活。

这就是张铭在屏幕上夸夸其谈的所谓"突破"。现在，她不仅要准备十万块钱来清除垃圾，还要承受他用那种口气跟自己说话，用那种眼神瞪着自己，然后摔门出去。还一个字不能跟他说。

比这更糟的是，自打上次从宾馆离开后，她就觉得自己做了件蠢事。两天过去，她都没想清楚问题出在哪里。她只有被动地被什么东西牵着走。

不管她承不承认，她最担心的那件事，已经开始了。

2

"我昨天想一晚上都想得失眠啦——进门这儿还是别这么空着了……"说话的中年女客户穿戴利落，有一张干净的白面团脸。她身后的窗外是下午两点多的北京天空，阴得却像是傍晚。

许璟楠坐在斜对面的沙发里，微笑听着。已经第十五稿了，她不想再出什么意外了。

这些天，她跟这个被她命名为"白面团"的女人说了太多话，很难再对这张嘴里冒出的任何字眼发生兴趣，即便对方正热情高涨跟她讨论她昨晚的设计方案。

她始终在想另一个问题：一个想跳海自杀的人，有必要把自己的衣服全脱掉吗？难道是游到一半才决定要自杀？

可如果确实是去游泳，沉到水里半天是什么意思？还有那盒安眠药，如果是睡觉用的怎么不回来取？想必是下定决心要死。药被人发现了，就换别的方法。

可还是哪里有些不对劲儿。她抓住他的时候，他是什么状态？

想着想着便有种被不知道什么东西愚弄的感觉，整个青岛之行都有种被愚弄的感觉，乃至……为什么还在琢磨这个人！

她逼自己把耳朵交给客户。刚巧对方嘴里正说出"但是"二字，她瞟了一眼客户递来的打印图片，那根本就是她第一稿时的设计方案。

在十几稿的"但是"之后，伟大的客户忘了自己都否定过什么，一会儿要留白，一会儿要充分利用空间，经常提着一些前后矛盾的想法。她也不知道这个女的是不是没事可干了，天天左一趟右一趟跑来跟他们"沟通"。

"有问题吗？"白面团紧张起来。

"没有，没有，"周姐为难地笑笑，"我们欢迎您这样的客人，能坦率直观地表达自己的意见。"

许璟楠跑出接待区，到自己办公桌上翻找起来。她今天可听不得这么多的"但是"。

一阵乱翻，找到了第一稿设计图纸，回来扔到"白面团"眼前。"这和我最早的设计方案有多大区别？"

白面团和她大吵起来，连成熟稳重的周姐都没法替她圆场。其间许璟楠终于把那句憋了很久的话喷了出去："省省吧！三十平米再怎么装也变不成三百平米。"

"对客人讽刺挖苦证明你很聪明？"客户气走之后，周姐重重把门摔上。

"我只是指出事实。"许璟楠情绪激动，还留在之前的争吵里。"她可以说不好，可以说不满意，但不可以冤枉我！这不是玩我嘛！"

说的还是这件事吗？

周姐气得笑了："玩你？你觉得她花钱找我们，就是专门为了来玩你这个小助理？"

"什么样的变态都有。"说"变态"俩字还真是痛快。

"你知道为什么你来了这么久，还是助理设计师吗？"

许璟楠站在办公桌的一角，跟周姐几乎在一条水平线上，每次都是如此，好像这样能守住她那一点点骄傲。

"你太不让人放心了。"周姐似乎选了最客气的说法。"看上去挺乖的小孩，不知道哪根筋就会突然搭错，做出离谱的事。"

许璟楠睁圆了眼睛，好像不知道她说的是谁。

"我真不知道你想要什么。你是挺有才华的，但你真想升职吗？你有职业规划吗？我不知道我这么栽培你到底是不是浪费时间。你想未来变好吗许璟楠？我看你一点儿也不在乎。"周姐说话时始终在整理桌子上的文件。

她想未来变好吗？

为了离她妈远远的，她选择到北京读大学。在北京的一所不知名的设计学校上到一半，就因为跟妈妈关系闹掰，被迫退学。也就是那段时间，过了一段黑白颠倒的生活，认识了马一然。

　　那一年光顾着跟马一然战斗，没心思找工作，跟她妈闹掰前的那点钱也很快花光。她不愿意向她低头，更不愿灰溜溜地回去给她看笑话。要留在这个城市，要脱离马一然，必须开始工作。

　　头几次都因为她"突然做出离谱的事"告吹，直到在这个设计工作室遇到了周姐。每次跟客户见面，周姐都耐心地带着她。给她的承诺是：只要独立谈成两个签约客户，即可升职为正式设计师。

　　她觉得周姐像在等待什么。这种被等待的感觉又会让她莫名狂躁。现在好了，这个人终于也对自己失望了，她都有点幸灾乐祸。

　　回到自己的座位时，桌上的手机里有条没名字的未接来电。她拨了回去，对方很快接了起来。

　　"许璟楠？"

　　"你哪位？"问完她就觉得有些不对劲了。

　　他的那种口音还是很有特点，只是气势完全不一样了，温柔又腼腆，很难想象跟海边那个朝她大吼大叫的人是同一个人。邪门了，是他吗？他怎么知道自己的电话？

　　"我是——说了你不要挂电话——"对方沉吟着，似乎也难掩激动。

　　"那你还打！"她没好气地回答，心脏却不争气地乱跳。既有委屈也有些惊喜。她警告自己顶多再听一句就必须挂断。

　　"我想为那天的事道歉。你今天有时间吗？哪里都可以，你选地方，你选方式，或者你有没有很想去的餐厅？我现在去接你。"

他急切地说着，好像根本就没有会被拒绝这个选项。

"没时间。"许璟楠挂上电话。僵在座位上，半天缓不过神儿来。

他为什么要打过来？是觉得屈尊道歉，她立刻就会原谅他？问题是她这么个无足轻重的人，她的原谅有这么重要吗？在海边她可完全没看出来。

大白天来想这件事，她还是有信心想清楚的。她知道他那样的口气意味着什么。可是她已经没有资本再犯更多的错误，难道要把那点可怜的期待交给一个已婚男人？

她只是恼怒为什么他又来搅乱她的心。

还有一件事确实让她好奇。她登录MSN，问刘欣最近有没有把她的电话给过什么人。不问还好，一问刘欣就开始八卦地打听谁骚扰她了。

不是刘欣给的。

她想不起自己在青岛时曾在哪里留过电话号码，这个男人为什么每次都这么让人意外？

她制止自己再朝这个方向前进。这时才听见窗外的雨点密集地敲打窗户。才下午四点不到，天已经全黑了，雨声全面包围了北京城。尽管是在密闭的房间，也能感觉到空气里沉甸甸的水汽。有人叫唤着说要赶上北京"百年不遇的大雨"，办公室里响起了各种给男友或家人打电话的声音。

真是娇气，这样的雨她见多了……她也没什么电话要打，没有人关心她的好歹。去客户家恐怕也够呛了。

快下班的时候，糟糕的一天终于被她妈从广州打来的一通电话推向高潮。

她不该有那种错觉，以为许雅丽是因为天气才给她打的电话。许雅丽从头到尾只是在问她能不能从北京给她弟弟买一套滑板。那是她改嫁之后生的儿子，他们都在广州生活。她很惊奇许雅丽居然好意思提这样无情的要求，有那么多种途径可以买到，偏偏要让她买，还委婉地说可以给她"代购费"。

她只得降低要求，一直在等她问点滑板以外的事，问问她在北京的生活，哪怕是礼貌性质的，证明她确实有比一个北京代购处更高的价值。没问。

她没有吵，甚至还耐着性子问滑板的品牌、型号。挂上电话，她调出张铭的号码。这串号码代表着一个未知世界，她不知道拨过去会发生什么，但是她同样受不了什么都不发生，那她就和这个世界一点儿关系也没有了。只是每天把食物移到胃，从A走到B，总祈祷时间加速又不知道加速后又能怎样。

现在至少有个人需要她的原谅。

想到这一点她才觉着身体一点点地回暖。她开始在手机里编一条短信。检查了好几遍。发送。

没错，她就是喜欢干点离谱的事。

3

姜燕是典型的A型血，对危险的防范意识向来很高，从不在家里放太多现金。网上转账之类不管有多方便，她也从不尝试。想到输入几个数字，账户资金就在一个看不见的地方悄悄发生变化，简直可怕。

她总是梦见地震，只穿了内衣的她完全惊慌失措，不知道该先穿衣服，还是先拿点别的什么。

今天到银行柜台取钱的时候，她脑子就一直播放这个情节，心里一直压抑之极。到底该先拿什么？是什么逼迫她今天不得不来取十万块钱？

如果这个人不出现，她都没意识到，这么多年过去，自己没有从任何途径了解过那件事……对生活产生重大影响的事，她选择的方式竟然是完全的忽略。对于她这样的人来说，简直是荒唐。

更荒唐的是，世上还有个人，比她更先意识到那件事的价值。他好像在逼她从散沙一般的生活里站起来。

也许上次就不该去宾馆。可她不能不去。这好像是多年前就已排列好的暗层。

本想把钱打到对方卡上，就不用再见面了，马上就否了，她不能想象这一耻辱的记录会出现在她的银行账单里，她宁肯再麻烦自己跑一趟。原想和他签协议的想法也因此打消，那很有可能是自找麻烦。况且，如果协议对这样的人能发挥作用，他就不该出现。

好在他就是要钱。对现在的她来说，这简直是最轻的损失。或者也是对她疏忽的一个惩罚。

心神不宁地到了火车站一带，这个她一向最讨厌的地方，三天内被迫来了两趟。这是最后一次，她安慰自己，只要坚持住，把这件事解决，这个人就能再度回到那个把他吐出来的时空隧道。

当她再次站到那个宾馆房间门口时，黑暗中的脸突然烧了起来。有什么问题吗？

相比起麻烦自己带来的安全感，第一次见面的过程似乎太顺利了……有什么是她没注意到的？

没等她想清楚，门打开了。卢庆丰从半掩的门里露出半截身子，上身只穿了件背心。房间的背景声里隐约还能听见响动。

姜燕脑子里有片刻的空白。这的确和上次分手时交代的情况完全不同。

"屋里还有人！"她下意识地拉低了帽子。看到卢庆丰的表情后，她突然反应了过来，这可不在她的计划之内。不知道想起了什么，她脸微微发红，转身就走。

"欺负老子！"卢庆丰一瘸一拐追了出来，"晓得我跑不动，你跑啥子跑？"

姜燕站住，也觉得自己反应过度。

"你什么意思？"

"没见过嗦？"卢庆丰诡笑着走到她跟前，"还是你吃醋？"

姜燕低头看着地面，脸色红了又白，不知道该怎么接这样的话。现在的生活里，根本没人敢这么跟她说话。

这副完全不把他们前几天的约定当回事的样子，让姜燕突然感到这件事恐怕没那么容易解决。要么是他根本不理解他的出现对她的生活所能构成的威胁，要么就是太理解了。这次要钱会不会仅仅是一个开始？

除此之外，卢庆丰身上有些跟上次见面明显不同的东西。当时自己心情过度紧张，都没仔细观察过他。她默认这是个必须尽快解决的麻烦，但她不该默认他也这么认为。

究竟是什么？上次见面他几乎是有些谄媚……今天为什么整个人都显得有恃无恐？

卢庆丰也正斜着眼打量她。

"东西带来了？"

"你如果这样，我一分钱不会给你！"姜燕跌跌撞撞往门口走。说完发现自己的手臂已经蹭到旁边的墙壁，她像被烫了一下缩回手。

卢庆丰没有追上来，也没有说话。

姜燕已经看到走廊尽头的光，同时听见身后有些别的声音，喉咙里一阵苦涩。她站住了。

她听见自己刚说完的那句话，又在走廊里响起。这就是她漏掉的东西。

她快速转过身，卢庆丰朝她举了举手机。

"你录音了？！"姜燕声音有些发抖。想起上次见面的对话内容，她几乎虚脱。的确，上次在宾馆房间里，他一直在摆弄手机，她当时竟没有警惕。

卢庆丰揣起手机，哈哈大笑。"难得见一次，我不能一点儿纪念都不留下！"他朝她走了过来。"你放心，这些东西不会有第二个人听见，尤其是你老公。"

姜燕打了个激灵，想起自己的包里，除了那牛皮纸包着的十万块钱，还有一把瑞士军刀，那是她和张铭去瑞士旅行时买的，它也可以是一把凶器的意象从没像现在这么醒目。

冒出这样的念头姜燕吃了一惊。

有了这个可怕的念头之后，把钱给出去反而是容易的。她不想再多说什么，摸出了牛皮纸袋。"钱可以给你。"僵硬地迎上那个游移不定的目光。"把你的手机给我……还有，我要看到你的火车票。"

几分钟后姜燕飞快地从那个散发着臭气的走廊一口气冲到了马路上。如果不是空气里的潮气，她当街就要吐出来。冲进自己停在路边的奥迪车，瘫软在方向盘上发抖，半天没力气发动车子。

天色阴沉，土腥味儿十足，眼看就要下一场不知道多大的雨。她想起了张铭。在这么个肮脏时刻想起他，不仅没有安慰，反觉得遥远。

他肯定想象不到自己会来这个可怕的地方，会见什么人，会做些什么。他永远不会知道，所有的事她必须一个人完成，他没准儿还觉着自己很可笑。

那一瞬她突然感到很孤独。

胡思乱想！

她坐直身体，聚焦，大口吸入周边的现实，赶走那些没有一点用处的多愁善感。车内高贵皮质的味道和香水味，这才是她的生活。她明明是很好地完成一件事情，很勇敢，很坚强。麻烦出现了，她把它赶走了，解决了。一直不落地的靴子才让人不安。

他们只会比以往更没有后顾之忧地生活下去。

跟孤独有什么关系？

那个人，他身上的每样东西都是自己给的，每顿饭，每件衬衫上被熨平的褶皱，每天出入的地方，甚至他的安全。没了自己他还能活得下去？他连内裤在哪儿都找不着。

想到这儿，她眉头终于松开，定下神。这不是别的，这是永远不会背叛她的东西。

随即就是一阵强烈的自责。从他去青岛前的那场争执开始，到当着他妹妹妹夫的面发怒，自己怎么能那样？张铭其实什么都不知道，只能承受着自己的坏情绪，这对他实在太不公平。

再也不能这样下去，再也不能做让他不高兴的事情。这样的想法让她彻底振作了起来。她轻快地启动了车子，朝家的方向驶去。

4

最后他们决定吃日餐。许璟楠还在短信里提出，他们分头过去，不需要张铭接。这一点还真有点出乎他的意料。他想到她可能是考虑到雨天的交通状况。这个体贴的细节让他更觉得惭愧。

见到之前，还是出了一段小插曲。

他提早半小时到了餐厅，时间还早，客人不是很多。他习惯性地选了一个可以观测到整间餐厅的角落，调整呼吸，想象那个面目已经不甚清晰的姑娘以什么方式出现在他眼前。"到底有没有必要"的念头让他坐在椅子上怎么也不太舒服。

有个人朝他走来，他已经来不及低头。

"这么巧？"过来的是个中年男子，随后还跟过来他的太太。

张铭一阵慌张，强作镇静起来寒暄，膝盖磕在桌子上生疼。

这是为数不多去过他家的艺术家之一，李文波。姜燕颇喜欢他们家两岁的女儿，他太太偶尔还会约姜燕去逛古董家具店。虽然

"偶尔"，也不能冒这个风险。

"最近忙什么呢老见不着你？"对方一副要打开话匣子的样子。张铭只觉得脑子嗡嗡的，在他还没太理清楚自己思路的时候，就听见自己说："我有事先走了。"

出了餐厅，觉得自己简直莫名其妙，有些懊恼，自己是不是已经不适合这样了？为什么每件事做起来都这么不自然。

一旦动摇，所有的动摇就都来了。突然想起自己手机上连她名字中的"璟"字都打不出来，是在暗示这件事就没必要出现吗？其实本来就没必要出现，哪还需要什么暗示？

如此一番折腾，之前的满心盼望便朝着索然无味的方向蔓延。他默默生自己的气。

雨中乱糟糟的街景更增加了这种烦躁。但如果就此走了，又算怎么回事？他只是向她道歉，又不是非要跟她干什么。于情于理这都应该。就是这么回事。

他拨通许璟楠的电话，说餐厅爆满，恐怕要换一家。临了又提出如果她还没出发，他还是先过去接上她，再一同找地方。他以为她会为自己临时改主意生气，但她答应了。

她确实已经在雨里站了近半小时还没打到车，想自己去餐厅的计划没想象中顺利。接到电话时，她正站在公司门口的柱子旁边狼狈地抖着水。也好，这副鬼样子很符合她信奉的"不太完美准则"，她讨厌无懈可击地出现在男人面前。

至于为什么起先没让他来接，她是不可能告诉他的，那个原因她自己都觉得不可思议。

就这样，原本是不得已的补救措施，当两个人在许璟楠公司楼下碰面时，倒起了意外的好效果。

张铭从出租车前门下来，绕到后面给她开门。可能是因为淋了雨，女孩看上去比上次更纤细，也没有流露任何怪罪他的意思。这让他添了一份内疚，加上几天来的思念，心变得非常柔软。

半小时后两人坐在了一家日餐厅的包间里。

进包间前张铭的神经微微紧绷，有了之前碰到熟人那一出，出现在公众场合总觉不太安全。之前自己处理之拙劣也让他倍受打击，他还禁不住去设计了好几个比仓皇逃窜更洒脱而不失得体的应对……也只能留在下次了。下次？

怎么还有下次？吃完这顿道歉饭，就送她回家，算是认识个小朋友，绝对不能让好好一件事变成麻烦。

许璟楠感觉到了他的紧张，一路也提醒自己，不要让自己的好奇心激怒他，她再不想见到那张冰冷的面具，他不愿意碰触的话题绝不再问。他出现在这个雨天，已是最大的意义了。想明白这点，她首先轻松了。

张铭主动提起了那个话题。菜上齐，门关好，他向她举起了清酒。"那天我情绪不好，真是对不起，我不该对你大喊大叫。我这个人，有时候情绪上来就完全忘了别人的感受。后来我想想，你这么个小女孩，大冷天的下海想救人，非但没人感激，还遭到一通责备，换成是我的话，肯定都没你那么好的涵养。"

他后面说什么许璟楠几乎都听不见。为了不让对方看见自己夸张的表情，她赶紧低下头。他完全能感受到她的感受，他根本也不是什么构造奇特的人。她最早的判断并没有错。她不知道说什么能配得上她的心意，只是静静听着。

几杯酒过后，张铭的脸已有些发红。

"就像你那个朋友采访时问我的，最近确实方方面面都有一些问题。春季拍卖会上我第一次尝试新的画法，效果并不好，我自己就很不满意。换别的艺术家也许不会太在意某一个系列，但是到我这个份儿上，不知道你能不能理解，如果仅仅是为了名和利……我太太有一句话说得没错，我是个靠运气活的人。"

提到太太，张铭敏感地看了眼对方，她没有任何特别的反应。

"总之，"他继续说，"我怕自己枯竭，变成一个不断复制自己的人，是非常怕吧！拍卖会那个结果好像也印证了这一点。这样的事情我跟谁说都不会有人信，真是让人非常焦躁……枯竭是早晚的，就像年龄一样，它就是个现实……"

他停了下来，怎么说起这个？跟一个才见过没几面的陌生女孩说了最私密，甚至是颜面尽失的话，说完的感觉还很不错。是这小屋里日式的暖色调让人放松？

他的意思是，这就是他自杀的原因？许璟楠坐在对面的竹席上一动不动，听课都没这么专注过。仅仅是绘画上遇到问题至于想死吗？这个疑问只是一晃而过，立刻被她划入没有人情味儿的揣测。

她继续调动出全身的注意力，专心致志迎向这份信任。像被大人托付重任的小孩。

明摆着原本一个虚幻、冰冷、高高在上的远景，落实成一个活生生的、有温度的人，这才是她应该注意的部分。唯一让她有些不安的是，为什么是她？

同时在想这个问题的还有张铭。当说完"没想到在情绪最坏的那天被你撞上了"，他仔细看看对面的女孩。近距离看，她每一部分都符合他的审美，甚至有些似曾相识。可除了这些显而易见的应该还有更神奇的东西——为什么偏偏是她？

在问自己为什么选择跟她说那些胡话之前，是不是应该先弄清这个问题？在那种特殊时刻碰到了这样一个女孩，是不是在传达什么意思？

他回想每次觉得快要走不下去时，就会出现一线生机。事后看来，当时抓住它总是对自己最好的选择。

最好的？

比起发现了一个即将对自己产生重大意义的金矿，追究那抹疑虑就太扫兴了。

至此，这顿饭在两人心中都打开了新局面，他们好像都发现一些比暧昧更有意义的东西，都更理直气壮了。气氛一扫之前的低沉。

"能问你个问题吗？"餐品撤掉换上水果时，许璟楠歪靠在座椅上，"你究竟是从哪里弄到我的电话？"她其实是想问他眼角那道疤，可临时改了口，选择了个最轻松的。

"你真不知道？"张铭目光涣散地落在她的嘴唇上，"是你告诉我的。"

"我什么时候告诉过你？"

"你不仅告诉了我，而且是你先给我打的电话。"张铭笑了起来。

许璟楠知道他是在胡说。又追问了半天，张铭只是一个劲儿地对她提出的各种可能性摇头，说只能靠她自己想。许璟楠发觉自己像只笨猫一样被他扔出来的新玩具弄得团团转。

奇怪，自己一点儿也不生气。为什么反而有特别充实的感觉？

如果是马一然这么对她，她万分之一的耐心都没有。

为了回报张铭的坦诚，许璟楠也把自己一点儿不剩地讲给他，可惜对比之下，她的故事太乏善可陈，最后就变成了控诉她妈，控诉该死的客户。可她不管说什么，张铭始终兴致勃勃。

她第一次发现这些琐碎的、让她烦扰的东西没什么大不了。原本困在乱石堆里，他轻易就把她从中托举起来，好像那不过是一幅被她过度琢磨的景观图。她从没发现也可以这样离开自己的生活。

魔力就存在于对方的眼睛里。

一直待到餐厅关门，他们来到街上，雨停了。大雨时满街的混乱躁动都不在了，一切又恢复正常秩序。暴雨的洗刷，让每条街道都看着宁静、崭新，好像是刚刚被造出来的。许璟楠觉着连自己都是新的了。

电话的问题还是没有答案，为什么要换房，为什么要随身带安眠药，自杀为什么要脱掉衣服……她一直回避青岛那段，她感觉到他也是。所有的问题都没有答案，但都过去了，谁还会关心呢？毕竟每个人都有偶尔灰暗的时刻。

没了餐厅亮堂的灯光，两人更加松弛。虽然没什么亲密举动，可都有了依恋的感觉，在一起的心理时间远远超过了一个晚上。

张铭差点儿没把这句肉麻话说出来。

他几次漫无目的地伸手打车，又几次看着空车驶过，没有停下来的意思，两人同时在心里松了口气。

走完整条街，来到一个路口，不得不停下来，都回避着要去哪儿的问题，都不知该拿这段时间怎么办。许璟楠奇怪他这样的人居然也要打车。

"平时有什么事都是我……"张铭差点又要说出"太太"两个字，还是咽回去了，"打车也很方便。"

说着话又一辆空车驶过，还真是不给面子。

走到下一个路口时，终于有辆空车放慢速度。张铭在心里做着最后的挣扎：送她回家吧，不要自找麻烦。

"时间还早，要不要去我画室坐一下？"他听见自己的声音又自作主张了。

许璟楠心慌地看着面前发亮的马路。她的确希望跟他就这么走下去，可总得选择——要跟他更近一些吗？这到底是什么样的人？他那个多面体里的黑色部分，印象实在深刻。尽管今天晚上她一点儿也没见到，简直彻底忘了。

她现在反而更担心自己未来会有不如人意的表现。

她想起在海里碰到他胳膊的瞬间。当时的心理活动，不全是害怕，还有些兴奋，她想即便是被他一起拽到海里，也不是多么难以忍受。为什么竟是无所畏惧的感觉？

他们现在都好好地站在北京大街上。某种意义上，是她救了他，也是他救了她——还有比这更好的理由吗？

她努力抓住此刻最真实的想法——对，她现在最想做的事，就是忘掉那个悲伤的海边，紧紧抓住随之而来的魔力，追随那份可能是她所见过的最温暖的东西。它跟以往任何一次都不同。因为她已经是新的。

夏

第四章

2011年7月5日　晴

　　快热出幻觉了，北京能一点一点蒸发了？

　　这几天腿儿都遛细了。还在一辆空调坏了的车里，做着一些没指望的事。

　　心是怎么磨硬的？现在正经是全身最硬了哈哈哈哈哈。

　　去现场仨人都吐了，就我没什么感觉。被砍头的不是第一次见，关键是搁时间太久了。这天儿，放块儿生猪肉小半天也臭了。

　　案子我特别想记一记，等回头侦破了，我好提醒他们究竟谁做了无用功。

　　一土款，死自己家里了。门锁完好，没有硬闯迹象。

　　嫌疑者有她老婆（他外面有小三），还有他弟弟、弟媳（弟弟在当哥的厂里上班，对哥给的工资一直不满）。两队人马都有充分的不在场证据。

现在全组就我坚持认为是他弟干的。其他人全朝他老婆那头儿使劲去了。

前天开会老刘都快跟我急了，说我最大毛病就是刚愎自用。这孙子最近跟谍战连续剧学了不少成语。

开始我也直觉是他老婆，可见了真人我觉得不可能。

她老婆有句话我印象挺深，她说他们早没感情了，没必要杀他。

我当然没蠢到从一个人嘴里蹦出来的玩意儿判断真假。她那种状态，乍一看是平静，按说死了老公不该这样，从哪个角度看都不该这样。再深想，是冷漠。

她也完全可以是装出来的。在把所有可能性想过之后，她选择用最危险的方法迷惑警方——坦白她确有作案动机，但是她——没兴趣。

我也跟着转了好几个弯之后，意识到可能事情没这么复杂。

她不是凶手而已。

这个直觉要比一开始的直觉更可靠。我靠我这儿说什么呢！这还能叫直觉？！

走夜路这么多年，见的鬼还真不多，都他妈是人在故弄玄虚。

最简单的往往可能是对的。

至于死者他弟，他最有机会配到哥哥家里的钥匙，我这几天就忙活这事呢，孤军奋战在各个配钥匙摊儿。

他动机不足？我都懒得跟他们掰扯。其他能耐不好说，辨认谁是从阴影里走出来的本事，我一直都有。他弟弟脸上就全是这种玩意儿。我都快能听见它跟我说话了。

证据。证据。证据。

这你妈真是个绝望的工种。晒爆皮了，一下午一无所获。还真有点儿怀疑自己。

我是不是正走在歧途上，而且越走越远？

"真理总掌握在少数人手里。"我很想问问少数人，你们还好吗？

昨天跟她闺密去看电影了。我靠，写下来看果然更变态。

《哈利·波特6》。前5个都没看过。但我够不错的了，都没看什么《单身男女》。

答应完了就想扇自个儿！怎么就这么想跟她的生活发生关系？

她闺密简直是最不公平的线人，净听我瞎打听了。边打听边纳闷，为什么不直接说我想追许璟楠，为什么就让她那么误会着？

和目标的闺密约会……感觉上既不需要马上拿下目标，也没有和目标失去联络。

老觉得我还得做点儿准备。

离她越近越慌。想把她每根汗毛都了解得透透的，再出手——真会出手吗？

我也知道这样没好处。这跟我想干的事几乎是相反的。但我就是这么变态。

在公家账号上查私人信息是我最不齿的行为，你想了解一个人为什么不走到她面前去了解？我让自己不能这么无耻，不能无耻到去查她的信息。

我说了我是个变态。

她身份证上的照片看上去比她本人大10岁。

她妈叫许雅丽。她爸叫王文辉。10岁改过一次姓，随妈姓了。

看这些东西有什么用？难道指望能查出她最喜欢的颜色最爱听的歌最想找的男人？

我真想把自己手剁了。把她了解个底儿朝天又如何？要定她罪？她将来会举行一个"那个最了解我的人"有奖竞猜？

现在我就要对着我的两只手说：傻×，别再干这些没用的了，否则我可再也不帮你了。

1

"当然有吃的，我也不能虐待他们啊。小王叫了边上那家湖南菜。"张铭上身赤裸靠在床头接电话。

不到五点他就把所有工作人员都打发走了，二百多平米的画室完全为他们的约会清了场。

"……你道什么歉？我自己还回不了家了？"他一边说，一边低头看了眼趴在边上的许璟楠。

从他那角度看不全她的脸，只能看见她低垂的纤长睫毛。像猫一样安静。

他知道她在一字不落地听着，看不出有任何的情绪。真不知道他如此熟练的撒谎在她心目中究竟是怎样的形象。

没有避开她接这通电话，大概就是因为她表现出了超乎寻常的承受力。两个多月相处下来，有时她岁数小得让他觉得罪恶，有时又觉得她和自己几乎同龄。真是个矛盾的人……

稍一走神儿，赶紧专注回手上电话。"你尽管逛你的，不用管我了。"

原本还想着该找什么借口晚些回去，姜燕倒先打来电话，说要去逛家具店，今天不能过来接他了。

最近几个月他每每为一次约会投入一级战备，姜燕并没有他想的那么在乎。第一次提出不需要她到画室接他时，本已准备好一整套说辞，可没等他啰唆就答应了。随后他不管多晚到家也不会盘问。

他不知道是什么让她发生了转变，那些原本分布在他生活各个角落里的红外线的确没了，偷情的时光竟来得这么容易。有时他想，他以为姜燕离不了他是不是也是一种自作多情？

"现在好了，还能待一两个小时。"挂了电话，张铭也懒得再去琢磨姜燕的心思，身体松垮垮地向下滑去。

"你好像很不放心？"许璟楠扬起脸看着他。

"有点累吧，"张铭解释道，"每次变着花样找理由，理由之间还得有逻辑……一点不轻松。"

这话真是索然无味，也与事实不符。他调整自己的姿势离她更近些："照我最近跟她说的情况，画展恨不能已经开始在布展了。"

许璟楠没配合他。

"怎么了？"

"都怪我今天突然袭击，害你又紧张一回。"她闷闷地回答。

"我怪你了吗？"张铭暧昧地说道，手开始在她身体一侧游走，"有我这样怪人的吗？"

说着手已到她腰间的凹陷处，把她揽到自己身下。贴着她凉凉的皮肤，他能感到自己浑身滚烫，他俯下身亲吻她。要马上让对方和自己在同一个温度里的想法让他感到极度色情，也极度甜蜜。

如他所愿，她的那阵低落很快就过去了，身体一点点苏醒过来，更热烈地回应他，很快就吞没了他皮肤的温度。

"下一次就这样接她的电话吧……"过了一会儿，他听见身下的她说道。

"好啊。"

回答完之后，他刚才那阵冲动没有了。

春天最初的几次约会里，他还没能很快体会到这件事的乐趣。作为大对方将近二十岁的人，起初反倒更扭捏，还妄图抵抗对方想从他身体里牵出一头动物。尤其是许璟楠，和他接触过的女人又太不一样。

姜燕就不必说了，已经很长时间想不起来她裸体是什么样子。自打听医生说没有生育的可能后，她对这个事更不感兴趣。

而身边这个女孩，从一开始就对他的身体表现出各种程度的兴趣。单是接吻的次数就超过他前半生的总和。他和姜燕在一起这些年，两人从不接吻，哪怕在最早期，姜燕都明显回避这件事。

许璟楠在这方面像个贪得无厌的婴儿，里面的直率和热情，十足让他不好意思。没多久这些全部转移到了他的身上，现在反而是他更离不开亲吻的感觉。

他以前从不谈论做爱过程中的感受，许璟楠每次都好奇地问个不停，逼迫他描述那些让他羞于启齿的生理变化。这一次和上一次有什么不一样，这一刻和那一刻有什么不一样……好像不能错过他身上发生的任何事情。

刚开始他还装腔作势地使用一些经典绘画流派，后来用的是颜色，再后来就变成了最粗俗直白的表达，并且也会大胆追问她的感觉。事后想起他们的对话内容自己都觉着脸红心跳，可这过程的确增加了一份无可替代的亲密。

所有自认不可能突破的界限一再被她攻破，而且那么容易，容易得让人觉着之前的坚持是那么可笑。只是他不明白，为什么这份亲密最浓的时候全部发生在床上。

唯一副作用是约会结束的时候。每次送她回家，都不忍心去看她。全程她都会紧紧攥着他的手，就跟再也见不到了似的。他能做的只是从车上下来，再陪她走一段路，直到不能再送。能安慰她的语言也非常苍白。上一次印象尤其深刻。

那天他走出去一段后又回头找她，她就在门洞外的树影里安静地站着，虽然只有个轮廓，那个轮廓按理也该是热的，实际上却是冷冰冰的。忧郁让她看上去比任何时候都成熟。

他第一次担心自己做的这事是否太自私。

和她之间毫无过渡的升温，他也找到一点勉强的理由。上次约会才知道，许璟楠的爸爸在她八岁时就去世了。

"心脏病。"说话的时候她正把一片三文鱼蘸上一大块芥末，表情之冷漠平静让他诧异。说完这三个字便不想再谈。

连起来琢磨这两件事会有些怪异。可那多少也能中和掉一些他的罪恶感，让他觉得自己在做一件能抚慰别人的事。

"真有意思。"张铭借着台灯光看着她。

"什么真有意思？"

"你的脸。"他伸手把她皱起的眉毛舒展开。"每次我看着你，都觉得已经完全记住了，可一分开就怎么也想不起来你到底长什么样。按理说这是我们画画人的强项，你说这是为什么？"

"因为没有特点。"她有点不自信起来。

"不是。"张铭低头亲了亲她。"不舍得记？"

"胡说。"许璟楠慌张地转移了目光，瞥见了他腰间的瘀青。

"怎么又刮成这个样子？"翻过他的后背，看到了更大片骇人的紫红色，"她到底觉得你有什么病需要弄这些东西？太难看了，至少夏天别弄吧！"

张铭翻了个身，遮住后背。"又不碍事。"

"不是答应我不再让她刮痧了吗？"她嘟囔，"现在已经是我的……我的东西了。"

张铭尴尬一笑。看来有人已经进入到分别前的焦躁时段。

"还不满意？这已经是她跟我现在唯一的亲密接触了。"他伸手想摸摸她的头，她把头撇向一边。

房间里突然安静下来，只剩下张铭那句怪异的话。郊区的晚上异常寂静，只有空调发出单调的闷响，偶尔还能听见几声狗叫。

"你那个闺密，"张铭打岔，"有天打电话给我，说想做798那个卡地亚展览的活动采访。我让人给她发了邀请，把她高兴坏了，非说要请我吃饭。我真想说，替我好好照顾你就行了——你没跟她说过我们的事吧？"

许璟楠也不知道有没有在听，咬着嘴唇，举着空调遥控器胡乱调节温度。调了半天之后，突然看过来。

"她很爱吃怡口莲吧？"

她几乎是笑着问的，张铭还是愣了一下。之前在超市买东西时，想起早晨在厨房里看到空的巧克力包装盒，顺手给姜燕补了一盒，没想到她留心了。

"你说过你不爱吃甜食，所以只能是给她的。"许璟楠语速飞快地补充，说完战战兢兢垂下了头。

"家里时不时会来些小孩……"张铭窘迫地解释。难怪自己的后背突然变成了被争夺的领地。

许璟楠拉了拉毯子，盖住自己。张铭想改口已经来不及，气氛一时有些冷清，只能听见刚被她调节过风量的空调口，更大声地吹着冷风。

张铭看了眼墙上的时钟。"我先去冲澡。"

许璟楠拉住了他。"今天能不走了吗？"

"那怎么行？"他惊讶地看着她，"你一个人留这儿不害怕？这可是郊区！"

"当然是和你一起。"她有点不好意思。"我还没见过早晨的你。你不想见见早晨的我？"

张铭大笑着抽走手。"那不行吧？明天一早阿姨来打扫，也能看见咱们两个早晨的样子了，她看见，所有员工也算是看见了，他们这一天都得感谢你了。"

姜燕也主动提出过他太累的话可以在画室过夜，他反而给自己定了纪律，无论怎样每晚必须回家。

他的笑声一直到卫生间里才消失。

许璟楠蜷缩在床上。

终于不用笑了。

"我送你。"两人都洗漱完毕后,张铭神清气爽站在她对面,说出这句已说过无数遍的话。

许璟楠看了看他,没像往常那样拉着他的手走出去。

"不然我们去旅游吧!"她用手指拉扯着自己尚未干透的头发,像发现什么新大陆一样朝他说道。

张铭有些意外,坐到一边。原来不是在开玩笑,有人真的认为他早晨那个油光满面的样子很重要。

"你今天怎么了?"他把她拖到自己腿上,"我年底还有个新作展,你也知道,目前去旅行显然不太不现实……"

张铭还想说"别着急,会有机会",没说出口。

"你看我哪还有心思画?"他把手放到她双腿之间。

许璟楠绷着脸没吭声。

张铭又瞄了眼墙上的挂钟,急需用说话压制住突然涌出的情欲。"你说过,如果喜欢上哪首歌,就会不断地听,一直听到恶心为止。我可不想变成那首倒霉的歌,我们要节制,对吗?"

"你是不是很怕她?"许璟楠脱口而出。

那个亲密的姿势立即变得突兀。两人脸靠得那么近,她清楚地感觉到张铭的脸色沉了下去。

这算是"她"最隆重的一次出场了,幽灵一样出现在房间里。

张铭没回答,把许璟楠推到一边,默默去把弄乱的床单整理平整,角落里的垃圾扔进垃圾桶。所有东西都归置回原样,最后站在床角仔细检查。一次都没有把目光再投向她,明显是回避着刚刚发生的不快,并希望她也能这么做。

如果再过去把台灯关掉就更精彩了——许璟楠几近崩溃地看着

这些再正常不过的动作。

她从没有提过让他为难的要求，一般的要求都没提过，这是第一次。她知道自己已经来到一个临界点。那个幽暗的念头一整晚都没被她赶走，仍在高度控制着她。好几天了，她一直像个疲于抵抗的傀儡。

她看着那个逆光中的身影。"我就是随便说说，我也不一定请得出假呢，这个月还要画两间美式乡村风格的图纸……"

一时间她分辨不出自己对这个身影的真正感觉。分辨本身就让她难受透了。

"我们来日方长。"张铭关掉了台灯，先她一步走出了房间。

许璟楠盯着他消失在黑暗的过道里，最终没勇气把喉咙里的话爆发出来。她真不知道老天爷为什么要让她知道那件事。如果不知道该有多好，她就还会像以前那样肆无忌惮地享受那份魔力。

现在一切都晚了。

像刚刚从房间里消失的那片橙色的光。魔力不见了。

2

最近两个月，姜燕每天都要把自己搞到筋疲力尽。挑选地板，见装修工人，选购家具，设计花园……幸好装修一个将近五百平米的房子，有很多事情要做。这才能保证每天回家倒头便睡。

骚扰电话一直没再打来，那张开往贵阳的火车票确实把那个人带出了她视线，但还是把一个她想努力忘记的世界扔到她面前。

第一次见面时，他无意提起她三姐得癌了。不知道也就罢了，现在像鞋底扎进一根钉子那么别扭。

最初几年她会催眠自己，可以用那个"理由"鞭策自己。自打过了三十五岁，她意识到自己身上已经发生了变化。不是动摇，而是一种无以宣泄的空虚。

经常去看的那位中医告诉她，女人每七年是一个坎儿。三十五岁，是正式进入衰败期。大部分她这个年龄段的女人正在养孩子。

每次那个老中医捏着她的手腕说，早生个孩子就哪儿也没毛病了，总让她觉着自己身体里有个被轰炸过后留下的大洞。这条建议从打她三十岁看中医时就在听，现在终于没人说了。

真有什么病才去看中医吗？也不是。只是喜欢被问诊的过程。

她和张铭有过一个孩子，还是刚去美国时。他事业刚刚起步，她每天要打几份工维持两人的生活，原本就没有生孩子的条件，再加上那个意外……

那也是他们最后一个孩子。

茶几上摊着两本刚网购来的装修杂志，半天没翻完一本。她看了眼墙上的时钟，差几分钟十二点半。张铭还没到家。

最近他经常回来得很晚。画展前后这样也很正常。那次拍卖会过后，他状态一度很糟糕，经常一礼拜不去一次画室，连她都觉得犯愁。现在他终于重新振作起来了，她真心替他高兴。

正打算上楼去睡，门外传来动静，一个影子出现在玄关。

"还没睡？"张铭看到光亮，远远跟她打了声招呼，钻进小屋换衣服。

姜燕接了杯冰柠檬水，跟了过去。站起来时才觉得最近走路太多，腿都有点酸胀。

　　"以后你困了就先睡，不用等我。"张铭背着身说。脱下来的外衣卷成一小团，塞进脚边专门搁脏衣服的筐子里。"我要去冲一下。"

　　每次和许璟楠约会完毕，为了不引起怀疑，他都会在画室和家里各洗一次澡。

　　"正打算去睡。"姜燕把水递给他，抽出透明塑料袋将张铭的手机包裹起来。最后她的目光停在了张铭那堆脏衣服上面。

　　张铭心虚地走出小屋。

　　"你这些天都在打车？"姜燕在后面说道，"外面那些车不知道多少人坐过，都不晓得有什么细菌。要不你就雇个司机吧？我最近也有点忙，可能还要几个月才能装完房子。"

　　"好。"张铭解脱似地应道，一口气终于喘匀了。

　　"谈得还顺利？"

　　"顺利。他们这次想要找个大一点的场地，开幕当天再请些外国的乐队。对了，给你买了巧克力，在外面案子上。"

　　"啊！"姜燕很惊讶，"我还说今天忘了什么没买，你还记着？"姜燕说着，走回门口，从那巧克力盒子里取出一块儿。看得出她非常感动，又有点不好意思。

　　"这么忙你就不用管家里的事了，全副精力对付画展。"

　　听她这么说，张铭心里还真有些慌。

　　自从画室启动了约会功能之后，他的工作更是一筹莫展。他知道这样太不专业了，可也不能说一点儿好处都没有，爱情让他的脑细胞重新活跃起来，每天都有些新想法……

想到这儿，他记起今天分手时许璟楠反常的表现，那种陌生的口气，有点难受。

"那天听小虫妈妈说，"姜燕跟在张铭后面上楼，心情倒是不错，"最近温州人不炒楼了，开始大量投资艺术品，很好的机会哦。"

"难怪买画的电话都直接打我这儿来了。"

张铭说完想起，到家后还没关手机。想回楼下取，一转身发现姜燕表情怪异，怔怔地看着他。

"什么买画的电话？"

"我怎么知道？莫名其妙，大概就是你说的温州人？"

姜燕意识到自己挡住了张铭，赶紧让到了一边。"直接打给你，恐怕是熟人介绍的吧。"

"不可能，"张铭在客厅里转悠，到处找手机，"熟人不会直接把我电话给出去。一听就是那种自己撞上来的。"

姜燕靠在了楼梯扶手上，好心情彻底退场。

"什么时候接到的电话？电话里怎么说的？"

"昨天？"张铭又回到换衣服的小屋里，手机果然在那里。出来时姜燕还是直挺挺地站在客厅中央。

"昨天？"她表示仍在等他说说那通电话。

张铭定下神来才觉得在被迫回忆一个没劲的事。"我哪记得那么多，无聊电话多了。"

"这么巧？我刚说了温州人，你就说有温州人打电话。"

张铭坐在客厅沙发上，隔着被姜燕包上的塑料袋，删掉和许璟楠有关的通话记录、短信、照片，删到一点儿不剩后终于放松下来。再看见自己给她起的新名，差点儿没笑出声。

"我说是温州人了吗？你怎么听不懂玩笑话？"他轻快地对姜燕说道。"你这个人就是一点幽默感没有。"

"到底是哪儿的人？"姜燕突然提高了声音。楼梯上的顶灯下，苍白的脸上两只眼睛瞪得吓人。

张铭吓一跳，实在有些搞不清状况。"一个破电话有什么可问的？我每件事都要向你汇报？"

姜燕喊完也就后悔了。是不是因为太累了，精神也太过紧张，怎么一下子就能想到那边去？

"你别跟我嚷，"她态度软了下来，检查自己这一番表现也确实很奇怪，"我是纳闷你的电话怎么会泄露出去。现在骗子这么多，很不安全。"

张铭懒得再多说，默默上了楼。

他是说昨天接到的电话吗？看着他的背影，姜燕努力用残存的精力思考着。到他的手机通话记录里找出这样一个陌生来电应该不难。

也许最后只是虚惊一场，但她必须确定。

她注视着张铭拿着自己的手机钻进了二楼的卫生间。

心里惦记着这个事，肯定睡不着了。姜燕辗转反侧，又不敢翻动太厉害，她希望张铭快点入睡。

凌晨两点多，张铭终于发出熟睡的均匀呼吸。手机就放在他旁边的床头柜上，姜燕做贼一样拿了手机下楼。大半夜的，这样的举动连她自己都觉着怪异。好多年没查过张铭手机了，早先在美国时多次为这事吵过，后来也就默认了这条规则。

他设了开机密码，姜燕只试了两次就成功进入，自己都觉着好笑。

刚一打开，一条短信进来，发出时间是两小时前。不是她想看，而是这条短信就在最面上。一个名为"徐鲸南"的发来的信息，内容就两个字：晚安。

没听说过这个名字，不像个女人名字，可大男人会发这种东西？走神片刻，注意力立即投入到前一天的通话记录。

当天一共有八通电话。除了五个有名有姓的来电，另外三个是没有名字的。她找了纸笔把这三个电话号码记了下来。

剩下的，就是等待天亮了。

3

每一个约会的傍晚，许璟楠在公司楼下找到他的身影，立即就变成了世上最轻盈的物体。

她的钟才开始走了。

从前自以为一个失败又一个失败组成的生活，也不是没滋没味不堪忍受。就连那个每天用各种方式跑来跟她说"但是"的白面团，都快和她成为闺密了。

她跟他说，见不到他的时间都是垃圾时间，她真的不是开玩笑。

魔力尚在的时候，她不仅没有智商下降，反而变成了世上最聪明的人。全神贯注带给她非凡的理解力，让她像拥有了世上最灵敏的接收器，可以任意在另一个人的身体和大脑里自由出入，甚至比他自己更明白他的每一分骄傲和每一缕纠结。

每当画室墙上的时钟指向十一点左右，张铭会立刻站起来，打扫，离开。

即便她知道自己的时间同样将马上停在十一点，可她还是能轻易拿出整个魔术里最容易的部分——"你们家是需要打卡吗""午夜必须离开的灰姑娘"，轻松化解他的尴尬。

她也丝毫不怀疑这里面有自欺欺人。他们共同度过的一个个完美夜晚，他可说是尽心尽力，毫无伪装，她前所未有的充满信心。

从张铭偶尔话里话外，她自认为已经很熟悉那个背景：一个呆板、僵硬、自以为是、因为自己有洁癖都不肯跟自己丈夫接吻的女人。构不成任何威胁。

一周前发现了一件事情，这份自信彻底颠覆。

那天上卫生间，洗手池里扔着一份刘欣单位的报纸，青岛艺术节的专刊，有整整两页刘欣给张铭做的专访，最后配图就是他成名作《新世界》系列中的几幅画。那些色调鲜艳的画印成黑白色之后有点不知所云。

在那之前，她甚至从没在网上搜索过他的名字。不是没有好奇，只是觉得那跟她没有关系。她宁愿相信自己看见的听见的，从别处去了解他只会让她觉着陌生。

她看了那篇采访。多数内容她当时都在现场听过了，只有某一段内容看得她浑身发凉。

对他影响最深的人，回答是他的太太。他重新拣起画笔，并且有了第一批成名作，甚至创作期间的安定生活，都是太太带来的。"如果你非要说有灵感来源这回事，那就算是她吧。可以说'新世界'系列的诞生，都有她的功劳。"

这些是正巧在她去天台时他们聊到的吗？她回忆青岛采访那天

的每个细节，为什么她正好就没听到这部分？如果当时听到了，也许她会做出完全不一样的决定。是这样吗？

其实这段话也没什么，看不出任何情感色彩，只是在客观地叙述一个事实。不知道为什么就是觉得那么难受。

她不清楚她做的这些事对张铭真正的意义，对她来说，算是情深义重。他还是背叛了她。可笑的是，这个背叛就来自他与她之间的爱情。对她来说光芒万丈的爱情。

这两个相互矛盾的事实是如此让她难以下咽，看完那篇采访后的每一分钟她都被一种说不清的混乱折磨。那个可以钻进他的灵魂里一探究竟的特异功能，那一刻突然中断。

扫兴的事跟着就来。她终于明白了最早张铭是从哪里弄到她的电话。咖啡馆采访那天，张铭迟迟不到，刘欣手机没电，就用许璟楠的手机给张铭拨过电话。所以他手机上会有她的号码。所以在日餐厅第一次约会时他会说"是你告诉我的，是你先给我打的电话"。

悬了两个多月，谜底竟这么平淡。比这更扫兴的是，那女人的影子开始无处不在。比如他在超市里偷偷买的巧克力，比如他为什么没能和她做第二次爱……她知道是为什么，甚至能准确地指出她出现在他们之间的时刻，从刚过去这晚看来，只要她想，她还能亲手制造这样的时刻。

跟他在一起时，她还是尽量做一个近乎完美的小情人，却已不能像最初那么轻松自然。好像不知从哪个阴暗角落里冒出了另一个自己，带来一些不怀好意的求证念头，像壶里总也冲不干净的水垢，不断地向那个正全身心沉浸在幸福里的自己发出挑战。

她不愿意说自己被带进一个错误里，更不想说这是什么罪恶感，她知道没那么简单。如果罪恶，为什么肉眼可见的自己仍然在讨好他，甚至更热烈地索取？对他的需要她真是一点羞耻心都没有。

如果再不做点什么，她知道那个阴暗的自己几乎就要成功了。

她必须知道更多的事。

既然不敢直接去问张铭，就想到刘欣也许知道一些，可又暂时不想让她知道自己跟张铭的事，她不想从无关的人嘴里听什么"正确"的话。

这时她想起了刘欣的采访录音。录音笔里的内容估计已经删除了，可刘欣每次采访过后，都习惯先把对谈内容以文字形式整理出来，再从中选取一部分来完成稿子。找到这个采访原文档，应该可以看到更多的信息。

那之后的几天，她都在惦记刘欣的电脑，并祈祷她没有删除这份文档。如果没有这样偷摸的想法，她过去经常能很自然地抱起她的电脑玩，现在反而做不到。

刘欣白天去报社会把电脑带走，晚上插着门睡觉。每次许璟楠从公司下班回家，刘欣已经跟她的电脑粘在一起了。也曾出现过一些瞬间的机会，可是她始终没勇气走近她的桌子。也许心里也同时恐惧着里面的内容。

这个机会五天以后出现了。

那天是个周末。几天前许璟楠听说前男友马一然吸大麻被警察拘留了，为了让自己最终甩掉他这件事无可挑剔，她到处打听怎么才能把他捞出来。经刘欣提醒，她才想起自己也是认识警察的。

杨霄。说是一个奇怪的异性好友也可以。那时她和马一然还同居在马甸桥的两居室，某次半夜打架因为动静太大，遭邻居报警，当时赶来调解的警察就是杨霄。

几个月之后，她在常去的网球馆竟然再次碰到了他，他已经调到西城公安分局刑警队。此后两人偶尔能在网球馆碰上，有时也一起打球。

许璟楠一个电话过去，杨霄答应给问问。刘欣说不能白让人家帮忙，这么大的事，应该感谢他，不如请他去高级场馆打球。张铭刚给她办了一张网球俱乐部的年卡。

许璟楠终于听明白，是刘欣自己想见杨霄，不好意思直接约，便要通过她当桥梁。她觉得有点别扭。

不知是否因为杨霄曾见过自己最狼狈的一面，她并不想跟他有更多交往。而且他身上总有股可以说是戾气的东西，让人想避而远之。

经不住刘欣软磨硬泡。反正周末也需要打发时间。

距离上次约会已经过去五天，她和张铭没有见过面，电话也通得很少，印象里这已是最长记录。她不知道出了什么状况。电话打过去都是转至小秘书。隔很长时间他才打回来，说是这几天工作太忙，并安慰她说是在为他们出去玩做准备。

她半信半疑。放在以前，他不接电话她就疯掉了，可因为心里有了那个疑问，这样反而更好。理清头绪之前她也害怕见他。

三个人打完球之后，刘欣提议回她们家做饭，让许璟楠和杨霄先回家等着，自己绕道去买菜。

回到住处，只剩他们两个人了，杨霄先前那种傲慢与活泛立即收敛了，进屋后就坐在过道的沙发里默默抽烟。

良好的运动习惯和职业原因让他身上一丝赘肉没有，黝黑精干，身高也刚好是个不容易让人担忧的高度。只是他不管怎么懒散，总带着股警惕劲儿，似乎随时准备将身边出现的嫌犯制伏。

许璟楠收球包的时候，瞟见刘欣桌上的电脑，突然意识到这是个好机会——刘欣一时半会儿回不来，杨霄又不知道自己会干什么。

"你要不要去洗澡？"她对杨霄说。

"我在你家洗什么澡！"他站了起来，"你洗你的。如果不方便，我先出去转一圈。"

"我是想你刚打完了球，大夏天的……"说着她就开始后悔。对啊，让他出去待会儿岂不是更好？

"我洗。"杨霄不知道听成了什么，脸色蓦地一沉，钻进了卫生间。

听到水声响起，许璟楠进了刘欣的房间。

好在刘欣有分类文档的好习惯，很快就找到"采访录音"文件夹，很多篇文档，"画家 张铭"赫然位列其中。

太紧张，她竟忘了最妥当的做法是先找个U盘把这个文件拷走。迫不及待点开了文档。

将近两万字。她快速浏览，跳过大部分她知道的，想赶紧找到张铭谈他老婆那段。在文档的后三分之一处，她看见了。

她把后面的内容也快速扫了一遍，确认全篇只有这一段落是和她老婆有关的，这才定下神来一字一字地看。

"那时我们刚到美国不久，住在布鲁克林的一间地下室，也是我到美国后的第一个画室。我当时就有了画《新世界》的一些想法，不过不知道是不是天意，最早那批画现在已经看不到了。

"因为一场大暴雨，画室淹了水。当天我不在家，我太太一个人在。可以说她是冒着生命危险帮我去抢救那批画。可雨实在太大，我赶到家的时候，几乎所有画都毁了。两年多的心血一夜之间就泡汤了。那次之后就非常非常灰心，她一直在鼓励我重新来过，如果没有她，纽约大街上就会多一个刷盘子的男人吧。

"重新拣起画笔后，我再也画不出以前那种东西，突然不会画了，非常难挨的时期。等我终于重新开始工作，整个风格都变了。不破不立吧，也许正是那场雨逼着我打破过去的自己……最后结果就是你们现在看到的这个样子。嗯，对，她对我的影响就是这种比较微妙的，这部分别写了。"

许璟楠看得十分着急，刘欣接下去竟真的转了话题。她生怕自己错过什么信息，又看了第二遍。因为太过专注，都没听见卫生间的水声什么时候停了。

"合着你们俩平时用一台电脑？"

身后响起一个刀片般的声音，她心脏一阵狂跳，慌忙合上电脑。

杨霄靠在门框上看着她，不知道已经站了多久。

4

"你能不能别乱动我东西！"张铭气急败坏地从画室冲出来，直冲到卧房——他和许璟楠平时约会的地方。

姜燕在里面待了快一个小时，他觉得自己马上就要着火了。他想找一种型号的画笔，找到满头大汗没找到。

已经快一个礼拜了，他去哪儿姜燕就找借口跟到哪儿。去画室也跟着，说要帮他彻底打扫一下卫生。看画展也跟着，而她以前几乎从不和他出席任何公开场合。

　　不是普通的跟随，寸步不离。每次给许璟楠回电话只能躲进厕所——那也有一次姜燕突然推门进来。虽然把电话转移到了小秘书台，但还是会随时听到短信通报，他就还要分出心思藏好手机。

　　今早打开手机又有三个许璟楠的来电，他快要疯了。见面这么简单的一个事他却安排不出来。几天来干什么都心神不定，干瘪到极致，到此刻他已经连假装若无其事都很难做到。

　　他不知道那女孩哪儿来的这么大魅力？这不是很可笑吗？连她本人都没表现出需要他奉献出这等程度的狂热。

　　全世界男人都在出轨，有几个会像他这么焦头烂额？

　　尤其是想及她会怎样看待这些天的自己，那简直就是在朝心尖上打钻。在电话里出于面子，他也不好意思说是老婆的原因。后来索性不回电话了，两头儿压力担着。

　　姜燕发现什么问题了吗？几次试探下来，也不是那么回事。

　　画室所有东西都被整理过，看上去更整洁有序。常年乌涂的玻璃窗也被姜燕擦得锃亮，大下午的阳光照得他无所遁形。没有必要的透明。

　　姜燕从卫生间拿着抹布出来。对他突然爆发感到吃惊。"什么东西找不着了？"

　　"什么都找不着！"张铭努力压制怒火。"姜燕，你能讲点儿道理吗？我这是在创作，我需要高度集中注意力，不能有任何干扰、间断……就像你在做菜我老在旁边站着跟你说话，你能做得好吗？"

"还是一样做……要找什么东西你问我。"姜燕低着头去检查房间里的每个角落。"我不可能乱丢你的东西。卫生间里的浴液用得还挺快。"

张铭听了突然心里一慌，但姜燕没表现出有任何延伸的意思。

"怎么和你说不明白？我天天工作还带着老婆，员工怎么看我？再说画室已经很干净了，不需要再打扫了，要打扫也有专业人员来打扫，我那都是付过钱的！我就是需要所有的东西都跟以前一样，才能保证继续创作，你不也希望我快点把作品完成？"

姜燕搓着手中抹布，不知道说什么好。这时外面画室里传来轰的一声，什么东西倒了。两人对视一眼，同时跑了过去。

一幅画没有放稳，从画架上掉下来，砸翻了一桶颜料。那幅画也溅上不少颜色。

姜燕捂住了嘴巴。

"过去擦吧！"张铭恶狠狠的，同时无耻地观察着姜燕的反应。明明怪不到姜燕头上，也不是什么要紧的画。这么说的时候，心里有隐隐的不忍，但同时也意识到这是个不能错过的机会。

姜燕走过去，把画捡起来，放回画架上，那是一幅刚刚打好草图的画。

"对不起。"她内疚地看着那幅画，心想这样下去不是个事儿。

那天晚上翻过张铭手机，记下那几个可疑号码，第二天她就挨个儿打过去核对。其他几个号码都与张铭工作相关，只有一通来自北京某公用电话的号码她无法确认。

没法确认那通买画的电话是不是卢庆丰打的。她只好硬着头皮又打给卢庆丰，对方号码停机。

她不知道自己是不是受骗了。两个多月刚刚放下的心再度悬了起来。可她也不知道为此该做些什么，毕竟那个人在暗处。他可能躲在任何一个地方，他不主动现身，她就一点办法没有。

最担心的是他会再次给张铭打电话，或者突然出现在他周围……于是只得天天跟着张铭，还不能告诉他真正原因。

她也知道，在这种时候，老去打扰他不好，没想到还真的出了岔子。

她看了看洒了一地的颜料，该怎么收拾？

"对了，明天上海的研讨会你也得跟着我去吧？对对对，肯定的，你怎么离得开我？我现在就让他们给你加一张机票。"正来回在踱步的张铭猛然停下，掏出了手机。

他终于勇敢说出已经编织了好几天的借口，整张脸都烧起来。

"你看你，说什么呢！"姜燕扶着快要裂开的头，"谁说要跟着你了？"

看到姜燕那副样子，张铭再次确认她应该不是发现了什么才会这样。自己这么做是不是太无耻了？

"去几天？"姜燕问他。

"四天。"张铭衡量过后说了个时间。

"今天是周三，那就是周日回来……"

"对，周日晚上回来。"张铭流畅地接了下去。

"去参加研讨会？"姜燕转过头来看着他。她背对窗户站着，身后的玻璃干净得像不存在。阳光直射进来，把她脸上的斑点和憔悴照得清清楚楚。

张铭的眼神飞快地从她脸上扫过，突然觉得很难回答。表面上，她这么问只为得到一个确切信息而已，但不知为什么他觉得听见了姜燕心里的其他声音。

胡思乱想中，姜燕比他更快地把头低下了。

"不然呢？"张铭生硬地说道。

已经撒了那么多谎，不在乎多这一个。但是再没比面对面骗一个这么熟的人更难受的事了。为了不让自己再看着她的样子难受，他装模作样走出画室。

那点内疚很快被另一种东西覆盖。为了那个女孩，自己能给的不能给的都给了，简直竭尽全力。如果许璟楠知道自己为了带她去旅行，花这么大的力气，就不会气他这几天对她的冷落吧？

当然，她什么时候生过他的气？他这些付出毫无疑问是值得的。

走到画室外的草地上，他有些激动甚至是感动地给许璟楠拨通电话，让她收拾行李，他们立刻离开北京，开始一个专属于他们两个的四天旅行。

当画室里只剩下姜燕，她也松了口气。这几天老跟着张铭她也快要烦死了。接下去，她也的确需要一些独立的时间，去确认一些事情。四天足够了。

第五章

2011年7月20日 雨

土款案还是没头绪，那弟弟是有多狡猾？全北京配钥匙行都翻遍了也没找到个证人。皮都晒秃噜了。

疑犯就在眼前却不能抓，和满世界追捕疑犯，说不上哪个感觉更烂点儿。

好吧，前者更烂。什么时候最强烈？

和许璟楠单独在一起的时候。

我基本就是个实心儿蠢货。臭贫不会了，扯淡不会了，脸上就剩"废物"俩大字。

特别需要个撅子。

为什么就不能像个普通朋友闲聊一下？有多难？

我不过是有两三四个问题想问问。也可以说是一个问题。也可以说就是几个字、几个词。麻烦嘴，把这些东西从我肚子里搬到空气里而已，就是这么简单一个程序。

等我站她面前，所有想问的问题像泥鳅，不知道钻哪儿的褶子里了。

今天到医院里看我爸，又被我妈糊一脸屎出来了——他全身插着管，你他妈的过去扶他一把能死啊？！

跟我破口大骂得着嘛？！

我要再跟医院里待下去，也得插管。

到单位就开始胃疼。它现在就是我养的一只小宠物，我憋着的它都接住了。我正遛我小宠物呢，有个人蹬鼻子上脸过来了，前阵子给脸给多了。张胖已然把自己当公知——朝我定向传播。

讽刺我帮许璟楠捞她前男友，当绿毛龟一天两天的还挺美。这还不是最气人的，把我惹毛的是那句，说我一穷警察，天天去打网球装×。

结合昨天在她家她对我那态度，这些话简直就没法再难听了！

许璟楠用刘欣电脑是几个意思？本来我没觉着有什么，可她一见着我立马把电脑盖拍上了。

"没事儿!"她慌里慌张喊了这么一声。

我问你了吗？你跟谁说没事儿？还浑身毛儿都冲我炸起来，跟见鬼似的。你这样太不好了。

想跟我保持距离也就罢了，有必要对我如临大敌？再说你都快把人家电脑给拍碎了，能是没事儿这么简单？你糊弄鬼哪？你也不想想我是干什么的。

好了，我也只敢在日记里说说：你这样让我非常难过！我一个当绿毛龟的人可受不了这个！

我确实没想打探什么，可我也不想长两只2.0的眼，标题我早看清了，"画家 张铭"。

什么情况？这位女007，你究竟是对我如临大敌，还是对电脑上那篇东西如临大敌？

1

办登机牌的时候，是许璟楠最先发现有一束目光一直射向他们。隔着三排队伍，有个身材敦实的中年谢顶男人频频往这边张望。准确地说是在看张铭。她赶紧把手从他手里抽出来。

张铭朝她说的方向看去，表情变得有点不太自然。

"认识？"

"不认识。"张铭再也没有把目光转向那边，专注于自己这队的进度。

办理完手续应该径直走，就可以去候机大厅，张铭却拉着她绕了一大圈。她直觉是他不想路过刚才那个人身旁。

她回头又看了那边一眼，那人挥舞着手里的机票，朝他们示意，还叫着什么。人声嘈杂，中间还夹着一个旅行团，实在也听不清楚。

"他在叫你。"

张铭没听见似的，加快了步伐。

许璟楠觉得有点奇怪。她能感觉到张铭有点紧张，一路也不怎么说话。那一刻才想起自己身边是个很知名的画家。在离开北京前，她还是应该配合他一些。

尽管再没有拉手，她的心却无比踏实。看着那个已经非常熟悉的侧面，她突然很想跟他说，在她这边，她永远不会主动离开他。他们之间唯一的问题都解决了，她想不出还有什么能阻碍他们。

所有的疑惑，在那天接到他那通电话后彻底烟消云散——其实在那之前，那个折磨她的混乱已经被她理顺了。那段详细的采访内容，并没有让她更崩溃，反而宽了心。因为她读出来的，很明显就是一种感激。

他感激她老婆，如此而已。一个女人冒着"生命危险"去救他的作品，这当然值得感激。她实在想象不出实际情况是怎样的，一场雨能有那么惊险？恐怕这个女人非常会夸大自己的付出，说是很有心计都不过分。她现在完全可以理解张铭的处境。

不管那个女人的付出有多"感人"，不管她和张铭过去有多少她不了解的经历，一个事实就是，在青岛的海边，张铭想跳海自杀。

她必须让自己一遍遍地回到那个海边。尽管那一晚没有一秒钟是美好的，但她知道那才是真正的他。

他在那么绝望时遇见自己，自己还怀疑他。她无论如何都不能让那个残忍的自己再次跑出来分离他们。

离登机还有一段时间，他们在候机大厅的商店里溜达。张铭给她买了防晒霜、面膜和雨伞，后来又去书店里买了几本适合飞机上翻阅的杂志。

两人提着各种购物袋从书店里出来，有个人迎面过来，一把拉住了张铭，手里也拎了个袋子，一激动还打到许璟楠身上。

"叫你半天没反应！老子变化有那么大嘛！是你吧黑板报？"是刚才换登记卡时那个谢顶男。

对方的目光在张铭脸上仔细搜索一通。"没错嘛，你还认不认得我？"他哇哇地向张铭叫。

许璟楠看向张铭，张铭脸已经绷了起来，显得有点惨白。

"你认错人了。"

张铭拉起许璟楠就要走。手上一用力，许璟楠也跟着紧张。

对方又追上来。"你再好好看看老子！啥子记性哟，把高中同学都忘记咯，我是王小军！你啥时候来北京的？还是就在北京？在哪里高就？"

不管张铭如何尴尬，对方好像完全不受影响，左右堵截。

张铭只得应付："我们还赶飞机，改天再聊。"

对方终于感觉到张铭的冷淡，收起热络。"把我名片收到，有空到我那边喝茶。我在马连道开了个小茶馆。平时喝茶吗？"看了眼许璟楠，又颇有意味地看看张铭，"带美女一起去啊！"

说着也要塞张名片给许璟楠，张铭却拉着她赶紧走掉了。他走得很快，许璟楠几乎是被扯着。

"他为什么叫你黑板报？"走远后她终于忍不住开始嘲笑他。

"谁知道哪儿来的神经病。"

"他不是你同学？你们口音很像啊？"

"我普通话没那么差劲吧。"张铭把那张名片扔进了垃圾桶。

扔了两次才确认扔了进去。

许璟楠看着他那个动作，微感诧异。她好像从没听他说过老家是哪儿的，刚才那人是哪里的口音？四川？贵州？究竟是不是他同学？

她憋着这个问题，跟着他来到登机口找空座坐下来。他面孔不自然地绷着，不知道在想什么，也没有看她。她隐约觉着他希望所有和刚才那一幕有关的问题，都可以和那张名片同样下场。

"看，飞机来了。"他的声音终于柔和下来。"做好长途跋涉的准备，估计要飞三个小时。"

是啊，就要起飞了。许璟楠看了眼窗外的飞机，眯起了眼睛，完全被脑中未来那幅景象迷住了，很快就忘了之前那段插曲。

大理天气很好，偶尔下点雨，在他们看来也是再熨帖不过。

美则美矣，却也如同掉进时间加速器，三天转眼过去了，不管他们用什么方式来表达对这几天的敬重：能待在外面尽量待在外面，享受被视作情侣的一切权利；早晨醒来要在床上耽搁很久，吃一个漫长甜蜜的早餐；到了下午，要么在街上闲逛，要么在路边咖啡店晒太阳。整整三天一刻也不分开，都把彼此早晨、中午、晚上的样子看了个痛快。

这一切对许璟楠的震动更大。她提出旅行时，并不是真想出来玩，她很怕跟一个人朝夕相对只会让自己减分，以前那是家常便饭。可三天下来，她和他相处得十分和谐。她完全可以和一个人长时间待在一起。

毫无疑问，这变化都是张铭带来的。在大理炽热的阳光底下她觉着一切都美好得近乎不真实。她猛地醒悟到，因为这才是她真正的第一次恋爱吧。从前只是盲目地跟某个人待着，没一次是真正用了心的，所以每一段都那么荒唐，轻易就可以分开。

只有他。没错，只有他才有这样的魔力。正当她想把这个美好推向极致时，出了个她意想不到的状况。

最后一天早晨，许璟楠窝在床上吃着牛角包，瞳孔忽然张大。

"今天去洱海吧！昨天酒吧里我听人说有个特别灵验的传说：去过洱海的情侣永远都不会分开。"

"太折腾了！"张铭懒洋洋地抱住了她，"明天就要回去，我们今天消消停停地待着，说说话。"

"我们已经这样待了三天！"许璟楠风风火火下了床，"不会很折腾，很近，我打听过了，可以打车可以坐大巴，来回也就一个多小时！晚上兴许还能赶上昨天那个酒吧歌手……太棒了吧！快把你的咖啡喝完。"

等她收拾妥当从卫生间出来时，张铭仍以先前的姿势躺在床上。许璟楠看了看时间有点着急，过去拽他起来。

"我们今天哪儿也不去，行不行？"张铭不情愿地坐起来，"我不能和你年轻人比，我真的很累，也不看看我们这几天是怎么过的。"

"不会比我们待在床上更累！"许璟楠笑嘻嘻地把他的衣服扔给他，"你不希望我们永远在一起吗？"

张铭瞥了她一眼，还是没有穿衣服，晃悠到窗边。

"你不是还有几张唱片没买？"他看着楼下的街景，"下午就去逛街吧。"

"唱片不重要，不要再找借口！"许璟楠抄起房间电话，"你快点准备一下，我先问问前台上哪儿坐车。"

听到那一声细微的连线声，张铭几乎同时转过身。"别问了。今天哪儿也不去，就在古城待着。"

许璟楠觉察他脸色有些不对。线的另一端已经有人在问话，她默默放下电话。

"你不希望我们永远在一起？"

"你怎么这么迷信！"张铭突然有些暴躁起来。"谁说我们不能在一起了？你瞎担心什么？我从没听过这种说法。很可能是你听错了，不然就是那人的胡言乱语。我就不信去过洱海的情侣都不分手，凭什么！"

"那我也宁肯信其有！"许璟楠双手陷进了自己刚为洱海之行换上的裙子。

安静了几秒钟后，张铭重重拍打了一下窗台，快速走回床边。

"你不用绕这么大的圈子，"他套上衣服，看都不看她大声说，"还编什么酒吧传说来蒙我。有什么话你可以直说，我没什么需要你试探的！"

"我编的？"许璟楠震惊地看着他，"我为什么要编？"

张铭恼怒地看了她一眼。"那得问你了！"他的脸色完全阴沉下来。说完这几个字，进了卫生间，摔门声让许璟楠打了个哆嗦。

她不知道该看哪儿，更不知道哪种情绪才是恰当的，这可是他们宝贵的最后一天！

去哪儿，干什么，好，等一下……之后就只有一些简单对话。每次对视也超不过两秒。下午按张铭说的，逛了街，买了唱片，气氛却已完全不同。

许璟楠根本不知道自己买了些什么。一整天脑子晕晕的，踩在云里似的，也再没敢提过洱海两个字。尽管一刻也没分开，她接收不到来自他的任何信号。最早吸引她的是这份神秘，现在来伤人的还是这份神秘。她觉着委屈透了。

早晨那短短的几分钟到底发生了什么？

难道他认为自己提出去洱海，是在跟他要什么承诺？可是天哪，她一点这样的心思都没有。这些天明明是她最坚信不疑的时刻。她只是想锦上添花而已。他又不是傻子。

还说洱海的传说根本就是自己编的，这不更冤枉嘛！本来是一个再正常不过的提议，到他那里怎么就成了试探？他讨厌别人试探他什么呢？

想到后来，思绪的最深处，那个久未露面的黑影似乎又出现了。

他生气的原因也许根本就和自己没关系。

她说不上来哪种情况更好。

这时那个完美的自己站了出来：如果是这样，她更应该勇敢地向前走一步，走进他的心，把他的痛苦一股脑儿接过来。这可比哀怨地揣摩他要好多啦。

还没等她想好该怎么迈出那一步，张铭主动拉起了她的手，吵架过后第一次亲密举动。

"对不起，早晨是我不对。我发神经。"在酒吧两首歌间隙，他说出这些字。虽没有看她，口气却很真诚。

说完就拉许璟楠回了酒店。她以为还有什么重要的话要告诉自己，张铭进门后一句话没有就开始亲她，就跟多久没见过似的，一整天的疏远都融在了那些强烈的动作里。

许璟楠感到一些和平时不太一样的东西，在他带动下她顾不得细想，很快也投入其中。

整个过程张铭一言不发，他感到昏昏沉沉，时间空间彻底模糊了，好像在他和她之间，在这个已经不能再接近毫厘的不存在空间，又生出一个虚幻地带，他被牢牢吸附其中，分不出哪部分是自己的，哪部分是她的，四周完全透亮，他像是完全从世界上消失了。

那个失踪的感觉让他微微震撼。

他在暗淡光线里找到她的脸，移向灯光区域，想看清上面的每个细节。这张脸究竟有什么奥秘？

每当在一起时，他觉得已经把这副面孔牢牢刻在了心中，可每次分开后又完全想不起她长什么样子。什么也想不起来，好像那根本是个不存在的人。

唯有全身心地待在那个只有他和她的虚幻地带，才能感到全身心的安宁。那让他在所有见不到她的时候完全是抓狂的状态。

当他想仔细体会那份神奇的时候，他发现她的脸在自己两手中间再度模糊起来，那种不安又出现了……即便她就在眼前！

转换的时间正在变得越来越短。

难道自己已经完全沉迷于肉体快感？这个念头一出现，那个虚幻地带彻底从四周消失了。

房间重回暗淡。

没等他搞清楚那份苛刻从何而来时，许璟楠双手缠住了他脖子，在他耳边说了句什么，他分不清是不是幻觉。

"永远别离开我。"她说。简直像是来自刚刚消失的那个地方。

张铭筋疲力尽倒向一边。

"怎么了？"她小心地问他，"你刚才都吓着我了。"

张铭费解地看着她。"你没必要这样。"

许璟楠坐了起来。

"你为什么要这样？"张铭听上去有些恐慌，"你知道我费了多大的力气才安排出这次旅行？为什么还要给我压力？你这样我觉得很累，你怎么这么不理解人！"

说完他侧身下了床，背对她低头坐在床边。

许璟楠惊讶地看着他的背影，他那是在哭吗？

不能再拖下去了，就因为那层窗户纸没捅破，她每一次正常说话都会被他误解到别处。她必须马上了解他的痛苦，哪怕那是她最不忍心提的事。

她快速起身，移向那个颤抖的背影："张铭，你为什么要自杀？"

还是第一次直呼他的名字，问完之后自己也发起抖来。时间似乎又回到了那漆黑的海边，连当时的所有情绪也一起回来了。

张铭转过身来，看着她。他并没有哭。

"我什么时候要自杀了？"他朝她苦笑，"你脑袋瓜里在想什么呢？"

"不可能——你还带了安眠药——"许璟楠紧盯着他，不想错过他任何一个细微的表情变化，"你在海里——究竟是为什么？我不能知道吗？"

她壮着胆子把所有问题都问了出来。问完之后眼泪立刻掉了下来。她知道了，这才是他不想去洱海的原因。她一句话也说不出来。

这时张铭脸上滑过一个奇怪的表情，栽倒在卫生间前面的圆形地垫上。

许璟楠惊慌地跳下了床。

2

姜燕进了家，没人迎出来。

到客厅才看到沙发上的张铭，只穿了条内裤，背身蜷缩在沙发上，像是昏睡了过去。行李箱堆在门口，应该是刚回来不久。电视开着，已经在播购物广告了。茶几上堆着半瓶啤酒，还有一包打开的烟。

姜燕过去把烟灰缸倒掉，啤酒瓶收起来，故意弄出些声响。张铭的背脊动了动，转过了脸。

"不要命了！"姜燕皱起眉头。

"你去哪儿了？"张铭快速从沙发上弹了起来瞪住她，"你不知道我今天回来？怎么手机还关机？知道我给你打了多少电话？我以为你死了你知不知道！"

"要睡到床上睡。"姜燕一个问题也没回答，目光从他身上躲闪开。

看到这个爱答不理的样子，张铭的怒火突然无处发泄。可就在他喊完那一瞬间，一路紧张的神经彻底松下来。

中间那一段他完全失忆了，后来听许璟楠描述他才知道发生了什么。回来这一路都在强打精神，生怕许璟楠嫌弃昨天晚上的自己，也不知道该怎么解释。

怎么会旧病复发？在自己最快乐的几天里？已经十多年没发作过。

头三天确实无可挑剔。可越到后来，他越能察觉，有份压力鬼魅一样跟随着他。一开始他认不出那是什么，离回程的时间越近，越发清晰，最后一天的早晨它明显已经跑到了快乐的前面。

张铭用特别的眼光注视着在他眼前晃动的姜燕。她正背对他把桌下的空瓶拣进垃圾桶。

他从沙发上站了起来，朝楼梯走去。姜燕过去扶住了他，一直把他搀到卧室。

他能感觉到自己身上的烟酒味以及压迫到她身上的重量，让她不知所措，更多是厌烦。

躺上床后，张铭的目光始终没离开姜燕。

当然是她，不然呢？

对立面的内容是姜燕。她就是那个鬼魅。那个让他的天平颤动的原因。

他不知道她是以什么方式站上天平的，可她确实就站在那儿。昨天那一幕就是这样发生的。仔细想虽然荒唐，但多少让他放了心。这是再正常不过的结论了，是罪恶感没错，所有出轨男人都可能有的心情。结婚十几年他从没出轨，这是第一次。他的罪恶感理应来得比一般人强烈。

可还是没法把脑海里那团完全压制他、以致旧病复发的沉重力量，同眼前这个女人画上等号。

姜燕给他拉上了被子，一言不发，就想走出去。

张铭实在忍不住了："你不问问我怎么了？"

姜燕转过身，费力思考着。

"研讨会活动安排得太满？"她脸上带着一贯那种自信和自责混杂的矛盾表情。"以后问清楚了再答应。身体又不是别人的——"

张铭震惊了。这和他心中刚给她安排的分量也太不匹配了。

哪个女人会像她这样的迟钝？他已经跟别的女孩水乳交融了两个多月，甚至能大摇大摆地去大理，她居然还是这副腔调？就跟她做错了什么一样！他突然有股冲动想把一切都告诉她。

但这不是很扯淡吗？

她迟钝，她保持迟钝，她永远迟钝下去，对自己来说不才是正好吗？为什么他竟为此感到很生气？明明他最快乐的源泉都在另一个人那里，毫无疑问他希望待在那个明亮的虚幻地带永远都不出来。

再伪善下去他自己都要受不了自己了。

"好，好，好。"张铭最终什么也没说，赌气钻进被子里，也不知道在对什么叫好，把自己头蒙了起来。

姜燕看着他那个莫名其妙的样子，出了卧室。

确定张铭已经睡下，她轻手轻脚下了楼，把原本藏在门外的行李拖回家里，摊开里面的东西，一一整理归位。她没时间哄他，她现在需要比任何时候都清醒。

张铭不在期间，她用两天时间去了趟贵阳。

她必须去确认那个人是否真的已经回去了。这是个蠢办法，可她受不了每天都在担忧中什么也不做。

那个地方她十几年都没回去过，唯一的线索就是三姐。上次卢庆丰说三姐得了癌症，在市医院住院。她先打电话到医院确认是否有这么一个病人，随后便订了往返机票。本来应该在张铭之前到家，可回来的飞机晚了几个小时。事后意识到，直接在电话里跟三姐确认这些事情也是可以的。但她还是庆幸自己回去了。

三姐已是宫颈癌晚期。同时她也知道了，卢庆丰既没有回贵阳，也没有一个要结婚的儿子——第一次见面时，他要钱的理由是儿子要结婚。三姐这次却清楚地告诉她："他儿子几年前就死掉了。"这句话在她脑海盘桓了一路。她怎么那么容易就相信了卢庆丰？或者是她特别需要相信？

这跟她也没关系，她又安慰自己。他拿钱去做什么她管不着。但是会拿自己死去的儿子作为借口去敲诈别人，让她感到恶心。她只能盼望这些天做的所有事都是杞人忧天。

所有衣物直接塞进洗衣机里。加了大剂量消毒药水。

两天没回来，房间里弥漫着一股灰尘的味道。她决定先打扫。

她只相信最简单的84消毒液。其他品牌的消毒液都喜欢添加香料，好像在掩饰什么。84液是不加香料的，甚至还有股臭味。那味道经常把张铭熏得抱怨连连，尤其是在夏天，刺鼻的味道在空气里久久不散，他老说像进了医院。

她正趴地上擦地，张铭的手机亮了。

静音模式，只有灯光在闪。她手上套着塑胶手套，拿着抹布，也就继续埋下身擦地，余光里，茶几上有什么东西一直闪个不停。

全部擦完花了近两个小时，半夜一点终于告一段落。出门扔垃坂时，院子里她平时管喂的一只野猫蹿出来，见她也不躲，走过来用脊背蹭了蹭她。

往回走时，她想起上次半夜偷看张铭手机，有个男人发来一条"晚安"短信，她一直记得那个奇怪的名字：徐鲸南。

事后不是没琢磨过。一方面没精力多想，一方面她绝对不允许有不好的事发生，根本就抗拒朝那个方向去想。

今天张铭的状态真是非常奇怪……一旦开始想了，她也看见了近期的全貌：其实他最近一段时间不都很奇怪？只是她故意不想去看。

房间经过她精心打理，重新绽放出让人踏实的光泽。其中还有一个最亮的东西。

姜燕走到茶几旁。那种每次靠近一个麻烦时的预感，像幽灵一样指向了她。她还是不能说很习惯这种感觉。

看来有个人非常迫切地想在这三更半夜听到张铭的声音。

拿起张铭的手机，看着显示屏上的名字——哪个女人会起个鲸鱼的名字？

3

许璟楠终于明白那些张铭后背上的刮痧是怎么来的。

她一到家就上网输入了一个词：癫痫。发病原理无一例外，都解释为精神受到严重刺激，压力过大所致。

整个过程持续了十分钟，是她这辈子最不愿去回忆的十分钟。

全身扭曲，表情狰狞，双手在空中舞动，嘴边还有白沫流出。每个动作、表情、眼神都变成了另一个人，一个她完全认不出来、也完全不认识她的人。

她完全吓傻了，既心疼又害怕。好几次想扔下他，逃出那个可怕房间。在她眼里那个接近完美的男人，竟会有如此不堪的时刻。这是她最没法接受的，好像比他突然死了更让她没法接受。

她只好在一旁无助地陪着他，想帮又不知道怎么帮。起先还试图给他披上浴巾，到后来也放弃了，看都不忍心再看。

那时她才意识到，想把他的痛苦一股脑儿接过来是个多么幼稚、可怕的想法。她连把那十分钟度过去的能力都没有。让人绝望透顶的十分钟。

等他渐渐恢复正常，一直到回程的飞机上，她都处在受惊吓后的状态，甚至都有些冷淡。

在网上查完这种疾病的原理后，她觉着自己也太无情了，他这是生病，又不是故意的，他又不是机器人，是疾病把她和他隔开了十分钟，不是别的。

要不是她企图接近"真正的他"，追问他自杀的原因，他怎么会受到这么大的刺激！那等于是逼着他回忆青岛那个漆黑的夜晚，他一定是宁愿忘了。谁又愿意重回那种绝望的场景？他当然不想去什么洱海了！她确实对他进行了残忍的"试探"。

他即便否定了那是自杀，她也完全理解——他也要面子。谁愿意在心爱的女人面前承认自己有过那么灰暗脆弱的时刻？

所有模糊不定的东西在她脑海里全部清晰，想得汗和眼泪都下来了。全部错都在自己。

大晚上的她开始不顾常规，一遍遍给张铭手机打电话，想请求他原谅自己的不懂事。直到有个女人的声音在电话那头儿响起。

她和"幽灵"的第一次通话只有那么"喂"的一声。

一直在她耳朵里回旋。

她又被微微搅乱——张铭究竟为什么不愿跟自己说实话？她现在难道还不是他最值得信赖的人？相比起他们身体的亲密程度，这不是很不合理吗？

他选择跟自己撒谎，跟一个为了救他跳进冰冷海水里的人撒谎——这件事究竟重要还是不重要？

哪有这么复杂！她抛开这个无聊担忧，开始满心期待下次和他的见面。到时他一定能给自己一个合理的解释，当然，不解释也没关系。只要再见到他，她愿意把所有的时间都交给那个完美的自己。

三天以后，张铭给出了这个解释。

她到画室的时候，他正在给一幅旧作喷油，画室里一片狼藉，看见许璟楠之后露出孩子般的愉快神情。

"为什么你会把我想的那么有戏剧性？"张铭脱掉工作服，把她带到画室专门的待客厅里，又开了瓶红酒。"我在想，如果实际情况很平淡，是不是会让你失望？还真不忍心告诉你。"

他把她安置在一个独立沙发里，自己坐对面的那个。

许璟楠满心歉意坐下。她注意到，进门半天，他都没过来亲过自己。

她打量他，双眼明亮，气色清爽，步伐轻盈，完全恢复了最佳状态，跟她来前想象的病人形象完全不同。最让她吃惊的是，面对这个让她觉着无限沉重的话题，他一句废话没有，主动说了起来，还是这么轻巧，简直可以和大理她提出问题的那一刻无缝对接。

完全略过了中间那可怕的十分钟。

"可是你有没有想过——我说出来你可别生气，"张铭用自己的杯子碰了碰她的，伴着那阵清脆的响声，继续说，"如果我当时真是想自杀，我们的相遇自然就再惊心动魄不过了，简直就是轰轰烈烈。小女孩是不是更喜欢这样？不喜欢平常的东西，总盼着有特别的事情发生，哪怕子虚乌有？嗯，其实，其实是我们自己需要这份戏剧感，就在脑子里创造了那么种情况，当它真的就是那么回事……你能听懂我的意思？"

许璟楠突然能感觉到屁股下沙发里的钢筋。

他的意思是有病的人是她，需要被治疗的人是她。不承认是自杀也就罢了，不承认自己不顾生命危险去救他也就罢了，有必要一见面就开始进一步哄骗自己吗？

在张铭的笑容里，她的情绪渐渐低沉下去。哦对，他今天招待她的不是咖啡，是酒。

放着更显而易见的事情不谈，他兜这么大的圈子，不惜为她创造出一个性格缺陷来，这不更说明他有意隐藏的部分是非常重要、是她没有半点儿资格了解的？

张铭转眼干了三杯，谈兴更高涨，继续就"某些人对拯救别人有过度渴望"这一话题夸夸其谈。

许璟楠一动不动看着面前这个新鲜的张铭，这个正在动用一切聪明理智帮她打开心结的张铭。他说得越深刻越精彩，她越能看清自己正面对的是什么。

只要她还神志清楚，就知道他每一个字都是假话。她宁肯他保持沉默和神秘。

　　什么样的张铭，那个多面体的无论哪一面，都好过此刻这个张铭。她一向可以跟他感同身受，可他今天的好心情带给她的全部是困惑。

　　她看不透这个转变发生的原理是什么。她只知道自己错过了了知真相的最佳时间。三天以后，这个男人完全恢复了健康，恢复了智力，把自己武装了起来。

　　对什么人才需要武装？对这个今天带着所有天真和愚蠢来见他的自己？

　　昨晚她还不确定这个问题究竟重要不重要，现在她知道了，非常重要。那让她和他的距离瞬间就扩大到了可悲的地步。

　　"你怎么不说话？我们可以探讨。"张铭碰了碰她的手指。这时她闻到画室外飘过来的一点点油料味道，过去曾是他们背景里活泼的存在，现在让人心烦。

　　"所以，你那天根本不是自杀？"她打起精神，有些乞求地看着他，想给他最后一次机会。

　　"当然不是。"他又伸手拿起杯子。

　　"根本就是我多管闲事？"

　　"我也没这么说……"

　　"即便你当时整个人都没在水里半天没动静？"

　　"没有半天吧？让你说得还真奇怪。"追问下张铭微微烦躁。

　　"安眠药又是怎么回事？"

　　"什么安眠药？"他惊讶地抬起头。

许璟楠喝掉了杯子里的酒。看来他不稀罕那个机会。她轻易就拿出了和张铭对付自己完全一样的武器。

"也就是说，你在青岛那四月的冰水里，是在游泳？"她冷静地问道。

"也……不全是。"张铭把目光从她脸上移开。

"不全是？一半？三分之一？十分之一？"她已控制不了声音里的嘲讽。

如果那真是游泳，这个爱情故事的根基就被动摇了。不但不神奇不温暖，还全部建立在她的愚蠢想象上。她知道自己有夸大的成分，很难说张铭完全是被她"救"起来的，毕竟最后是他自己游上岸的。

他为什么会自己游上岸？难道真的有介于自杀和游泳之间的一种行为？骗鬼呢！

"就是想尝尝海水的滋味！"张铭也终于受不了了似的，"想知道自己身体的极限，能不能承受住四月的那种水温……中年男人的虚荣心吧，很难理解吗？非让我说出来？"

许璟楠不可思议地看着他。太有意思了，太有意思了！这问题让她好奇了那么长时间，终于公布谜底时，她根本懒得仔细听。的确，这样平庸的答案太难满足她这个"戏剧性饥渴症"患者了。

她现在终于知道那十分钟为什么会让她感到那么绝望。

除了眼睛能看见的，它还概括了一些更可怕的。那是一个她无论如何也没办法靠近的封闭空间，是即便他努力也无法让她走进去的封闭空间。

而在那个漫长的十分钟里，她还以为已经把他最难看的一面见识完了。

"你不相信？"张铭惶惶地看过来，"我有证据可以证明，不过今天没带身上。"

"证据？"

"对。"张铭口气恢复镇静。"你不就想说我有抑郁症？我告诉你，我在美国找过十几个最权威的心理医生，做过各式各样的测试，每个问卷的最终结果都可以证明我跟抑郁症毫无关系，我的抑郁值非常低。如果你对我这么好奇，哪天可以把那些测试结果拿给你看。"

许璟楠惊异地看着他。"你不是在开玩笑？"

"哪一句像开玩笑？"

许璟楠哈哈大笑。

张铭绷起了脸。"你笑什么？"

"幸亏你今天没把那些证据带过来。"

"……"

"不然我会以为我见到一个疯子。"

张铭尴尬地低下头。

"你为什么要做那些测试？"许璟楠的问题紧跟着又来了。

张铭涨红了脸，恼羞成怒站了起来。"你不要用这种审讯的口气跟我说话！干吗老揪着这件小事不放？对，心理学是很可笑，不过，至少比你我都要聪明！"

许璟楠不想再说什么了。面前站着的是一个世上最权威机构都已经认证过的人，她还有什么可怀疑的。她也不知道在怀疑什么。

张铭说完也意识到自己的失态。"我们能不能不要这样说话？"他歉意地说道，"对了……我给你准备了礼物。"

如释重负走出客厅。回来时手里多了一只绿色Tiffany礼品袋。他绕到她旁边，把里面那条钻石挂坠为她戴上。

许璟楠没有拒绝，没有迎合，也没仔细看是什么东西，任他摆弄。整个过程张铭不再那么淡定，露出一点疲惫，他一个字也没再说过，像是在戴项链这个简单动作里休息。

"像不像你的'璟'字？"戴好后，他回到面前，半蹲在地上看着她。

"很贵吧？"

"你对我来说就是这样的东西。"他艰难地迎着她脸上的冷漠。"今天……今天会过去吧？"

他几乎没有力气在这语气里添加任何的讨好、伤感。问完像在等什么宣判似的战战兢兢低下了头。

许璟楠看看颈间那颗璀璨的钻石。这算什么？她吞掉谎言后的奖励？在他们之间刚刚出现那条不能逾越的鸿沟过后，这显得多么讽刺和虚假。

好了，到此为止吧。

"你确定？"她站了起来，"这就是你的全部解释？"

张铭被她颈间项链的光芒照得有些眼花，更被空气里正在急速扩散的结束气息弄得惶惶不安。他坐到旁边的沙发里。

"我不知道。"他回答。说完发现这是他今天说的最有把握的一句话了。

"我可能没你想的那么好。"他又跟了一句。

这一句他说得很小声，许璟楠几乎没听清，她看向他——真正的谈话终于要开始了吗？

"你身上到底发生过什么？"她脑海中飘过这句话，还没等她说出，他的电话响了起来。张铭看了来电显示，颓丧霎时从脸上撤去。

姜燕的电话，说已经到门口了，大门锁了，让他开门。他大声嚷嚷起来，挂了手机后在屋子里急得乱转。

许璟楠一动不动地站在原地看着。他越惊慌，她反而越是沉静。

张铭四下寻摸，客厅旁的地下室通道让他眼前一亮。他过来推了一把许璟楠。"先去地下室躲一下。"

许璟楠觉着肩膀都被他推疼了。毫不掩饰地用了这么大力气。她去看他的眼睛，她想知道他究竟是怎么选择的。他一次没有再看过来。

可以确认了。

至于那个幽灵的到来，不管怎样到来都不能给她任何波动，无非是心里刚刚发生过的灾难，又蔓延到外面的世界而已。

"别忘了这个。"她踢了踢地上的项链包装盒，朝地下室的楼梯间走去。

目送许璟楠消失在地下室的门里，张铭恍惚觉着什么东西要从自己的视线里永远消失了。他顾不得多想，又回到待客厅，把茶几旁的项链盒子、丝带、标签、纸袋子找地方藏起来，直到一点痕迹也没有。

他松了口气，跑出画室。

4

"你怎么来了？"张铭打开院子最外侧的铁门。

"这么半天？"姜燕面无表情，看了他一眼，径直走进来，似乎也把一股冷空气带来了。"大门还锁上了。"

"……"

"空调坏了？这么多汗！"姜燕没等他回答，穿过院子，走了进来。张铭狼狈地跟在后头。

"我在附近买了点东西，想到可以顺便捎你回家。"姜燕走到了画室中央，四下看看，目光停在他支起的一个画架上。

张铭心虚地站在画室和地下室之间的某个位置。

"好像没什么进展嘛。"

"什么进展？"张铭用余光检索着四周，既怕有许璟楠留下的东西，也怕许璟楠突然从地下室里出来。

"上次我来你就在画这个。"姜燕指指他的画布。

"哦。"他费劲地理解着姜燕话语的意思。"可以走了。"

"急什么！"姜燕又扫了一圈房子，"我看看你都有多少东西需要打包。"

"打包？"

姜燕终于看着他。"好决定要不要请搬家公司。新别墅那边弄得差不多了。还差一点点，但也差不多了，我们下周就搬进去。"

"我打什么包？"

"新别墅专门给你准备了画室，以后你画画就不用老这么跑来跑去。"姜燕轻快地说道，"也就不用老坐那些脏车了。"

张铭脑子都要停转了。话里有话的部分他都没工夫想，光是字面意思——

她是要把画室里上上下下都看一遍？那他还不如自己直接把地下室里的女人叫出来。她到底干吗来了？

"我这工作室好好的干吗要搬？难不成所有员工以后天天去家里上班？为什么你总爱自作主张？你以为你是谁啊姜燕？你就不能尊重一下别人？！"

说完他真的很委屈，更对姜燕怨气十足。自己今天精力已完全耗尽，她竟还跑到画室来逼自己说这么一大通废话。

姜燕也不理他，径直从他身边走过，来到待客厅门口，透过一排展示架向里面张望。

"你到底还走不走了？！"她竟然走到了离地下室那么近的地方，张铭这才回过神儿来，暴躁地叫道，"搬……搬也不能今天搬吧！都这么晚了，改天再说吧。我他妈干了一天活快累死了！"

姜燕转身朝地下室的方向看了一眼。"下面还有很多画吧？"

"哪儿？没有。"张铭的心已提到了嗓子眼儿，本能地想过去挡住地下室，可马上选择了镇静。"你真逗，画能放地下室？"

"也是啊，我真糊涂！"姜燕道，"再也不能发生在布鲁克林那样的事情。"

张铭不解地看着她，目光第一次完全停留在她身上。

"如果留到现在，不知要好多钱了？"

"说这些干什么！"他口气略显缓和。

"嗯……我怎么这么贪心！"姜燕目光再次射向通往地下室的楼梯口，"那下面还有什么？"

"一些早该扔的杂物。"张铭深吸一口气，已没有任何的情绪。"我想这样，也不用看了，搬家公司肯定是要找的，你可真是多此一举。"

一个危险的声音冒了出来，要不然，让她下去看吧。这样折磨神经的场面不能再有第二次了……

"当初还是我装的这房子，"姜燕不知道什么时候已经站到了墙边，摸着墙壁，"年头够久了，也是该换换地方了。"

"好！我们走吧！"张铭哀求。

经过一个短暂的停顿，他听见姜燕回答："走吧。"没等他反应，她已先一步快速走出了屋子。

要说地下室一幅画没有也不准确。许璟楠此刻就正对着一幅埋在很多杂物中的画发呆。吹掉上面大部分灰尘之后，露出来的画面让她完全迷惑。毫无疑问是张铭的自画像，可那是什么表情？

画背后标注了一个日期。那是她唯一能看明白的部分：5/8/2000。

一幅十一年前的画。

还有什么比这幅画更适合作为结束这场噩梦的纪念品？

第六章

今天终于证明，我就是全方位走在歧途还得意扬扬。

有种被人耍的感觉。演技一流的女人。居然真是他老婆干的。她事先买通一杀手，先骗她老公喝大，再亲自开门放杀手进家。

我最近怎么回事？掩护女的有瘾？我怎么就不愿意相信是她干的？

有生以来最大职业污点。

老刘终于逮着机会收拾我了，说我浪费大量时间精力，只为莫须有的直觉。让我好好挖挖思想根源。

还思想还根源？！我脑子里还有思想吗？

我挖了一晚上，还真挖出一件。

去年春天还在马甸当片儿警，接到一通报警电话，有居民举报他们邻居大半夜打架，快把屋子拆了。我让她再忍会儿，一般人打半小时一小时也就累了。没停。

去的就是许璟楠当时和话痨同居的家。以为一对中年夫妻，结果是俩小年轻。终于见到了这位战斗中超常坚挺的姑娘。

怎么说呢，我觉得被精神病院跑出来的入室抢劫之后，都不一定能毁成那样，纸巾都撕成一片片的，那能当什么凶器？

那只能是不想过了。

许璟楠坐在阳台的一个长条木板上，地上是一把断了线的网球拍。白色T恤像是把整盘鱼香肉丝扣上去了。

这副尊容是怎么吸引我的？我这是什么不良嗜好？还是这种被生活干趴下的情景我看了特别亲切？

"你把这人给我铐走！"这是她跟我说的第一句话。

我当时就有点躁得慌，很想立刻照办，又觉得有失体统。还是装腔作势地调解了一番。

最后算是仓皇逃窜。后来我就盼着他们再次打架……

为什么让我挖思想根源我挖出了这件事？

因为刘欣中午给我送来只烤鸡。吃鸡的工夫，她顺便跟我说，她现在高度怀疑许璟楠在跟一个已婚画家搞地下情，问她又不承认。但她看见许璟楠偷偷往床底下藏了一幅画。

画家？已婚？

刘欣我真是太谢谢你的鸡和你的八卦了，没一个能吃得下去。

你完全可以确定，你的电脑里就有全部答案。

当然就是这么回事。不然她夏天以来总是像个神经病一样满脸邪光乱放是为什么？

　　刘欣说他们是在青岛认识的——当然了。当然就是这么回事了。就是我唯一提起勇气想跟她表白那次，她压根儿没去网球场那次。

　　老天爷不就一向喜欢卡着我的时间玩我吗？我怎么还老假装晴天霹雳呢？我是干警察还是干演员呢？

　　我早就该知道。不管她是惊慌失措还是神采飞扬都跟我没任何关系。我早就知道。

　　只不过——为什么他妈的非要是这么一号人？

　　刘欣，你到底是全天下最傻×的线人，还是全天下最凶残的线人？

1

　　"最后一次发病什么时候？"平心堂的老中医号完脉，把手收了回去。

　　张铭看看姜燕，姜燕看看老中医。

　　"昨天。"姜燕回答。

　　"西医查了吗？"

　　"没有，他只信中医。"姜燕递上张铭以前的病历，绕开了张铭的手。自发病以来，她看他的眼神就像看一块脏东西。

　　"做什么职业的？"老中医边写方子边问。

　　"艺术家。"姜燕又抢答了。

"哟！"老中医抬起头，"难怪了！做艺术的总得有激情，不新鲜，职业病。思虑过多肯定得生病，可思虑不多怎么出作品？这就出现了矛盾。"

老中医说到这儿，扭头朝一旁陪诊听课的年轻医生说："我们的任务就是解决矛盾。永远在找一条让身体恢复平衡的路。"

他怎么全知道？张铭震惊地望着老中医——他刚说的完全就像是亲眼看见了他和姜燕昨晚那一幕。

昨晚姜燕洗完澡出来，说她最近吃药调理得不错，想再尝试生个孩子。态度看上去十分正常。

那天画室突击过后的一周里，她再也没提过那件事，也没问任何问题。几天观察下来，张铭基本确定姜燕那天去画室是误打误撞。

和姜燕躺在床上后，他不知道该怎么办，每个动作都很不自然。虽然关闭了卧室的所有光源，但他老觉得姜燕一直睁大眼睛瞪着他。

有很多理由可以拒绝，他一条说不出口。有一瞬间他想，就去想想另一个女人吧。

自从冒出这个无耻的念头，古怪的感觉就出现了。

一周前，他让许璟楠藏进地下室之后，她再也没消息，完全消失了。她当然有理由这样，可在他躺在床上的每一分钟里……

不是他主动要想，而是有什么东西完全像天气像时间空间一样，自然覆盖上来。他的意志只要稍稍松懈，就可能被那股力量吞没。

第一次发病他是看清了对立面的内容，可他没看清自己是拿什么与之对立的。直到和姜燕躺在床上。

过去七天里，从没像昨晚黑暗中那一刻伤心欲绝。

这七天他完全封闭这部分感受，因为他没法忍受那个曾跟他无限亲密的人变得如此苛刻，不带一丝感情的样子甚至超过姜燕。

一个夏天可以打败十五年？她都消失了还企图颠覆他对时间对自己的看法？绝不可能。

他像突围什么，让自己专注于姜燕。黑暗中姜燕的身体又冰又硬，而且在发抖。她好像既需要他抚摸，又对他的手感到恐惧乃至厌恶。

他突然不明白他自己究竟在哪儿。

这回他从世界上消失了二十分钟。

"能彻底根除吗？"张铭问。

"不能。"

老中医的回答让张铭完全陷入惊恐之中。

"不然我们不就没饭吃了？"老中医随即笑着写下几味药。"干吗要根除？你能把阴阳根除了？你能把黑天白天根除了？只要你还喘气儿，身体就得折腾你。癫痫这种东西，你只当给你敲警钟了。只能说犯病时候用药压一压，有点富余你再折腾。但是下什么猛药也改变不了您的性格，不是吗？"

他把写好的药方子递了过来。

张铭看着龙飞凤舞的药单子，突然神经质地哈哈大笑。

"可是这个病已经十来年没发作过了，"姜燕厌恶地瞪了张铭一眼，"当时的医生也认为是治愈了，您怎么能说是治不好的？"

"我说了，和他的性格连在一块儿的。最近是不是思虑尤其重？是不是你老逼着他赚钱啊？"老中医看向姜燕，又不合时宜地套起了近乎，"赚钱哪有够？多理解你老公，别给他太多压力。"

姜燕不知想到了什么，并拢了双腿，神情近乎愤怒。

从平心堂回家，一路无话。姜燕只是专注地开车，没一句和病有关的话。他看见她两只手始终紧握方向盘。

到家后，张铭上了床。姜燕端了杯水进来，想放到他床头时，绊到了床头灯的电线，一个趔趄水打翻在地。

张铭看着姜燕，她看着一地的玻璃碴子。他竟从这狼狈中觉出点她的人味儿来。

"这画展闹的……"他试着调节气氛。

姜燕听完这句话后，把手里的玻璃碎片猛地朝地毯上扔去。

张铭就着之前的姿势又睡了回去。

昨晚发病到今天恢复理智，自己跟她第一次正经说话，竟然就是句谎话，可真不谨慎——又能怎样？

姜燕重新把水放到他床头，调整了空调温度，给他盖好被子，然后坐在床边看了张铭一会儿。

很快他听见姜燕站了起来。

"你干吗去？"他转过头找她，她那样的动作让他心脏莫名狂跳。

姜燕的目光在他身上停顿片刻，没有回答继续走了出去，关上门。

那种像对付闯祸小孩的目光。他见过不止一次，他完全认识。可他又完全不认识。

跟他有什么关系？！是姜燕不告诉他，是姜燕让他的多年来所有话都打到墙壁上，是她逼自己不得不出去喘口气儿。

委屈顺利地把自己从那个目光的沉重含义里托举出来。他重新钻进被子，把头蒙了起来，祈祷这一觉睡到世界末日。

与此同时，姜燕下到一楼，找了一身白色的利落裙装换上，把张铭的手机放进了自己随身包里，想了想，又找了把剪子，把室内电话线给剪了。

做完这些她站在客厅里朝卧室的方向看了一眼，走出家门。

2

见到姜燕之前，许璟楠还以为这一周最大意外就是桌上那套欧舒丹。白面团表示对最终的装修效果非常满意。

当她看清快递人姓名时，哭笑不得。自己一个夏天的失败恋爱，最大也是唯一的受益者，只能是白面团。

两个多小时后，她来到一座位于昌平区的别墅。

"姜燕？我是方圆设计公司的……"她向开门的女客户介绍自己。

"许璟楠。"

她发现这个女人叫自己名字时发音还真是奇怪。

别墅非常大。进门就是一个餐厅，桌椅都是上好的紫檀木。往里走是个圆形的挑高大客厅，站在里面能看出房间的三层楼结构。

客厅外还延伸出一个长廊，不知道通向哪里，门关着。

"房子真漂亮！"许璟楠赞叹，"楼梯做得也好，这种弧度一般装修公司都不愿意接。"

她摸了摸那个形状别致的楼梯扶手，同时纳闷儿，这房子到底需要他们公司提供什么服务。只有墙壁是空的。

女主人始终没说话，静静站在客厅里。直到听她夸赞楼梯，脸上浮起一丝浅笑。"在欧洲看到的样子，就拍下来让工人照着做了。"

许璟楠弯腰研究楼梯下面的结构。

姜燕看看她一半都露在外面的后腰。"你还是第一个来参观的人。我先生都还没来过。"

"那他肯定很满意。"许璟楠回过头。开始觉得哪里有点不对劲。她发现了，打第一眼起，对方的目光始终没从自己身上移开过。

"您打算重新施工？哪里不满意？"

"还有一个地方。"姜燕半侧着身走到前面，把那扇通向长廊的门推开了。许璟楠跟了过去。姜燕没动，直到许璟楠走到她前面。

穿过门后的长廊，来到一间很大的屋子，面积足有长廊另一头的整个别墅那么大，房间里空空的，只是新刷过墙壁。

"这里。"

许璟楠拿出随身带的相机，拍下第一张照片。

"功能？"

"画室。"

现在她想起来，客户指名道姓让她来实在稀奇。从这张面无表情的脸上看不出任何蛛丝马迹。她不记得张铭说过这个名字。

她重新端起相机，朝空房间里胡乱按了几下，手轻微发抖。

"画室……还要怎么装修？"

"我希望，"姜燕走到屋子的一侧，"这里可以是个茶水间，他画累了可以休息、喝东西，椅子要选舒服点的，他的颈椎一直不好……"

"既然是给你老公设计的工作室，你该问问他自己的意思。"听到明显的炫耀后，许璟楠条件反射打断了她。

是她吗？她找自己干吗？刺激？羞辱？给她两耳光？到底是为什么？如果这样，何必还兜圈子？

姜燕愣了片刻，继续走向一个角落里。她穿的白裙子有些肥大，一走路就在身上轻轻晃荡。她停在一处白墙前，手臂虚虚地朝那片空地指了指，"这里可以弄成小型画廊。朋友来了可以喝酒，看画，需要个漂亮的吧台……你们所有的邮件、照片、短信我都看了。"

许璟楠全部的神经立了起来。

她还以为那天躲在地下室里，隔着那道受潮的大门，已是和这个女人这辈子能接触到的最近距离。

"你们用我名字开户的信用卡出去旅游，在我给他装修的画室里约会，还骗我说是在忙着画画。"姜燕看着许璟楠，用冷静的强势继续拉近她们的距离。

"我今天找你，就是想请你放过他。张铭现在病得很厉害，年底还有画展，这个画展对他的事业非常重要，他耽误不起。你们这样下去对谁都没有好处。"

许璟楠正想说他们已经分手，可对方这种冠冕堂皇的口气……

"跟我有什么关系？你怪我？"一股邪火窜上来。压下去。确实跟自己没关系。

"不是你是谁，"姜燕完全没想到她会这么回答，眼睛微微张大，又马上平复情绪，"我是好心提醒你，你是在浪费时间。他不可能跟你认真，他不可能跟任何人认真。他最多是出去找找灵感，艺术家画不出来的时候难免这样。"

许璟楠哭笑不得。这个女人说话还真是和张铭哪里有点像，看似没有攻击性，可是比骂人还难听。想到这儿微微烦躁。他不是已经亲口否认了他们那个神奇的故事吗？她现在难道要直接跌回一个无聊的小三故事？

"他没告诉你，我和他已经分手了？你还来找我干吗？"

姜燕一愣，像是被问住了。她冷静片刻就自信地说了下去："对你们之间的事，我不感兴趣。我就是来告诉你，你生活上有什么困难可以跟我说，我尽量满足你，只要永远别再来骚扰他，骚扰我们。"

"现在是你在骚扰我！"许璟楠觉着快要憋不住了。

姜燕又盯住她。"你不知道我为这个家做了多少努力……你不知道我们感情有多深，你也不配知道。"

努力？

许璟楠想着如果再听一句可笑的话就立刻问问她，知不知道她丈夫在青岛的海边想干什么——怎么还没忘了这件事？！

"你跟我说这些干什么？我说我想知道了吗？你该和谁说和谁说去吧！"她一口气说完想跑出去，姜燕突然上前抓住了她。

"不是你是谁？！"又问一遍。

许璟楠被那两只坚硬有力的胳膊吓了一跳，刚想爆发，但她发现姜燕的胳膊正在轻微颤抖。颤抖从她的手腕不断地传来，她好像非常害怕自己。

她感到有些惊讶，突然能捕捉到这张刻板面孔背后的真实感受。

这也不是多难理解的事。

想到这儿，心真正被揪了起来。自己已经输了，也认输了，她为什么还要来找自己？还要怎么承认自己的失败？非要逼她承认她的确是那个应该被藏进地下室的人？

"你为什么要来找我？"她委屈地看着姜燕。

两个人交换了一个都很黯淡的眼神。

姜燕松开了她，脸上第一次表现出一丝迷惑。

"我想知道是什么让他变了。"

说完之后姜燕不再说话，身体更明显地颤抖起来。她靠到身后的墙壁上，想掩盖住抖动，不管怎么夹紧身体，都没法再掩饰，只显得身体更加僵硬，好像在努力克制着什么从她身体里冲出来。

许璟楠明白了姜燕今天找自己的原因。她简直又要看见大理张铭发病的那一幕。此刻姜燕身上正流过和当时的张铭完全一样的东西。究竟是什么？毒液？

不知道也不想知道。更不能让它回流自己身上。

"你今天没必要来找我，"她走过去安慰姜燕，"我跟他没关系了，再也不会有了。没人能把你们分开。"

姜燕抬起头看着她，颤抖慢慢平息下来，有些感激地看着她，也不再压抑脸上的忧伤。"我不知道他为什么要这样，这是第一次。"

许璟楠真不知道此时听到这样的话该不该高兴。

"他就是我世上唯一的亲人……以后也不会再有了。可你还这么年轻。"

姜燕沉默片刻，失落地说道："为了他，我唯一的孩子没了，还是为了去捞他那些掉水里的画，我看他早忘得一干二净。"

"布鲁克林的地下室？"许璟楠异样地接住她的话，预感自己又要被拖下水。这实在跟她之前想的不太一样。原来所谓"冒着生命危险"，是冒着小孩的？

不不，她只是在听一个和自己无关的八卦，她压根儿没必要仔细听。

"是，布鲁克林。"姜燕看着她，眼神却是放空的。"我在水里摔倒了，我也太不小心了，那可是我唯一的机会。"

许璟楠还是听清楚了。她调开了目光。掉个孩子又怎样？她也流过产，是女人就可能流产。即便动用理性，有个东西还是闪了起来，并快速灌满了她。

这就是内容？也是他自杀的谜底？他真的是被爱和责任的矛盾压垮了？同时意味着姜燕对他真的足以产生超乎理性的影响？呼吸憋闷。

"你知道没了是什么意思？"她听见姜燕用绝望的口气道，"就是永远没了。"

对，永远没了！

几分钟之前她为什么没有坚定地走出这个别墅？现在她站在曾经的情敌面前，像个失败透顶的蠢货一样，完全没法自控掉起了眼泪。

太荒唐了。她明明应该因此从地下室的耻辱里被解救出来，合情合理地解救出来。那是个多么体面的死刑。可她心里那个蜡像完全复活，比任何一次更确定无疑。

她求助地看着姜燕，希望借到一些恨的力量，却听到一件比恨更可怕的事情。

"那是他画了快两年的画，完全拼了命，"姜燕迷迷糊糊地说，"虽然我不知道他画的是些什么鬼东西，我也不知道他为什么要把画扔到水里，就为他自己弄的烂摊子……"

姜燕正要失控时突然住了嘴。

"他为什么要把那些画扔了？"许璟楠眼泪止住了。

她清楚记得，张铭在采访时说那批画被水淹只是个意外，姜燕却说是他自己毁的。为什么这两个人说法完全不同？谁在撒谎？

姜燕一个字没有再往下说。许璟楠的目光一直停在她身上。

这个被大雨淹没的地下室，竟比那个她被丢弃的地下室，更有一种让她回到现实的力量。她完全冷静下来。

是张铭在撒谎。是那个连自杀还是游泳都不说实话的人在撒谎。

为什么要撒谎？这么一个小细节到底有什么撒谎的必要？

看来那些消失的画非常重要。

她忽然想起从张铭地下室拿走的那幅自画像。

她以为人在任何时候都应该是有表情的，那张脸上完全没有。四周灰色细密的笔触，好像是雾气。也好像是别的。不是快乐，不是痛苦，不是平静，不是邪恶，不是怪罪，不是满足，不是任何东西。世上有这样的时刻吗？

是真的没有表情，还是她看不出来？

此时的张铭，就像画中那个表情一样，让她完全看不清楚。她看得眼睛都快看瞎了也看不清楚。

一个直觉浮了上来——两个地下室的联系就是她偷偷拿走的那

幅画。那幅在2000年5月画的画。那会不会就是其中幸存的一幅？十一年前，到底发生了什么，他要画那些让他如此纠结的东西？

黑暗地带似乎正有一道强光向她射来，但她警觉地提醒自己，知道这些还有什么意义？

不要再看了。

3

张铭那一觉睡得前所未有的香甜。直到被一阵叮叮当当的声音吵醒。他努力从睡梦中出来，看了一眼窗户外面，天已经完全黑了。

他听见姜燕又进了卧室，手里还拿了些东西。他没动，也懒得搭话。

她把那堆东西放到了床头柜上。他闻到一股熟悉的红花油味道。姜燕又要给他刮痧了。

姜燕掀开被子，从身后把他的上衣推了上去，露出他后背的皮肤。完全不打招呼就直接这么做了。

随便吧。张铭想。这就是他今后唯一要做的事。

他姑且善意地认为，姜燕在他旧病复发后这种半死不活的表现，也包含了一种医生对患者般的心情。

曾经她是那么尽心地、坚持不懈地把他身体恢复到健康，他却对她的劳动成果一点儿也不珍惜。从这点考虑，他也宁愿"警钟"是别的东西。

触到他皮肤上的手指仍是冰得要命。他突然意识到，夏天就快过完了……当然要过完。

他应该学学姜燕，从不多愁善感，仅仅是伸手把挂历上每一天撕掉的姜燕。

这本事他又不是没有。

酒精清理过后，姜燕一只手撑住他的肩膀，另一只手用蘸了红花油的牛角刮板，娴熟地从他后背中央刮了起来。

一开始是熟悉的轻微刺痛，但他觉着同一个地方被刮了很久。原本还有点醒后的迷糊，这下也完全疼醒了。他动了一下。

姜燕把工具蘸上红花油，重新来过。

"太累就别弄了。"他把头从枕头上侧出一点来，还是看不到姜燕的脸。他就是觉得不说点儿什么，气氛实在太尴尬。

他压根儿没觉得这个东西有效果。姜燕就是那种认准了一件事，就一根筋执行下去的人。她认为这么做是在维护他的健康，就会坚持，不管实际上有什么效果。为此她还专门研究人体穴位图，反复在网上跟着视频学，家伙什儿也换了好多种。

"也不是一时半会儿能治好……"

姜燕根本没在听，只是默默地跟他后背上的毛细血管交流着。

几分钟后，他的后背已经出现几排深红色的瘀痕，有些地方正在变紫。颜色越深，姜燕就越有成就感，似乎正把他体内的毒素清除出去。

"姜燕……"张铭觉得实在太疼了，挣了两下。姜燕更使劲地按住他，手上的力道越来越大，动作也越来越快，重重地刮下去，着了魔似的，喉咙里还发出用力的声音。

张铭大叫一声，翻下床。

"你疯啦！"后背一阵火辣辣的，像是被刮掉了一层皮。这么疼应该是已经破了。

姜燕这才如梦方醒，看着工具上的血。

张铭一只手摸着后背，光脚跳到卫生间里照镜子。看到后背的惨状大声号叫，半天也就神经质地重复一句话："你还想干吗啊！"

他委屈透了。他明明已经做了选择。在她可以看见的地方，在她永远看不见的地方，他已经完全彻底地做了选择。现在他躺在这张床上，还不能说明一切？

外面一点动静也没有，安静得像没有人。他走出卫生间，姜燕还是之前的姿势坐在床边，闭着眼睛，表情呆滞，像一个做错事的老太太。

张铭忍着疼痛，冷静下来。也许到了非摊牌不可的时候。他是做了选择，可他也不想余下的时间天天待在刀口上。

"你是不是又胡思乱想了？"他找了件衣服披上，狼狈地走到她跟前。

姜燕睁开眼，看见手里带血的刮片吃了一惊，丢进托盘里。

张铭小心翼翼在床边坐下，想着该如何开口。

"你是不是有问题要问我？"

"没有。"姜燕看着墙壁，今天第一次正面回答他的问题。

"那你为什么要这样？"

姜燕懊恼地看了他一眼，又什么都说不出来。

他第一次看见她眼圈红了。张铭感到异样。

"我知道你不是故意的。"他保持住镇静，继续安抚。

"你不知道。"姜燕把眼泪活活憋了回去。"连她都知道……你不知道。你什么都不知道。"

张铭听不懂姜燕在说什么。"我这次生病可能让你想起一些不好的事情，但绝对不是你想的那样。你不觉得你从来都没把那个包袱放下？这些年我一直觉得家里非常压抑，我不知道你对我有什么误会，也许我们可以谈谈……"

"谈屁！"姜燕像被什么东西蜇了一下似的跳起来，厉声道，"你不配！"

张铭愣住。"你为什么永远这种态度？你为什么总是这么冷漠？你就不能像一个正常女人那样和我说说话！"

"什么叫正常？！"姜燕冲到床头柜旁，把刮痧的工具一一拣进托盘里，"从十五年前起，我们就已经不正常了！永远不会了！"

张铭听着她下楼的脚步声。然后是摔什么东西的声音。过了好一阵儿，房间终于重归安静。

那个老中医怎么什么都知道？说的不就是他人生主旋律？每次想找一条路，每次都来到一个更加陡峭的地方。

张铭傻站了一会儿，走到卫生间，对着镜子检查后背的伤口。观看它的位置、形状、颜色……也仅是当成一幅图像在看。

好像那根本是别人画在他后背上的一幅图像。好像那根本是画在随便什么人后背上的一幅图像。他已经感觉不到上面传来的刺痛。完全平静下来。

秋

第七章

张胖刚才说要过来找我，我拒了。

其实我挺想找人说说话，也好几天没见他了。

完全不想见人。

昨晚差点跟刘欣全垒开动，幸亏关键时候把持住了，不然我他妈又被自己一脚踢进外太空了。干这种事我快干成熟练工了。

酒后能把一个人当成另一个人？别操蛋了。

答应去她家吃饭，就是答应了这种可能。一个女的愿意把你领家里，喂你吃她做的饭，桌上还备了酒……

等等，我那时候是不是也觉得找个顺着自己的女人挺舒服？因为她在你心里一毫米地儿没占上。

究竟是什么让我离目标越走越远、差点儿永远走不回来了？

是有个人半死不活的样儿刺激了我。

这几回见着她，她的状态不能说不好。跟我也不躲躲闪闪了，输球也不计较了，都能跟我要贫嘴了。

可是我知道，她既没变回马甸两居室里那位女战士，也不再是那个满脸邪光乱放的傻子。

她哪个人都不是了。

跟我有蛋关系！这样为什么反而刺激我？为什么？

对，在干出更傻×的事儿之前，我必须把这个弄清楚。

今早睁眼的时候，我知道了。

答案就在我电脑上那些密密麻麻的页面里。昨晚回家后三瓶小二没让我干别的，就干了一件事。我整晚都跟世上所有纯种傻×一样，在网上搜"画家 张铭"。

只有酒可以让嫉妒没羞没臊走出来。

我他妈的刚想抽自己，又彻底回过味儿来。

凭良心说，除了他那段矫揉造作的白血病视频，看得我生理上起了不适反应，没搜着什么奇怪的东西。

也不能说完全没有，我搜出了这些之外的一个答案。

这不就是全部答案？

她跟我说的第一句话是"把这个人给我铐走"。现在我才听懂她究竟想让我铐走什么。

是选择离她越来越远，还是直接走到她心里？

我不能再走那么多弯路满世界想抓住你，我应该直接找你。所有证据都在你本人身上。

我不得不借着酒的后劲儿，把我这辈子最有正能量的一句话记下来：把你的问题全部交给我。

否则你心里永远没有地方留给我。或世界上任何一个人。那个天天在电台里唱卡拉OK的话痨不就是这么挂的？

只有我可以救你。因为只有你可以救我。

这当然是我最颓废的一晚，也是我最振作的一晚。它让我明白，我的职业生涯不能再出现更多污点。

哪怕走近之后，我发现你空出了地方也不是为我。哪怕我这个世上最蠢的警察，很可能变成世上最绝望的警察。

可是看看我这段时间，我高兴吗？我他妈的一点也不高兴。我他妈的更不高兴。我差点儿改名叫永远不高兴。

一直逃避危险，反而越来越危险。

所以我现在决定，必须立马动身去这个最危险的地方。

走到你面前。

你准备好了吗？

1

这天下午，鑫德艺术品秋拍会在港澳中心举行。虽然下着雨，还是很多人前往。

大堂门口台阶下积了很多水，门口的服务生忙着替客人们把伞收好。张铭伞被收了之后，居然有点儿慌——手该做些什么？

姜燕一路心情都很好，因为听说会见到小虫，就是那个相熟画家李文波的两岁女儿，他们全家都会来。

张铭还很少看到有人弄脏他们家地毯后姜燕不生气的，也只有小虫。有时还会表现出过分的热情，让他觉得是在暗示他什么。

搬进新家后天天泡在新画室。起先完全没法集中注意，可后来他发现，把注意力放在画布上，既是唯一可去的地方，又是最好的地方。

关于他出轨的事，姜燕只字不提。不需要他承认，不需要他忏悔，当没发生过。只是没收他的手机，切断家里的网络，二十四小时不离开他身边，到点儿叫他去餐厅吃饭，晚了还有可口的夜宵。

说是监狱也是规格顶级的监狱。

张铭发现她这种军事化管理，他不仅没觉着抵触，甚至觉得恰到好处非常舒服。

直到听说这天有秋拍会，监狱长决定带他出来。

"听说有你的画，我陪你去看。"通知的口吻。"你现在应该把心气儿调整好，看看这些东西能帮你快点儿进入状态。"

张铭不知道是什么滋味。真是越来越宽松啊，过几天肯定就放他出去了。断死了他现在也做不出什么。

很久没出入公众场合，一想到会遇到很多熟的不熟的人，来前还有点紧张。幸好阴天下雨，偶尔不一样的天气好像可以替他遮掩点儿什么。

"你和白锋多聊聊。"姜燕提前嘱咐过他。白锋是一个从美国特别赶来的终极大藏家。

只有姜燕还乐此不疲地在他的时间表上作画。他现在觉得，她可能才是个真正的艺术家。

"看她穿的小雨鞋！"在展厅看到小虫的时候，姜燕整个人注意力都被虏走了，完全忘了张铭的存在。

小虫倚在他妈妈腿边，穿着桃红色的裙子和同色的雨鞋，正在辨认眼前这个热情的阿姨是谁。

"快叫姜燕阿姨。"

姜燕蹲了下去，摸了摸小虫的头发。"长得真快，比上次又高了一头。"

小虫藏到妈妈身后。

"忘了阿姨还送给你芭比？"妈妈笑着嗔怪，把小虫拉出来。

两个太太闲聊起来。姜燕一直夸张地拉着小虫的手。

张铭把视线从姜燕身上吃力地拔开。那是什么鬼东西？她把脑子还给了自己，自己还真不知道该怎么用了？这明明是他的地盘，还要倚赖姜燕不成？

他现在进一步领悟了姜燕的阴险。她给他自由，纯粹是为了侮辱自由。

在门口的签到簿上签到时，想半天才把自己名字签上去。签完又盯着看，这两个字到底和自己有什么关系？

他的画放在哪个位置？他懒得找。好在手里多了杯香槟，稍稍缓解了手的焦虑。

和小虫爸爸寒暄几句后，张铭毫无准备地走了神。上次跟李文波偶遇，还是几个月前，第一次约许璟楠的日餐馆，是她点的地方。撞到李文波之后，骗她说餐厅爆满，换了另一家……

展厅里人越聚越多，人人体面光鲜，好似没有烦恼。他分分钟想转身出去，离开这个没人和他有关系的嘈杂空间。

又有几个熟识的艺术家凑了上来，和他说话，他一杯接一杯地要香槟。余光看见姜燕独自牵着小虫站在一边的纪念品柜台，指着玻璃里出售的东西说话。

姜燕发现小虫很爱重复她的话，她说"看大飞机"，她也跟着说"看大飞机"，她说"小虫哪里最香"，她跟着说"小虫哪里最香"。她又说了句"小虫是个小笨蛋"，小虫也一字不差地学，学完咯咯地笑起来。也不知谁在逗谁。

真是一团可爱至极的小东西。姜燕站在她身边，有种淡淡的感动和满足，她大口呼吸，想把这团乳香和纯净深深吸入。

穿过玻璃展柜的远处，人群中有个模糊的影子晃动，夹杂在看展览的人群中，她心头一惊。

"小虫是个笨蛋！"小虫拉了拉她的衣角，想要继续游戏。

姜燕低头再抬头的工夫，那影子已经不见了。她又在人群中找了找，并没有再看到那个人影。心想不可能，一定是自己眼花。

虽是一闪念，她已觉得有些不自在。

跑过去一个吃冰激凌的小朋友，小虫嚷嚷起来，做出了往嘴里送的手势。

"好，我们给小虫买冰激凌去！"姜燕笑着拉起小虫朝扶梯走去。

张铭面带微笑，跟一个矮个子的短发女孩站在一张巨幅油画前。聊了半天刘欣也只是在和他寒暄。

她每说一句，他都本能地想跟一句："她怎么样？"

说不出来。应不应该说出来？难道这一天天的就这么着了？一句自己想说的话都说不出口？

他发现自己在见到刘欣之后，脑子里忽然蹦出一大串疑问句，简直就是吓人。近期他不是连问号都废弃使用了吗？

更多的问题紧跟着来了——姜燕到底为什么要带他出来？在家关着不是挺好的吗？为了见个小孩，她就把那个只有他和她的封闭空间又打开了。他不知道她到底是聪明还是愚蠢。

现在满世界都在提醒他还有另一个人存在。谴责他，还有另一个人存在。

原本喝点酒就会脸红，这时加上着急，早已通红，看着很像在生气。

远处有个人向他招了招手，是个画廊老板，免不了打个招呼。他焦虑起来，看着对方正在摆脱说话的人，要朝他这边来。

他鼓起勇气打断刘欣："许璟楠好吗？她在做什么？"

说完她的名字之后，他有点儿无助地承受着横在他面前的伤感。

刘欣咽了口唾沫，不知态度该如何拿捏合适。"还行。她在家呢。有星光陪着呢。"

"星光？"

"嗯，我的猫。"

"哦。"张铭再不知道该问什么。

"需要我带什么话吗？"

"不用。"

有什么东西正从四周朝他聚拢，温柔又强大地贴上来。他快没信心了。对时间对那个老中医更对姜燕——他不是已经留在永远的平衡里了吗？他不是死在姜燕制造的奇迹里了吗？

不能让它过来。

他喝掉杯中酒。酒劲儿跟着上来了，肩膀被重重一拍，画廊老板已经站到他跟前。他真想一拳打上去。

拍卖厅大门打开，主办者招呼贵宾入场。人流从他身边经过时，张铭猛然想起，姜燕跑哪儿去了！半天没看到她，他竟也没觉着。现在想起姜燕，完全是种莫名其妙的安全感。

张铭心惶惶一个人先进去了。座位被安排在第一排，他有点儿后悔进来这么晚，走半天才能到他们的座位，穿过众人的热气和视线。昏昏沉沉，头痛欲裂，坐。

拍卖开始了，什么也听不进去。茫然地一遍遍看向旁边的空座位，盼着姜燕赶紧回来陪他，她太不负责任了，她应该马上坐到这个位置上。有什么东西不停地攻击他，他快要坚持不住。

他想给姜燕打电话，这才想起没有手机。刚要跟旁边的画家借电话，姜燕终于出现。

她蹲到他身边，神情看着有点奇怪，并不打算坐。她凑到张铭耳边说她有点儿事情要出去一趟，让他完事自己打车回家，眼睛也始终是看着拍卖台上发生的事。

张铭抓住了她的手，追问她干吗去，他想跟她一块儿去。姜燕甩掉他的手，还他一个标准的"你不配知道"的威严表情后，快速走出会场。

看到这个跟自己心理落差过大的表情，张铭突然觉着自己无须再求助了。这一次他竟然有了更高端的感受。

愤怒。姜燕刚刚大方地还给他了。

他还有点儿不习惯地转过身去，找了找会场出口。几个月以来目光第一次真正聚焦，他身上过电一般。他终于和那股一直攻击他的力量完全融为一人。

的确，坐的位置太不好了。为了和她的重逢，还要走这么长一段多余的路。

2

那只该死的猫到底在哪儿？

本来是小雨，许璟楠在小区走了两个多小时，走得浑身湿透。

几周前的一个傍晚，那只猫站在刘欣那屋的阳台门外，用脑袋蹭着纱窗，黑色斑点不均匀地点缀在白毛上，像一个小孩长了张阴险的脸。

刘欣打开门，它就走进来了，完全不认生，要说话一般在刘欣周围叫唤，优雅地溜达，推销自己似的。

"太可怜了！"刘欣决定收留它。

许璟楠没看出可怜在何处。她强烈反对家里出现一只流浪猫，可刘欣的怜悯心也不容动摇。

那么抠门儿的人，带着猫到宠物医院去洗澡，除虱子，买妙鲜包，还跟它说话，抱着睡觉。自己都要信这是上天给的礼物了吧？

这猫性格怪异，会突然上蹿下跳，狂叫不止，像狗一样到处撒尿，尤其是单独和许璟楠在一起时。

但也不至于让她把猫就那么放走。

刘欣起床后就去参加活动，她一个人跟猫待在家里。阴雨天本就莫名烦躁，猫又不停叫唤，用凶狠眼神看她。

这么一只疯猫，跑丢了很正常。

她想好了搪塞刘欣的借口，打开大门，那只猫毫不留恋跑了出去。它一定以为刘欣在那边等着它呢。

那一瞬间，她想，这是不是相当于把别人孩子偷偷扔了呢？

她追出去，猫藏在一辆汽车下面，透过黑白相间的脸，与她对视片刻，拔腿跑掉了，再也没有出现。

刘欣回来怎么交代？往家走的时候，她已开始考虑后路。

正想着，迎面走来一人。她开始没有意识，第二眼才算看见，确认。

多日不见，他全身都被雨水淋小了一圈。连年龄都小了。也没打伞，慢慢朝她靠近。她有点儿吃惊，又完全不吃惊。

结束之后，她才通过他握住她的手，一点点找回自己的身体，然后是整个房间，这件事，这个状况。

"有点儿不一样。"他小心地看着她的侧面。

"不一样？"

"以前你会完全跟着我，但是刚才很多时候你都不再迎上我……"张铭说不下去了。他这还是在说刚才做爱的感受？

"那我们感觉真是很不一样。"她用败坏气氛的轻佻。"我今天觉着好极了，从没这么好过。"

她也没骗他。不再把自己的心封锁在对方的身上，只追逐自己的快感。单从身体来说，绝对是她最好的一次。

也是最孤独的一次。

她专心听窗户外面的动静。雨停了，在儿童活动区域已经有人在带孩子玩滑梯。

"对不起！"她听见张铭懊恼地说，"那天不该让你躲进地下室。我确实慌了，完全不知道该怎么处理那种状况……"

这么多天过去，他又跑来定义她的痛苦了。这个最亲爱又最可怕的人，仅是这间地下室的事重要吗？

她怎么又认真听了？她也没听见别的。

当然，他不可能带着什么重要的话来见自己。刚才大雨里那个瞬间都是错觉。注定刚才发生的也只是性交。

"我刚把刘欣的猫给扔了，她回来会把我吃了吧？"

"如果让你们碰上，对我们三个都没有好处，但是我想明白了……"张铭把她的脸转向自己，"我可以和你一起躲起来，不管躲哪儿。"

那声音像刮片一样刮着她的耳膜。她挣脱他的手。"你是没见过那只猫的样子，它的脸……"

"你觉得我在骗你？"张铭提高了声音。

许璟楠看他右眼角那道疤，那道她一直没勇气问的疤痕，它现在完全可以概括她对他的全部心情。

她坐起来，伸手够自己的衣服，穿裙子时跟瞎了似的，半天分不出裙子的正反。她抱着裙子瘫坐在床边。

"跟我说话。"张铭碰了碰她的肩。

"要我说什么呢？"她只敢看着裙子，"你跟我说了吗？你什么都不告诉我。对，你是说了，但你每说一次……我实在听不了。刚才听你的声音我鸡皮疙瘩都起来了。我现在真的很怕你，你为什么还要来找我？"

张铭愣住了。房间里安静片刻。

"还真是坦率。"张铭仰了一下头，不知道在克制什么。"没想到我已经让你害怕了，完全没想到。"

他控制好情绪，下床，绕过许璟楠身旁时，低沉清晰地说："今天是我不对。再也不会发生这种事了。"

许璟楠继续专注于自己的裙子，控制不住的眼泪让她的视线更加模糊。她面临的就是这个状况，一个可以从她身体里准确读出她最细微感受的人，在别处完全是个弱智。不然她就是弱智。

她想起了在海边撞见张铭的那一幕——那个惊慌失措站在岩石上系衬衣扣子的张铭。现在这个连裙子都不会穿的自己。

为什么还要想起这件事？这件已经完全被他本人否认的事。她不是已经把和他有关的所有谜题都打包藏好了？

还不够明白？离她最近的张铭在那个漆黑的海边。那个对她最粗暴最冷酷的张铭。

不就是这么个状况吗？她努力憋着更多的眼泪，别变成失声痛哭。张铭无奈地站在床边看着她，犹豫应不应该再走过去。

"你到底想知道什么？"他站着没动，"就是希望我承认我是个不快乐的人？过去我不知道，可从我做决定来找你，到听你说这些话之前，我非常快乐。我不知道还要怎样才叫快乐。"

许璟楠听见了，眼泪更夸张地涌出。不管真话假话，都已经冲进她那个简陋的封闭地带。是真话吗？她不敢判断。她每次判断都让自己更难过。好了，有一件事至少可以确定：只要见到他，不管怎样粘合的自己就会不停地被撕开。到底什么一直制约着她？

当她要被软弱击垮时，一个东西闯进脑海，带着一股完全冰冷的力量。是房间里的某样东西……是什么？她完全惊醒。

不要再告诉她任何事情了！

"是，我怕你！"她不得不大声说话。"只要和你在一起，我就不属于我自己了。可能有很多人比我更适合你，有很多神经大条的人……我不是，我没有这个能力，你让我完全看不起自己，我也不知道我在想什么，我不认识这个人……"

"那就别想了！"张铭大声打断她，眼睛突然亮了起来。他过来坐到她身边，帮她把泪水弄乱的头发细致地整理好。"听听你自己说的，你还没弄明白我们之间有什么问题？"

许璟楠茫然地看着他，回答不了这个问题。"你为什么要来找我？"

"是你在找我。"他甜蜜地回答她。

"你能说真话吗？我没心情开玩笑。"

他看着她急躁的样子笑了起来，过去抱住她。"我们之间的问题就是没有问题。"

"太可笑了。"她推开了他的手。

的确太可笑了，对一个共同经历的夜晚，他们都有着完全不同的看法，怎么能说没有问题。

"不可笑。"张铭完全不受干扰。"当你爱上一个人的时候，你当然不可能是原来那个人。还要我说出多肉麻的话来？我只说这一次。为了打败孤独，这是必须付出的代价。我要付出的比你更多，该害怕的人是我。现在我都不害怕了，我放弃现实里所有的问题来找你，你感觉不出来吗？"

许璟楠觉着心脏快要跳出来了，还是没法和他脸上的自信接轨。"即使这样，我也不想要。我很累，我看不见希望。以前也看不见，你让我完全看不见。这样下去……"

她脑子里蹦出姜燕说的"烂摊子"三个字，锯齿一样冷冰冰地碾过，几乎要跟刚才那个奇怪的东西连在一起。

"什么是希望？"张铭趁她走神亲住了她。她感到自己脸上似乎有眼泪掉下来。谁的？她有一丝惊讶。

"我们的运气的确很差。"张铭改成了拥抱，究竟没让她看见自己的脸。"没准儿也意味着我们的运气非常好——因为我们遇上了。以后这就是我和你之间唯一的现实。对，这才是最重要的事。来的路上我都想好了，都给你搅和乱了。"

什么才是最重要的事？许璟楠的注意力紧跟着他，又完全跟不上。

他用更加忧郁的声音吸引她。"我知道不容易，但我们可以碰碰运气，我请你跟我碰碰运气。我太需要这份运气了，这才是我的希望……"

许璟楠感到他的全部重量热烈地压在自己身上。所有纷乱的情绪逐渐收拢在唯一的地方。这次让她听到了真诚，甚至还有……求助。

当他不再满嘴道貌岸然的鬼道理，当他可以把真实的脆弱拿出来，她的心完全可以宁静下来，再听不到任何杂音。

那还有什么怕的？怕别人对自己的需要？跳进海里去救他的时候她觉着危险吗？

他有很多理由否认那个大海里发生的事实。如果这里面有欺骗，她宁肯他是在骗他自己。

那他真是她所见过的最可怜的人。

这事的确可以很简单，简单到她只要重复那个跳进水里去救他的动作，其他的再不去想。回到姜燕正式闯进她脑海里的那个夏天……为什么一切都是因为这个幽灵的出现？封存。全部封存。

"我说的都是真话，"张铭看着她身后一个她完全看不到的点，"只是你从来不相信我。"

3

一定是身边带着小虫才会完全放松了警惕。

姜燕一直牵着小虫走进马路对面的7-11店里，都没觉得有什么问题。小虫看不到冰柜里的冰激凌，她还把她抱了起来，不舍得把她再放下。

等小虫选中了盒子最鲜艳的草莓圣代，她让小虫迎向自己，改成了一个大大的拥抱。视线也腾出来了，从小虫的肩上望出去，看见了站在玻璃门外面的人。

卢庆丰撑着他标志性的拐杖，正猫腰向店里窥探。

她下意识地用力抱紧小虫。

刚才在展厅里果然不是错觉，该来的终于来了。从贵州回来之后，她就在做这种心理准备，没想到此人居然大胆到这种地步，直接来这样的场合……张铭！他会不会已经找过他了？

想到这儿，全身都变得瘫软。她马上用理智告诉自己，他不会这么蠢。见张铭对他没任何好处。至少目前是。

把小虫放到地上，她飞快走出了7-11。

卢庆丰正靠在墙边抽烟。

"又见面了。"他把烟灰弹到雨地里。

姜燕一把将他推到玻璃门看不到的地方，不知哪儿来那么大的力气。卢庆丰打了个趔趄，正要发作，她用沉静的声音说道："去前面那家麦当劳等我，半小时后我去找你。"

"啥子麦……"

"否则你什么都得不到。"

姜燕说完看都没再看他一眼，又回到店里。心怎么突然变得这么静？

她找了找小虫，看见她正满脸无辜站在冰柜前，举着草莓圣代，受了什么惊吓。店员站在一边："小朋友，要交过钱才可以吃哦！"

姜燕冲上去把小虫护到了身边，冲店员骂道："你有病吧！会差你这点儿钱！跟小孩子说得着嘛！"说着哆嗦着摸出一张一百扔向收银台，引来众人侧目。

小虫粉嫩的脸皱了皱，像是要哭，但又因害怕忍住了。

姜燕抱起了她，冲出门外。

为什么偏偏这个时候来？她刚才在展厅里真的没看到吗？被跟踪至此也没有察觉，是她不愿意察觉吧？

卢庆丰已不在外面了。她知道他会在麦当劳里等自己过去，她也知道她将听到些什么。无非继续讹诈她……不管他要什么，她不会再对他说的任何话感到惊讶或是恐惧。

这念头把她自己吓了一跳。还没那么糟糕！

她抱着小虫往展厅走。

短短过个马路的宽度，她走得十分迟疑，不知道是该走快点儿，还是走慢点儿。小虫好像在自己怀里发抖，也可能是她的手在抖，她闹不清楚。

她更用力地抱紧了小虫，控制着自己不要掉眼泪。没掉下来。她最闹不清楚的是，为什么总在她离这团温柔甜蜜的东西这么近的时候，逼她下世界上最可怕的决定。

那个柔软的身体让她感到了无限力量。正因为如此，她必须下这个决定。

把小虫交回她妈妈手里后，她快速离开展厅，来到麦当劳。远远只见卢庆丰坐在窗口连排的椅子上，吃着薯条汉堡，东张西望。看上去比上次体面不少。

她试着把那个决定同这个真实的人联系起来。并不容易。

第一个钻进她脑海的画面竟是那个女孩的脸。如果不是这个男人的出现，她不至于忽略了张铭，不至于连他出轨都毫无知觉。事情根本不会那么糟糕。有多糟？

她多年以来一直以为自己和张铭是无坚不摧的整体，一直以为他们是永不会背叛对方的唯一亲人。那个女孩的出现让这件她唯一确信的事受到了挑战。

因为自己一时的恐惧，反而招来了越来越多的恐惧。起点都在卢庆丰身上。这个人在她生活的每一次出现，都带来一次比一次更大的损失。这笔账应该记在卢庆丰头上。

这也毫无疑问是她和张铭之间最后一个炸弹。想完这些，她发现这并不是什么太难下的决定。

她向卢庆丰走过去，完完全全地看着这个人。

的确，她不再对他说的任何话感到惊讶或是恐惧。他要什么都可以。她会让他尽情说，并且全部答应下来。

除了听完这些胡话，她要保持最大限度的清醒，她需要掌握更多的细节，以保证自己的安全。那也是张铭的安全。

曾经每一次这么想的时候都能带给她非凡的力量，今天却有一份同等分量的迟疑在旁边逡巡。不要动摇了。

她走向卢庆丰旁边的空座。卢庆丰的眼神在她精心挑选的白色礼服上肆无忌惮地打量，最后在领口处停住。

"让我等这么久！"

姜燕发现这是她有生以来第一次，离这个人这么近的时候，没有一丁点儿情绪。

"是有点儿久。"她坐进旁边的椅子里。

家里已经有一个靠运气活的人，她不相信她还能碰到这样的东西。这才是她的现实。

4

第二天，阴霾过去，天空放晴。

刘欣连夜赶制了十几份寻猫启事，在小区四处张贴。许璟楠心虚地跟在后面。她总是想起最后看到那只猫的画面，趴在车轮边，眼睛放光，就那么瞪着她。幸好它不会说话。

贴完不到二十四小时，她就听见隔壁屋传来一声尖叫："星光！"她以为刘欣在说梦话。过去一看，她鼻涕一把泪一把，星光自己找回来了。和上次出现时一模一样的地方，大清早站在阳台门外面叫。

许璟楠觉着自己才是在做梦。

昨晚她没敢说实话，只说猫是自己倒垃圾时偷跑出去的。她仔细看着那只猫，没错，黑白相交的脸，机敏的眼睛。

她完全不敢和它对视，生怕它指着自己的脸骂起来。这到底是猫还是狗？猫怎么可能记住主人家在哪儿？真是见鬼了。

这只猫回来之后性情大变，不仅不怕她，还经常一副在她看来充满优越感的眼神从她身边经过，跟所有拿住别人把柄的人一样。以前对许璟楠各种不友好，可现在她走哪儿它跟到哪儿，还倒在她脚边打呼噜。

经刘欣普及，她知道猫打呼噜是非常有安全感的表现。

她把它扔了，它更信任她了？

它的确在自己脚边打呼噜，这可装不出来，流浪猫更装不出来。它的确宽宏大量。她不仅扔了它，还对它恶毒揣测。

当天是个周末，刘欣约了采访出门。刘欣前脚走，许璟楠后脚到超市里给星光买了各种口味的妙鲜包、猫罐头。

看着星光狼吞虎咽时，许璟楠觉着哪里有点儿不对劲。一进门就不对劲。星光鬼鬼祟祟地站在客厅沙发上，尾巴晃来晃去。

一股恶臭从她房间传出来。

她再去看猫盆的时候，盘干碗净，星光不见了踪影。如果猫有表情，她刚进门时它绝对是幸灾乐祸。

她以为是自己的床单遭了殃，仔细检查发现是在床底下。这只猫居然在自己床底下拉屎了！

她顶着恶臭趴在地上，拽出最外面堆放的鞋盒、过季衣服、杂物，用手电往里照，看不出来到底拉在哪儿。如果这浑蛋真把屎拉在靠墙那头儿，她恐怕必须把整个床拖出来才能清理。否则她就要天天睡在一泡屎上。

这是一张房东留下的大双人床，她拖得动吗？到底选哪个方案？

仔细想了一下要做的事有多复杂之后，她冲进刘欣房间。星光趴在衣柜顶俯视着她。

这次看着它那张黑白脸，她确认自己当初的第一感觉没错，受它迷惑的是刘欣，不是自己。她抄起桌子上的杂志朝它砸去，它轻松跳开。

追打星光并一次次被它躲开的过程中，她发现自己浑身是汗，气得浑身发抖。她也不知道自己在追什么，抽风似的在房间里追逐一个极度灵巧的东西。她祈祷星光最好别被她抓住，否则她不知道会对它做什么样的事。

追了半个小时，猫毛都没碰着。

她和猫都累了。她瘫坐在客厅沙发上，星光站在刘欣屋和客厅的交界处，无辜地看着她。

"你为什么要这样？"许璟楠也看着它，觉着难受。

门外传来敲门声。

许璟楠起身开门，门外出现一个她完全想象不到的人。

杨霄原本一脸怒容，见她霜打似的脸，立马软下来。许璟楠把星光干的好事跟他说了一遍，还详细介绍猫屎所在位置，清理难度之大。

"我没长眼睛还是没长鼻子？"杨霄不耐烦地打断她。要了清理工具，他让许璟楠先到刘欣屋待着。

她傻坐在刘欣屋里，听着叮叮咣咣移动东西的声音，冲水的声音，开门扔垃圾的声音……星光臊眉搭眼趴在窗台上，安静地陪着她。她的心情渐渐平复下来。直到外面一点儿动静都没有了。

一点儿动静都没有了？心脏一阵发疯似的剧烈狂跳。

她离开座椅，过去推开了自己屋的门，窗户大开，自己房间异常整洁，一股刺鼻的香味扑面而来。

杨霄背对她正把最后一只鞋盒塞回床底。他站起来，转过身，举着一双黑手，满脸满身的灰。

"你这床底下几年没扫了？"他用微妙的眼神盯着她。

许璟楠忽然不敢看他，心跳得更厉害。他全看见了？她真是被猫给气晕了，怎么能让这个人翻自己的床底下？

"还有味儿吗？"杨霄四下看看，"喷了你桌上的香水。不过加一块儿闻着更怪了……要彻底散掉，还得多开窗。"

说完他就到厨房去洗手。许璟楠莫名跟着他，跟到厨房，跟到卫生间看他擦手，跟到客厅看他坐沙发上，像盯一个偷了自己东西的贼。

杨霄掏出烟来，不说话，也不对她的行为表示奇怪。

"刘欣今天出去采访了，她没告诉你？"许璟楠远远站着。

杨霄瞥了她一眼。"我不找她。"

"你找我？"

"废话，你不接电话，不回短信，我当然得来家找你了。"

许璟楠这才想起自己大半天没见过手机。"可能关了静音，没听见。"

"没听见？"杨霄冷笑一声，站起来，"那就没听见吧。"

"真没见！"许璟楠情绪有些激动，"这有什么可撒谎的！你现在拨一个，我都不知道手机在哪儿。"

杨霄表情略有缓和。

"我以为你在家闹什么幺蛾子，"他又点了根烟靠在门上。"原来是泡猫屎闹的。"

许璟楠完全笑不出来。

"大周末的，关静音干吗？"

"谁说周末不能关静音？"

"每个周末都关？"杨霄穿过烟雾看她，"你不是挺爱出去玩的吗？不怕有好事儿落了你？"

许璟楠回答不上来。

她第一次直观地感到面前坐着的是一个警察，是一个每天跟杀人犯和死亡打交道的警察。她觉着头皮发紧。为什么这人一见面就问自己这些无聊问题？

"你找我到底有什么事？"

"让我想想……"杨霄抻了抻腿，看不出是在吊人胃口，还是有点儿紧张，"我想改造一下我家，你这个大设计师，有空给我弄弄？不过说实话，我看完你这屋，对你也没什么信心了，哈哈哈哈……"

笑得不能更怪了。

"对，最好别让我给你弄。"许璟楠回答。

杨霄听罢不笑了，也不乱晃了，表情恢复严肃。

"那就彻底没事了。"他站了起来。"猫屎也清干净了……你就好好跟家待着吧。"

杨霄走向门口。

许璟楠突然被什么东西打到似的，对着他的背影问道："你看见了，对吧？"

杨霄转过身来，有些意外。"那张画？"

"是。"许璟楠脸色惨白。她不是已经封存好了吗？干吗对一个不相干的人打开了它？

"看见了。"

"看清了吗？"

杨霄停顿片刻，似乎在理解这问题的含义。

"看清了。"他说。

"你能告诉我……"许璟楠紧张地问，"他画的是什么？"

杨霄的视线跟随她脸上浮出的惊恐。"你自己不会看？"

"我不知道他画的是什么，我想让你帮我看。"

"我就看见一张人脸。"杨霄被她那种求助似的声音弄得脑子有点儿乱。

"在……水里？"他补充。

"哪儿有水？！"许璟楠瞪圆了眼睛。明明是雾。她不知道是不是问了最不该问的人。

"那画的不就是一个人淹在水里？"杨霄困惑地看着她，"不然是掉河里了？"

许璟楠意识到自己又开始追逐一个像星光一样灵巧的东西。那个东西毫无道理地强烈吸引着她。

张铭说"是你在找我"，究竟是谁在找她？

"脸上没有任何表情，对吗？"她浑身收紧。紧得想把这个问题也收回身体。

这是最不该问的问题，因为答案无论是什么她都不能接受。

可她已经抓住了答案。

这就是昨天和张铭见面时，突然从她房间里冒出来的东西，它追着她要告诉她一件事。那件事不知道是要把她扶起来还是更重地摔下去。所以她不敢听。

声音就出自藏在床底下的那幅画像。它要告诉她，它除了是那个被暴雨毁掉的晚上唯一幸存的东西，它还是有某种表情的。

她知道那至少可以把他自杀的故事讲出一个像样的开头。

那也是她不想听的原因。她不是已经打包好了吗？

姜燕说"那是我唯一的机会"，究竟什么机会让人这么不是滋味？

一切都怪星光那泡屎！

"你们搞艺术的人，不如我一个粗人？"杨霄几乎嘲讽的冷酷声音，"我不相信你看不出来。他那就是我最讨厌的一个表情——内疚！"

——内疚？

"你懂个屁！"许璟楠快速拉起全部防线，"你真当我是瞎子？上面什么表情都没有。我怎么能指望你看得懂画！我看你还是更擅长去调查死人！"

　　杨霄摔门出去之后，她觉着全身都轻松了。好了，她知道这个周末应该做什么了。应该立刻把自己手机找出来。那才是她该去的地方，只有跟他在一起，她才能确信她是走在一个温暖的故事里。

5

　　姜燕站在厨房，背着窗户，紧盯着碗里的鱼，心跳快要停止。

　　氰化钾粉末落入水中，迅速消散。那条鱼大概以为是放鱼食，兴奋地凑了上来。很快就有些不对劲，加速游了几个来回，想要冲破水面。几秒钟工夫就不动了，白肚皮翻着浮了起来。

　　她冲到卫生间里干呕，什么也吐不出来。

　　胆子怎么变小了？

　　这瓶氰化钾跟了她十几年。一开始就是包在纸里，后来买了个透明的小瓶子，纪念品一样封存起来。看上去就是瓶普通的白色粉末。

　　溶入水中，无色，无嗅。平时锁在一个带锁的首饰盒里。无论东奔西走，都带在身边。只是很少去碰。

　　加上装瓶那次，一共也就打开过两次。有淡淡的甜味。后来想起当初给她的人，说这是氰化钾的味儿，也就是苦杏仁的味道。

　　难怪她不知道，从来不会去买什么苦杏仁来吃，听这名字就够了。冰箱里最多的零食也就是巧克力。

　　再次拿出来，也打开了另一个让人难受的瓶子——与之相关的旧日生活扑面而来。

第一次知道氰化钾有剧毒，是她在医院值夜班的时候。一天夜里送来两个已经断气的青年男女，两人身上穿着新婚的衣服，除了脸有点儿发白，看上去倒也干净平和，像是睡着而已。其实是一对服用氰化钾殉情的情侣。

当天值班医生的话她一直都记得：要想死，这比安眠药什么的利索。剂量小，发作时间快，几乎不会失手。

她一生也只有过一次想死的念头，和今天这个再次把她逼到死角的人，也脱不了干系。所以很自然地想起了这瓶致命粉末。

没想到十五年后，这药转了一圈，还是要给他用了。

其他的方法更不现实。关键是，这是最干净的一种了断，大概连呕吐都不会有吧。不会有正面冲突，不会有血腥场面。如果到她活不下去的那天，她自己都会选这种方式。

当时药物监管虽没现在严格，普通人要搞到氰化钾也不是易事。好在她在医院工作，就试着向药剂师要了一些，只说是家里闹鼠灾。当时他怎么就信了？她已经记不得细节。要么她当年是个不容别人往别处想的单纯女孩，要么那是个非常粗心的药剂师。

"省点儿用，这东西没期限，以后闹鼠灾了还能用。"

他一定没想到这句嘱咐能在十五年后继续发挥作用。

氰化钾是没时间限制的，只有人和老鼠有。大概是这一点点暗示让她始终把药带在身边，也永远提醒她那个耻辱的日子。

趁张铭不在，她专门到卧室抽屉里找出了这瓶药。代表死亡的白色晶体，不多不少，还在那里，稳定强大。

下决定是一方面，执行是另一方面。

她真能下得去手？这么多年了，她都没试过这药是真是假。

经过鱼缸几次，都让自己不要往那里看。不要打这个主意。她养什么东西都养得很好，不论是动物还是植物。动物养得也有限，最多就是鱼了，外面的流浪猫也算上。

昨天夜里她睡不着，起来看鱼。选哪条去做这个死亡试验？是大一点儿的还是小一点儿的？小的吧。

"真有必要吗？"这个声音在她从麦当劳出来之后就一直在脑海里回旋。就再满足他一次又如何？他这回是想要一幅张铭的画。

也许这一次之后他就满足了？

理智上也清楚，要挟他人的人，轻易不会撕票。可是她讨厌生活里有一个炸弹。她往后始终要听从于他，而那又是个完全不值得相信的人。

即便他以后不来骚扰自己，也可能因得意忘形到处和人胡说八道，还是会将她和张铭置于险境，甚至连之前的投入都是多余的。还有一个理由，每次想起来，都能直接打消她的心软——

某种程度上，他也是让她死过一回的人。这件事早在十五年前就该做了。

幸好通过麦当劳那次聊天，知道他现在已与流浪汉无异，和老婆已经多年分居，一直借钱到处鬼混。这么一个人死了不会有太多人注意。

她把那条死鱼扔马桶里冲走了。看着马桶里的蓝色液体形成漩涡，直到将那条鱼彻底卷进黑洞里。

她答应一周后交画。现在，她要想一个完美无缺的计划，以保证她将来不会上社会新闻头条。一夜没怎么睡，一个礼拜转眼就会过去，脑子里反复想的就是这个计划。

那应该是一个单独在一起的情景，她趁机把这东西撒进对方的酒或水里。

非常容易。非常容易？

把他叫到一个没人的地方。可又该如何自然地让他喝东西？若他起了疑心，她会很危险。

在外面见面先排除了。想来想去，在他留宿的宾馆里还比较现实。可如果是宾馆，是不是都会装监控摄像头？事发后，一个在宾馆身中剧毒死亡的人，警察最先调查的就是宾馆的监控录像——谁是最后一个离开房间的人。

她想上网去查一下这个宾馆的大概情况——这回他换到了大栅栏附近的一家宾馆。可是要在家里的电脑上留下这样的痕迹吗？她听说过所有上网的历史记录都可以被查到，哪怕你已经删除。将来万一有万一，她就百口莫辩了。绝不可以出现那样的万一。

家里除了这瓶马上会被用掉的白色晶体，再不能留下任何与此事有关的痕迹。

天快亮时，她一度跪在床边看着黑暗里的张铭。这个所有事情的源头，改变她一生走向的人，完全置身事外，均匀沉重地呼吸，一条腿耷拉在床边。

她究竟在干什么？她问了个奇怪的问题，向沉睡的他。

正是为了生活里有他的存在，她需要独自承担这些，可他又是个怎样的存在？只是让她更孤独罢了。她做的所有事情都好像是为了跟这份孤独待在一起。永远待在一起。

很少想自己的她，被这大脑里突然传来的陌生扫描吓住了，加上困意和半明半暗的天色，周边一切突然变得不真实。

上次这种感觉不就来找过自己？最近不是一直没停地在找自己？她是用什么抵挡的？

那个女孩的脸出现了。又一次帮她厘清了思路。

她不和他谈出轨的事，因为她不屑知道答案。她看过他和那个女人的邮件、短信，她这辈子没看过这么伤人的东西，也没看过这么愚蠢的东西。她真可怜他们——他们是那么倚赖别人的给予。她很小就知道这是世上最愚蠢最危险的事。

这么肤浅的两个人，谈什么狗屁爱情。从这种角度，她完全不担心张铭能跑多远。他总是会带着烂摊子回到自己身边。

她完全有资格自信，是张铭训练出了她这种资格。

养病期间的他确实如此。她出门去个超市，他都会跟过来问长问短，完全就是个怕被大人抛弃的小孩。她知道为什么她没有孩子，因为她已经有了。

他如果还要去找那个女孩，她甚至可以大度地留出这种富余，她只能是替那个女孩惋惜——来到她和张铭这个死循环里，只能是她的不幸。或早或晚，她就能见识这世上最自私无情的人了。

这么想让她最终并非好受地摆脱了那个幽灵。

完全的无情吗？冰箱里的巧克力又算什么？

可他会想到她为了收拾最后一个烂摊子，将会变成一个杀人凶手吗？他知道她做这一切都是为什么吗？

不需要他知道。这是成年人的事情。

好了，所有幽灵都摆脱了。

明天至少应该先去看一下卢庆丰住的宾馆。她理出第一个具体的行动方向。也许没她想的那么难办，也许根本就没有什么监控设备，来来往往的人员很容易蒙混过去。

无论如何，天亮了先过去看看。

她很怀疑自己能否坚持一个礼拜那么久，第一天就如此难熬，所以都要早做打算。还有六天，一切都来得及，她一定会无比细心地想出一个完美计划。

张铭，我希望你知道。

第八章

2011年9月6日 晴 有风

消停了。

左臂两厘米刺伤。至少俩月不能干什么见不得人的事。

我现在也不明白整个过程。是我太恍惚了？没注意到那小子袖口里有刀。

可无论如何，我不该独自行动。这么做就一个理由，就是自找。我是不是基本上也可以宣布我上一篇日记作废了？

真不好意思再看一遍。上次那鸡血是从哪儿注射的？疗效太好了，完全把我带沟里了。

怎么就这么难？第一次就这么难？还能坚持几次？

世上有太多事都比去见你更容易了。你以后应该叫许璟难。

张胖问我，你真放下了？

还能说什么呢？我这不正他妈逼自己放呢嘛？我这都壮士断臂了。

刘欣今天给我带的鸡是煲在汤里的。

她真是我榜样，她就是不气馁的典范。看见她，就觉着自己特别王八蛋。

我也不明白，她一个记者怎么就不嫌弃和我这警察没话说，还老拿一些边角社会新闻来问我。"我一个朋友被入室抢劫""我朋友的妈旅游时被骗"，就那么想找点儿我感兴趣的话题。

我几次想跟她把实话交代了，几次都没说出口。难受得我。

喝到第三碗鸡汤的时候，我预感我他妈的又吃错了鸡。

她主动说起了许璟楠和那画家的事。

这次比上次目的更明确。终于挽回了我作为警察的基本尊严——她根本就知道我喜欢的是许璟楠。她根本就知道我接近她的目的。

她一遍遍提这个八卦，就是为了我断了念想。

合着全世界就我最天真无邪。我还觉得对不起她，我可太看得起自己了。我配对不起谁？

她说得停不下来，对她室友一直在进行貌似同情又极端恶毒的分析。

让我下决心说出实话的是她这番话："她因为从小死了爸爸，所以会喜欢大叔吧。单亲家庭出来的小孩真是个悲剧。"

鸡血神奇地回流了。

我立刻放下碗，打断她，跟她承认了全部错误，告诉她我有多孙子，告诉她我不想再让这个错误继续延续下去。

太容易了。说完就想不起以前到底怕什么。

我除了想跟她断了关系，也想让她赶紧离开我家。因为我必须回单位一趟。

如果我没记错，上次在内部的人口信息网看许璟楠家的户籍信息，并没有显示她爸不在人世了。

刘欣的意思，就是她的亲爸，她也就那么一个爸。

这事儿就怪了，许璟楠为什么到处跟别人说她爸死了？难道是户籍信息更改不及时？死亡没有登记上？我得再去查查。

为什么还好奇？甚至更激动？

大概隐约觉得，她用一种样子活在世界上，只有我可能看到她真正的样子。

如果直接走到她面前难度太大，我可以自己挖一条路出来。只要路没找错，我一样可以抓住你。

唯一的问题是，她喜欢被人看透吗？

1

他们连续见了四天。

张铭用尽一切办法向许璟楠证明什么叫"这是我们之间唯一的现实"。

过去他们的活动区域仅限于画室、餐厅，和外界隔离。复合第一见，邀请她一起出席画展，介绍自己的朋友给她认识，带她去参加聚会。完全不理会周围惊愕的眼神。如不是许璟楠觉得别扭，他随时随地要拉起她的手。

那些曾经他最看重的东西，他一件一件丢弃。张铭为自己所能牺牲的程度感到惊奇，又完全不值当惊奇。

拉着她，在所有和他们无关的摆设里，烈士一样建立他们唯一的现实——这是每天在他脑海里不断重复的意象，每次都能把自己想得激动起来。

他已无限逼近自己跟她说的那番话。那不仅为了给她信心，他自己都被注入了力量。孤独和她，他选她。这是他最后的机会。

把自己完完全全交出去，又是难以想象的疲惫和快乐。他不敢想自己以后还能碰到这样的事。这一次究竟能维持多久？

尤其他发现她有一些细微变化。有时一口气说很多话，有时一句话不说，极度安静。他走近她都能把她吓一哆嗦，还经常用恍惚的眼神看着他。他付出的那些，她虽然很努力地配合，但他觉着她并不需要。

她像一只受惊过度的小动物，她越是努力掩盖越是让他觉着难过。从自然发生的爱，变成了需要去证明的爱。有点儿挫败。可这都怪自己。

地下室那次的确是他最后一次见到完好的她。除了自责还有一丝怨气。

是不是因为他陷得太深以致过度敏感？对她有怨气，恐怕就是滚水上的白雾，只能证明他现在的确是滚水。他有耐心让她跟着自己一起沸腾起来。

这才是平衡。

多简单的道理，每次把姜燕赶出脑子之后，他就可以轻易获得。更妙的是，这几天她自己主动从物理意义上退出了。

他也不知道自己的运气为什么这么好，万物都为他的恋爱开了道。周末拍卖会分手过后，姜燕到了晚上才魂不守舍地回家，看都不想看他一眼。隔天他起床，她人已经出去了。连续四天如此，不知道干吗去了。

手机还他了，他还是换了新手机。他要保证他童话里的搭档随时可以找到他，其他人爱干吗干吗去好了，哪怕也去找个情人。

姜燕真找情人去了？想到这儿，在夜晚三里屯的林荫路上，张铭笑了出来。

旁边的许璟楠莫名看着他。她今天打扮得非常漂亮，这几天都非常漂亮，全方位保证她和张铭走在人群里时刻呈现两个发光体的状态。支撑着他们心里的光。

这状态让她想起那段失眠的岁月——有时候失眠太狠，会迎来一个大脑极度亢奋的阶段，让人分不出那一刻究竟困还是不困。

她很快就知道了。

"明天的生日我建议去唱歌，"张铭边走边说，"别光见我的朋友，把你朋友们都叫出来给我认识认识。订个大包房，给你过个热闹的二十六岁生日。我有惊喜的礼物给你。现在不要问……"

"好。"

她怎么好意思对热情的他说不好？可她要怎么跟大家介绍他？

张铭拉着她向一家酒店走。"珍惜跟我开房的机会吧，很快就没机会了。"

"嗯？"

"因为我们不能这样下去……"他遗憾地说。她礼貌地表示了好奇，他没趣地说下去："我已经托人在打听房子了。你也不能老跟刘欣住一块儿。我们先租一个，好不好？慢慢来。"

走到酒店停车区域时，从酒店里出来一个浓妆艳抹的风骚女人。张铭看了一眼，那女人也看了张铭一眼。

"想起个特别逗的事……"女人走远后，他低声跟许璟楠说，"我太太曾经打过我一巴掌，那是唯一一次。知道是因为什么？"

许璟楠惊愕地看着他。"为什么？"

她想问的是为什么他要提这个人。

"她不是从来不跟我接吻嘛，几年前有次我跟她开玩笑，说有些小姐为了工作和生活分开，也不跟客人接吻。她就给了我一耳光。你说这个人是不是太没幽默感了？"

许璟楠觉着自己没法再多走一步了。她把手从他手中抽回去。

"怎么了？"

"我也会。"她回答。血液瞬间冲进了大脑。脸完全绷了起来，感觉上面的漂亮油彩马上就要一块块掉下来。

张铭费解地看着她脸上忽然发生的变化。

酒店门口人员嘈杂，许璟楠快步走到了僻静的林荫道上。张铭不安地跟在后面，也不能理解自己为什么要跟她说这个事情。的确从各个角度看都不太好笑。

"为什么要这么说姜燕？"她站定。

"你怎么知道她名字？"张铭透过树影紧张地看着她。

没有冤枉他。他从来没告诉过她姜燕的名字。明显是故意不提，甚至是保护着这两个字。

既然如此重要，他还要跟自己用那么轻浮的口气提她！她不知道是替自己受不了，还是替姜燕。这完全没法和那个她刚逼自己吞下的故事匹配。

在那个故事里，他是个对老婆深深内疚的男人，他们之间没有爱情，所以他遇到了她，所以他需要她……她可以帮他覆盖住无奈的现实。这当然不是个最美好的故事，但是一个她可以理解的故事。

内疚的确也是她最讨厌的词，那意味着他们之间不仅仅是感激那么轻松，他们有着比这更深的感情，深到可能让一个人自杀，对自己撒谎，把自己推进地下室……如果已经到了这种超乎理性的程度，她宁肯他永远不要在她面前提姜燕，永远不要提醒她正在毁灭一个无法毁灭的东西。

他又用这番让人作呕的话抹掉了那个表情。

"她找过你？"张铭追问。从许璟楠刚才这一段沉默，他已经可以确定。"什么时候？说什么了？"

"你爱你老婆吗？"许璟楠直接问了，她不能再假装什么都没看见了，她这几天真是累透了。

"问这个干什么？"

"不能问？"

"用问吗？"听到那种逼问的口气，他忽然微微不快，面朝着马路站着。"你能问这个问题我都很伤心。"

"只有你会伤心吗，张铭？"

"姜燕是不是说了什么伤害你的话？"

"姜燕为什么能伤害我？我在乎她吗？"许璟楠用刺耳的声音

回答他的歉意。"你还没回答我的问题，你爱不爱她？我不能知道吗？我作为帮你打败孤独的唯一女主角，我不能知道配角的事？"

几个路人好奇地看着他们，她全然不理会，只是盯着他。

听到自己的真挚誓言被如此讽刺地说出来，张铭也忍不住了。"那我一天到晚在干什么？我是疯了吗？把我爱的人扔家里出来找你？非要证明我有病你才高兴是吗？"

许璟楠觉着自己是疯了。她希望听到什么？她居然真的希望他承认是爱姜燕的。

如果这幅画上没有任何一个部分是真的，她永远没办法拥有这张画。这才是她心底的声音。她今天就要让姜燕这部分彻底暴露，只有这样才可以让面前这个男人还有一丝温暖和真实可言。

对，她今天宁肯听听他和姜燕之间感人肺腑的爱情故事，也不要他继续在她身上画漂亮虚伪的图片。

"你不要再用问题来回答我的问题，我听不懂。"她几乎严厉地说道。身上的银色紧身裙，在光影里看着像一把反光的剑。

"有什么可问的？你看不见我付出了多少吗？"张铭委屈地喊道。

"你付出就是为了给我看的？"她更大声地回应。

张铭一下子被噎住了，不可思议地看着她。随后他不再控制音量，身体也气得发抖。"你可太有意思了！哪儿来那么多爱不爱的？我能把自己分成两半？你电影看多了吧！对你来说，世界上就只有这一件事，只有这一种感情？你要对无聊问题感兴趣，你不如问问我爱不爱你！"

这个冷酷的声音要在静谧的秋天街头炸开了。

看着他那张充满敌意的面孔，许璟楠觉着快要窒息了。终于来到了这一天，来到了她每一段爱情的精彩段落。她对这样的自己是多么熟悉！他终究杀死了那个由他亲手创造的新人。

沉默半天之后，张铭看看她，好像也看见一样毁坏的东西，平复情绪。"你希望我离开姜燕？你是想问这个吗？"

她希望吗？这次是她被问住了。

她在追逐的是什么？她在追逐一个完全让自己崩溃的答案？她宁肯听听最能伤害她的事实？

为什么他对姜燕那种轻浮态度，让她感到的是不能抑制的愤怒？因为在和姜燕见面后，她竟然完全理解了她。如果之前不能确认这一点，现在可以确认了。

这份理解和张铭之间，是完全对立的。完完全全压住了她自己的声音，她才是被活活分成了两半。她被这两个人彻底从自己身体里挤了出去。

那她现在究竟在哪里？

远处一辆跑车呼啸着朝这边开来，许璟楠突然转身，冲向那辆车。

张铭吓得惊叫一声，反应极快地追上她，从后面一把紧紧抓住了她。许璟楠只觉着身后突然出现一股比车引擎更热的热气包住了自己。

跑车猛踩刹车，急停在他们两个面前。

在司机劈头盖脸的脏话里，许璟楠一直看着张铭。那股热气一直停在她的后背上。

张铭也不跟司机解释，松开她之后，就瘫坐在马路牙子上，完全无视周遭的环境，脸上血色全无，面无表情看着路面。

许璟楠跟司机道了歉。人群散去，她走到张铭边上，伸出手去按住他的肩膀。张铭颓丧地躲开了她的手。整个脸沉没在黑影里，不让她看清自己的表情。他好像完全被她先前的举动刺伤了。但没有比这样的刺伤更能帮她明确自己的位置。

"再也不会这样了。我保证是最后一次。你不要生气。"她从侧面抱住了张铭，小心翼翼地跟他道歉。"明天你不是还要给我过生日吗？你不是还给我准备了礼物？你会给我过一个最好的生日，对吗？"

经过一段漫长的时间，张铭最终把她圈进手臂，声音沉闷："以后不要再开这种玩笑。"

她整颗心放回肚子里，再没有任何疑问了。这的确是她最温暖的故事，她已经回到了那个夏天的开头。

他们站起来的时候，许璟楠的手机响了，她本能地打了个寒噤。那明明是很欢快的手机铃声，为什么这时听上去有种完全不祥的感觉？

她几乎猜到是谁打来的。

可是她怕吗？她现在什么都不怕。

2

"都上哪儿玩了？长城，故宫？"藤原宾馆的前台是个中年妇女，操着一口老北京腔调跟姜燕闲扯。

姜燕有点儿恍惚，半晌才反应过来，对方大概是把自己当成外地游客了，否则谁会住在大栅栏附近的小宾馆里？

"都去了。"她苦笑。真是游客倒好。

去叫经理的人，怎么动作这么慢？她看了眼那张表皮已经开裂的前台桌子，搓起了双手。

一个礼拜快得惊人，明天的这个时候就见分晓了。多日来的紧张，已经变作失眠、头痛、胸闷、恶心，只要她放松下来，就会被击垮。但是必须再坚持一天，必须跨过那最难受的一天。

人真是适应力惊人的动物。包括适应罪恶感。

头几天，她还没头苍蝇一样，在卢庆丰住的这家藤原宾馆外面"蹲点"。不做点儿什么难以安心，可又真不知该做些什么。只是戴着墨镜，躲在车里远远看着，也不敢出去。不知道该看些什么，准备些什么。

可又不能停下来，总得找点儿事干，不能任由时间就那么滑向一个礼拜之后。

已是初秋，她还把空调开到最大挡，每天从里到外冻得冰凉，心里的燥热还是无法抚平。

几天下来最大的收获，就是掌握了卢庆丰的活动规律。每天上午大约十一点左右，卢庆丰会从胡同口出来，去坐地铁。消失一天，直到晚饭过后再次出现。回来时手里经常提着大包小包，像是新衣服。

她让自己记住这幅令人厌恶的画面。太可笑了，他还在用她给的钱为自己添置衣物。这么一个靠敲诈别人苟活着的人，不配活在这世上。

第四天晚上，她一度临近崩溃，觉得自己根本没能力完成这件事。所谓的计划都还停留在最后一次见面的麦当劳里。每天干的事情有什么意义？对于她这样一个家庭妇女，真能想出什么完美的杀人计划？杀一个每天出去逛街、买东西的大活人？有多少双眼睛会盯着她？

可是当她觉得快挺不过去的时候，又惊人地发现了自己的潜力，就在每天看似无意义的重复中逐渐显现出来。

随着对目标的熟悉，对罪恶感的适应，她开始多了点儿信心，胆子也大了。无非是个棘手的障碍，她只要找到通向它的最佳道路就可以了。她心细冷静，没有她做不到的事情。

"你也不要抱太大指望，"中年女人再次说话，"我们那个设备很老了，不一定能帮上你。钱包里的钱多吗？"

姜燕下意识地去扶了扶墨镜、帽子，都还在，没人能看清她长什么样子，没人能看出她在撒谎。"钱不多，主要是里面还有一张珍贵照片，丢了可惜。"平静地解释。

第五天，等卢庆丰进了地铁站，她走进了藤原宾馆，开了间房。之所以这么冒险，就是为了确定该宾馆哪里装有监控设备。

这是个三星级的老宾馆，因为位置好，来往人员很多。这么多人出入，即便没被监控录像拍下，其他人也会注意到她这么个访客。于是就产生了这个大胆的想法——她也到宾馆里开间房。

她是想起有一回张铭在车库里掉了手机，他们通报车库管理员后，被领到了保安室，在那里看到了当天所有车库的监控画面。所以要想知道宾馆里哪儿有监控摄像头，至少也要有一个类似的由头。

作为一个普通访客，直接去问说不过去，回头若调查起来，也很容易留下把柄。

"最近有没有什么奇怪的事？""有个女人问过摄像头的事"……这绝不可以出现在完美计划里。

如果她是宾馆的住户就很自然了，她丢点儿东西，宾馆也有义务帮她找。这么做还有另一个好处，将来事发当天她出现在宾馆里，也是很自然的事。

唯一不妥就是有可能在宾馆里撞上卢庆丰。她之前了解到他的基本出入时间，也派上了用场。当然，还要有墨镜、帽子这样的基本修饰。

和卢庆丰联系的一直是一个新买的手机号，这件事一结束她就会把那张卡扔了。开房需要身份证，为此她去买了张假身份证。将来万一排查身份，她的名字留在宾馆的记录里也说不过去。

以前只在社会新闻里听见的事情，她居然都做了。实际做起来，也并不是很难。做成后甚至也有种满足。所以有些人会为这样的满足永远无法收手吧。

她觉得自己像蜜蜂，在给自己造一个冰封的蜜的巢穴，五光十色，又不堪一击。最能打败她的，就是偶尔浮现的回头的想法。

不能回头，只能继续走下去。

保安终于和一个胖男人同时从电梯口下来了。

"是你丢了钱包？"胖男人不快地看看姜燕。

这么一个人都好似能看穿她的把戏。姜燕点点头。

"这可不是我们宾馆的责任。"胖男人警惕地打量她。"如果哪个住户丢点儿东西都赖我们头上，我们还不破产了？"

"不是这个意思，我不是让你们赔偿，"姜燕明显底气不足，

"钱包里有张珍贵照片，就想你们帮忙看一下监控录像，到底丢在哪里，我自己去找。如果这样违反你们的规定，我另外付钱给你们。你们不用负任何责任。"

越解释越奇怪。她简直不想再继续纠缠下去，像是已经把自己的罪恶想法公布于众了，预感越来越坏。

已是这礼拜的最后一天了，她骂自己蠢，为什么没有给意外留出足够宽裕的时间？居然到最后一天才来确认最重要的一件事。

经理盯着姜燕看了片刻。"我们看过录像了，没有！不是在宾馆里丢的。"转身走了。

姜燕深吸一口气，不敢再追上去理论，否则所有人都会牢牢记住她。真是个自以为是的蠢办法。

可到了明天该怎么办？明天就是她和卢庆丰约定交画的日子。她要怎么神不知鬼不觉地出现在卢庆丰的房间里，然后再幽灵一样回到自己房间？难道这几天的准备都白做了？

她颓丧地站在那个人来人往的大堂，头晕目眩，一直绷着的神经马上就要决堤了。为什么她要做这么复杂的事情？为什么她不是那种每天想想下一顿该做什么菜式，在学校门口等着孩子放学的简单女人？为什么她的人生如此不圆满，她总是要一刻不停地扫除上面的污垢？

难道就这么放弃了？

姜燕朝门外走去。到门口有个人碰了碰她的手臂，她吓得惊叫出声。是刚才那个保安，也被她的反应吓了一跳。

"不是我们经理不给你看，怕被罚啊。"他小声说，"我们宾馆的摄像头坏一个多月了，一直没修，啥玩意儿都看不了。"

"坏了？"姜燕很费力地理解了这番话和自己的关系，也不知是喜是忧。既然老天非要她知道这件事，就是要她继续走下去吧。

她也得认命。她从来不是那种生下来就可以享受圆满的人。

也许老天造她的深意，明天就可揭晓。

3

生日当天，许璟楠起床就感觉全身酸痛无力，心也莫名跳得厉害。中午到办公室后又加了两片感冒药。今天病倒可太不妙，必须用药压住，还得撑到夜里呢。

这药吃完有种飘飘欲仙之感，老想傻笑，不知是什么奇怪的成分。效果刚好是她要的，可以不去琢磨短信上的内容。

杨霄昨天晚上打过五个电话，她一个没接。早晨就收到一条他发的奇怪短信，没法不看，内容只有一句话："什么都不怕的女孩，是最可怕的女孩。"

她看了很多遍，都没弄明白到底是什么意思。有什么需要她怕的？他那五个电话又是什么事要急着跟自己说？

隐约觉着是和张铭有关。给他看见床底下那幅画真是最大的败笔。她现在最不想听见的就是他的声音，最不想看的就是他那张故弄玄虚的脸。

这人为什么总是在自己最快乐的时候跑来扫兴？昨天在和张铭最甜蜜的时候，他一直在拨她电话，最后只好把手机关了。

她当然不想接他电话，对他要说的事也完全不感兴趣。没人能理解她那些最细微的感觉，也没必要让外人理解。

　　难道他在背着她调查张铭？那就更恶劣了，他杨霄简直就是警察的耻辱。在这个事情上，他怎么可能做一个公正的判断？他说出多难听的话来她都信。

　　张铭又有什么值得一个警察调查的？这个问题自然地跟了出来。像在路上专心致志走着突然一头撞上玻璃。杨霄还是成功了。

　　会有问题吗？一些零碎的片段在眼前闪过，又没法连成一片。根本没有意义，她关上那些念头，其实让她不踏实的是晚上的生日聚会，她已经通知了所有好朋友。这才是和她有关系的。

　　她一遍遍回忆昨天晚上的每个细节。

　　尽管她用非常极端的方式证明了他对自己的爱，不管是痛苦还是卑鄙的证明。她拿到了。她也不是有意那样。

　　他被自己伤得很厉害，她也能感觉到他的歉意。最后他们还是去酒店了。谁都没再提之前马路上发生的事，他所有动作都很温柔，一切都非常完美。他当着她的面就让助理订了今晚钱柜最大的PARTY（聚会）包房。

　　在自己做出那么伤人伤己的举动后，她愿意接受任何形式的惩罚。要不要带他进入自己的朋友圈，简直是最不重要的事。他坚持说要按原计划进行。离开时除了看着有些疲惫，基本和平时一样。

　　根本就没有问题。不能让杨霄得逞。

　　她调出张铭当天早晨七点发来的短信看了一遍："蛋糕已经订好。熬夜熬到现在才睡，白天补觉。如没接你电话别着急。晚上八点钱柜包房见。生日快乐！"

她也大概猜到他在准备什么礼物。那还有什么问题呢？再过几个小时后他们就见到了。

　　说起蛋糕，她想起远在广州的许雅丽。作为她妈，到现在还没打个电话过来。她们在一起生活的日子，许雅丽也记不太清日子，要她提醒，才可能买一块在蛋糕店里搁了一天的已经奄拉的蛋糕。

　　有段时间她挺在乎生日，总还是盼望着到那天会有点儿惊喜。可每次房间里就她们两个人，还有难以下咽的饭菜。有多少次不欢而散？她记不清了。每次都是以她把许雅丽弄哭收场，她也忘了都是些什么样的理由。

　　今天坐在办公室里，她仔细感受了一下这个人，再也找不到一丝怨气。她不再需要许雅丽那份承认了。她当然知道这为什么。

　　这不也从另一个角度证明没问题？除了有一件事她不知道算不算问题——昨天在酒店张铭动情时说过一句话："你可以离开我，但不要那样离开我。"

　　这当然就是指，不要用撞向飞驰的汽车那种方式。可这句话还是让她身体里穿过一阵冷风。是因为她讨厌"离开"两字吗？

　　她自己都不敢细想马路上发生的经过。亲身体验才知道，如果一个人自杀，完全可以是瞬间的、毫无道理的决定，整个人被压迫到一个极小的点。现在想想，这句话太让人心酸了。她差点儿一念之间就把他们无可挽回地隔绝在两个空间。她差点儿亲手终结了她唯一的机会。

　　那一瞬间她终于明白一直让她恐惧和怀疑的是什么。

　　张铭的爱。

　　她破坏的她怀疑的就是这么一个再简单不过的东西。她不相信这份爱。她不敢占有这份爱。

现在还有什么可怀疑？

她不明白的是，为什么自己每要获得一个简单的答案，都要付出比常人更激烈的代价，这的确会让所有爱她的人饱受折磨。

所有不好的东西都在昨天冲向汽车那一瞬间发泄光了，这当然值得一个热闹的生日来庆祝。五点多，周姐就放她回家梳洗打扮了。

出发去钱柜之前，她一直在镜前耐心地雕琢自己，生怕哪里还不够好。刘欣都等得不耐烦了。最后套上昨天张铭已经给她准备好的裙子，总算大功告成。

最后检查时，她突然想到，以前不喜欢打扮得太完美，是因为害怕期待太满，风险太大。她这人唯一的优点就是做好随时完蛋的准备。可今天，她在镜子里面看见一个精神焕发、愿意交出全部风险的自己。

这就是接下去应该由她来做的部分。她也要向他拿出自己那一份。包括满心期待着今晚的生日，满心期待着惊喜出现。这是她过去的每一个生日都不敢交出的部分。

如果杨霄指的危险就是这个，她愿意。

她可以站到世上最危险的地方吗？这个问题应该变成——她可以站到世上最安全的地方吗？她已经在了，哪怕杨霄指的危险不止这个。

"走不走啊？再不走该迟到了！"刘欣站在门口又一遍催她。

"走。"她离开镜子。

4

画是从上次分手后开始画的。背景是海，他们第一次见面的地方。她整个人不合比例地大。看不出是站在海里，还是沙滩上。

天已大亮，疲惫不堪，脑子已经发木，却是那种高度集中后的木。躺下也未必就能马上睡进去。

昨天酒店分手到今天凌晨五点，他筋疲力尽，从各个角度被掏空，喝了五杯咖啡，坚持熬着把这幅画赶了出来。

脸是画上了，和她本人并不是很像，他一直在修改，越改越不自信。

为什么脸这么难画？哪怕他已无数次扫描仪一样记忆过上面的每个细节。究竟是什么把她的脸从他记忆里偷走了？

夏天才是最舒服的状态。和她在一起，他几乎感觉不到她的存在，因为实在是太契合了，就跟和另一个自己待着一样。

他仔细地看着画中的她，也不难解释。

他和她之间的那个虚幻地带，好像照镜子。站在镜子前，他完全可以看到自己的形象。一离开镜子，就不再拥有那个形象，谁都不再拥有。当他和镜像有一丝不吻合，她就能准确辨认出来。她是哪儿来的这个本事？她就是有这本事。

所有不快都是从她那些问题开始，那些他从没问过自己的问题。这就是后来出现问题的根源。她好像容不得自己身上有一点儿模糊的东西。如果她真是另一个自己，那也是最严厉的自己。

问题是，能给的不能给的，他全给了，她为什么还不满意？她究竟要从自己身上得到什么才满意？或者，她要的那个东西自己能交出去吗？

他得承认她的灵敏超乎寻常。昨天他生气，不全是生她的气，也气自己怎么能讲出那么一个糟糕的笑话。他的确是想到姜燕这几天行踪诡异，可能也是去见情人，微微受了刺激。

他没有用最恰当的方式表达出这种刺激，但也无伤大雅，就被身旁的严厉导师一把抓住。

她一次次用激烈的方式要戳破那个模糊地带，以致他在冲她发怒时真的也逼问自己一个很不舒服的问题：姜燕为什么能刺激自己？

对于他最灵敏严厉的导师来说，这样的迟疑足以深深刺伤她。他后来非常内疚。是他把这些问题带到她生活里的。

她这次是用什么撞向那个模糊地带的？用自己的身体。

她用一次比一次给双方带来更大伤害和压迫的方式，追要一个他不能给的东西。这样下去不就是绝境吗？

相比起来，姜燕都显得非常温和。她很少挑剔自己，不仅不挑剔，还有着感人又气人的自省能力。可他又对她干了什么？他这些天又在干什么？他真心付出的，他用尽全力留在脑子里的，都是最能刺伤他的？

本来很木的脑袋，又跟着了火似的。

屋外郊区的鸟已在枝头叽叽喳喳，宣告着一天的开始。已经是清晨六点三十五分。再熬一会儿姜燕大概就该起床，已经没有修改的时间。

这幅画就该到此结束。

他已通知助理小王七点赶到他家，把画拿去装裱，好赶上今晚的生日。所有这些都要赶在姜燕起床之前做完。

他在房间里溜达，等待最后的二十多分钟。小王电话到，把画交给他时，突然有解脱的感觉。

回屋时，姜燕赫然在厨房里专心致志准备早饭。人看着有点儿神道，脸上泛着睡眠不足的晦暗。

听见动静，她抬头看了眼张铭，继续忙乎，把两只咖啡杯找出来，放到早餐台上。除了杯子能证明有他这人的存在，别的没了。张铭的睡意一下子没了。他突然想借助一下另一个自己的力量。

"今天也要出去？"张铭晃进厨房。

"嗯。"姜燕迷糊地回答，完全没注意到张铭一夜没睡。

"干吗去？"

姜燕这才看了看他，神色恍惚，目光躲闪。

"那天拍卖会之后，你天天不着家，忙什么呢？"

他一问完，姜燕手里一个盘子和里面的面包黄油全都掉到了地上，慌手慌脚去清理。

张铭审视着她——竟然这么慌，难道他真的没有猜错？

是啊，他为什么没想到这一点？他和姜燕的性生活一直不好，他从没想过可能是她不喜欢跟自己做，四十岁的女人如果再去找个真正身体契合的情人也完全可能。他不就是这么干了？

"说实话行吗？"张铭走到她旁边。

"什么实话？"姜燕把玻璃碴子扫进了垃圾桶，口气突然急躁，"我是去买东西。不是少这个就是少那个……布置新家不就是这样？说了你也不懂。"

"我怎么没觉着少东西？有谁催你了？"张铭尖刻地问道。

谁催自己了？姜燕愕然地看着他。

当然有人催。她现在听到钟表走动的声音都会一身冷汗。

还剩几个小时，今天中午十二点，她必须出现在那家宾馆的
206房间，彻底结束那件她准备了一个礼拜、甚至更长时间的事。

整晚她无法入睡，全身像一张被撑开的弓，实在太难受了。难
受得她又希望时间能快点儿。

她以为已经准备得万无一失，可临到这会儿，茫然还是随时
要在体内炸开。没想到这时候张铭又跑出来问自己。他有什么好问
的？她哪有时间精力陪他装蒜？

张铭看着她那烦躁又生气的样子，被正式刺激了。别的不知
道，她至少是一个他认为完全信任的，像大地一样稳定的女人。能
把她从自己身边吸引走的，想必也是个非常重要的人物。这个道理
怎么现在才明白。看来奇怪的事不仅仅发生在自己身上。

"你到底去见谁？"他愤怒地过去关上姜燕正在打开的冰箱
门。"你是报复我吗？这样报复有意思吗？你这样真能高兴？"

姜燕这才终于明白张铭的意思。她走到洗水池边，打开了水龙
头，突然哈哈大笑起来。

张铭在水声笑声里快要崩溃了。"好笑吗？"

姜燕由大笑变成冷笑。"对你来说，世界上只有这一件事
吧。"说完继续埋头洗盘子，准备早餐。

这不是他说许璟楠的原话吗？张铭自己都想笑了。现在他明白
为什么姜燕会刺激他。当然刺激。一边是逼他把犄角旮旯的忠诚都

交出去的女孩，一边是看上去连他起码的忠诚都不在乎的女人。

困意重重袭来，他懒得再问，朝卧室走去。关起门就给许璟楠发了条短信。

他的脚步声在楼上消失，姜燕在打鸡蛋，打得一脸眼泪。

有什么可哭的？这不都是自己造成的吗？不就是自己做了这件完全不能跟他说的事？明明是自己害怕将来有最坏情况出现，不希望他受到牵连，才坚持不告诉他，怎么能怪他？

哪怕他用这种让她伤透了心的方式怀疑自己。

也许多年以后，她会把今天做的一切告诉他，但绝不是今天。正是为了那个"多年以后"，她必须坚强起来，必须吞下今天他给自己带来的一切伤害。只要清除了这个炸弹，他们有足够的时间把感情培养好。

对，现在就是要把这个鸡蛋做成蛋饼，吃下去。她要好好吃一顿早饭，她需要尽可能多的能量，支持这艰难的一天。

吃过早饭，她仔细把灶台、桌面收拾干净，又把房间熟练地整理一新。在这过程里，她终于找回了自信。

氰化钾就放在手提袋的侧包里，好像把那里撑出一个小鼓包。不过是一包药粉，就当作是给病人服药。

包里同时还放有一次性手套，两瓶红酒。通过几次接触，她发现卢庆丰似乎有种想过"上流生活"的愿望，红酒比白酒保险，更容易欣然饮下，完全不会考虑可能已偷偷被她下了氰化钾。

一个举目无亲的中老年男子在异乡服毒自杀。这是多常见的新闻，不会有人怀疑到她头上。警察也不会有太多兴趣。

出门前，她把所有的步骤在脑海里过了几遍。

十点钟，她会到达藤原宾馆。她和他约好了今天一起在房间里吃个中饭，叙叙旧。她不会急着过去他房间，她要先去自己开的那间房。

从她那屋一出来，可以观测到宾馆其他楼层的情况。宾馆中厅挑空，房间呈椭圆形状分布在两侧的走廊。

确认卢庆丰所在楼层没有人之后，她再带着准备好的画去他所在的206房间。这个过程里遇到服务员的话，她随时可以改变路线。她是住户，她在宾馆里走来走去没什么稀奇，那也是她下楼的必经之路。总有一次她可以不被任何人看见。

好在中午宾馆里人本来就不太多，这也是她选中午见面的原因，此时宾馆里的游客大多出去玩了。

等一切结束之后，她会以更加耐心细致的方式，等待时机，离开206，回自己房。结束……

有什么问题吗？她的手已经放在门把手上时，有什么东西扎进她的身体。心脏跟着莫名狂跳。有什么事情是她没想到的吗？是什么？究竟是什么事？

她不得不回厨房冰箱里找了几块巧克力。

没有问题。杞人忧天。她提醒自己，她这人最大的优点就是，尽管她总能碰上极其严苛的考验，她总是能成功化解。

当她全力以赴的时候，从没有出过问题。如果说她有好运气，这个笨拙拼命的自己就是好运气。这大概就是她获得的唯一怜悯。

张铭还在卧室里睡觉。她想了想，没有去房间看他。让真实的生活再多关闭片刻吧，几个小时之后她就会归来。

第九章

2011年9月28日　晴

　　昨晚过得太离谱了。

　　得从刘欣那通电话说起。要不是刘欣昨晚打电话让我去钱柜唱歌，我不知道许璟楠真好意思在昨天过生日——是你生日嘛？！

　　身份证上的生日明明是8月2号。我在网上查过很多次狮子座的性格特点，对这个月份我非常熟悉。

　　还有，你爸明明活着。你这人到底有什么毛病？满世界撒谎？

　　谁撒谎，谁获益。可我就不明白了，这两个谎话能让你获得什么好处？骗同情？骗生日？

　　除了这些，我也很想当面问问，干吗又不接我电话？这回是直接关机。你怕我还是讨厌我？你怕什么又讨厌什么？

本来不想过去，和张胖喝了顿不痛快酒之后，他早早挂了，我一肚子话生生给憋半路了。

11点多，鬼使神差把车开到了钱柜楼下。

坐车里把剩下的两瓶啤酒给干了。左手那道伤，痒得难受。找不着理由在车里待着，也找不着理由上去。

离奇的一晚正式开始。

12点多，他们一群人出来了。第一个看见的就是她，"寿星佬"穿了条打眼的红裙子。那画家貌似没在那堆人里。

还没搞清是怎么回事，所有人开车的开车，打车的打车，全散了。就剩许璟楠一人在马路上走起来。

我下了车，远远跟着她。

她走得跌跌撞撞，手里还抱了一幅画，看着有点儿郁闷，钱柜出来拐上了朝外大街。

说实话，跟踪过变态、杀手，都没这么提心吊胆。我倒是很想上去问问她谎话连篇是几个意思，硬是不敢。

眼看醉意一点点没了，正硬着头皮扛着，她很快就把我吓得虎躯一震——她举着那幅画，朝路边一个铁栅栏拼了命地砸。完全恢复我第一次见她那个气势。折腾一会儿就坐在地上不动了。

我过去的时候，她靠着栏杆睡着了。没少喝。画扔在一边，砸得已经看不出来画的是啥。

能把她气成这样的，也没别的人。能让她大半夜一个人街上晃的，没别人。当小三儿不就是这么个情况？为什么你老也不给我机会给你普及普及？

大半夜穿成这样睡在路边？我们这些人的工作就全指你这样的了。

我半条胳膊都废了的人，还得抱起这至少90斤的重量，弄回车上。一路在我手里完全没意识，像抱了个死孩子。

在旁边座椅上，她靠着窗呼呼大睡。

物理距离是最近的一次。我不想看，也不敢看。

怎么能把自己弄成这样？我短信里是怎么提醒你的！"什么都不怕的女孩，是最可怕的女孩。"我就是想告诉你，别再跟已婚男人纠缠。你倒连电话也不接了。你可以不把心给我，也可以不给任何人，可你没必要糟践。

一路也就二挡的速度往她家开。心里别提多闹腾了。

到她家我还没法进去。不能让刘欣看见，不然我一跟踪狂怎么说得清楚？

最后我把她放在门口地上，敲敲门，确定刘欣能听见，赶紧跑出去了。

在她家小区的院子里一直傻站着，不知道站了多久，空落落的。

回到车里才真叫吓我一大跳，座位上有一摊血。

当时不能判断是什么血。感觉不好。我正想回去跟她们说一声，一辆白色奥迪Q5从我前面开过，停在她家门口。车里下来那画画的傻×。车都没锁，火急火燎进了她家门洞。

真人看上去也不怎么起眼，和前几天刚抓的一南方流窜犯有点儿像。她喜欢这路子的？

我再进去就更不合适了。正百爪挠心，没几分钟他们出来了。那画家和刘欣扶着许璟楠，上了后座。

果然就是最坏那种情况。我跟在他们车后边到了医院。

三个人停好车，正往医院里走的时候，那画家突然在医院门口哇哇吐了起来。许璟楠还骂了几句什么，最后刘欣一个人搀着她先进去了。

傻×吐了得有十几分钟。吐痛快之后我以为他要进去了，结果他慢悠悠到一边小卖部买了包烟，站路边抽上了。

这都什么乱七八糟的！许璟楠你要看见这一幕，你还要死要活吗？你到底是图什么？

当时我就悲摧地想，如果我当初厚着脸皮追你，你还会遭这罪吗？是不是我那点儿傻×自尊心害了你？

正当我犹豫着该不该把这股不平转化为行动的时候，步话机响了。值班室打来的，大栅栏藤原宾馆里死了一人，让去看看现场。

本来该张胖值班，罢了，看在丫多年当我垃圾桶的分上，我替他去。反正我也是无眠夜。姓张的那位，你得感谢这通报警电话，否则现在躺医院里的人就是你了。

一直折腾到现在才到家，天都亮了。

死者是一外地来京旅游的男子，法医初步鉴定是心肌梗死，猝死。

说不上来哪儿有点儿奇怪，今儿是琢磨不动了。我还得剩点儿脑子想想，这几天找个什么由头去看看那个傻孩子。

1

张铭本来是要去钱柜的。他一直睡到下午六点多才醒来，正想进卫生间洗澡，楼下就飘上来一股恶臭。从一楼的卫生间里传来的，里面还有一些奇怪的响动。

他走到门口，水已经漫出来。推开门，姜燕正背对着他，用搋子搋马桶。从他那个方向看，马桶里的水也已经满了，姜燕的动作让水更快地溢出来。整个卫生间地板上都是脏水。

姜燕像受了惊吓，转过脸，浑身湿透，一张脸通红，眼睛里也布满红血丝，无助地看着他。

"卫生间堵了！"她喊道。声音听着像个小孩。

张铭一时摸不清状况。

"你别进来！"姜燕喝止。

"你也先出来！怎么不叫物业来修？"这味道简直要让人疯掉。

"都怪我……"姜燕没有说下去，眼泪喷涌出来，"那条鱼把……堵上了。"

"什么鱼？"张铭有点儿烦，他没多少时间处理这么复杂的状况，他还得赶紧洗澡出发去钱柜。

姜燕直起腰，一个跟跄朝身后倒去。张铭忍住恶臭冲进去把她接住。他的脚也站脏水里了。

姜燕死命推他，胡乱喊着："你别碰我，我脏死了，出去再把家弄脏。我得把这儿弄干净！"

姜燕又完全没力气，最后还是倒在了他怀里。浑身滚烫。

张铭吓了一跳，靠了靠她的额头。"你发烧了？"

努力几次姜燕都不肯出去，张铭只好劝她到一边的浴缸里待着，他来搋马桶。反正也已经如此。

奇怪的一幕就出现了，他在奋力通着马桶，姜燕趴在浴缸边看着他。这样的状况真是很少见。他印象里，自己好像从来没做过这样的事。

盲目地捣了一会儿还不见好转。想起曾经看过别人修理，他试着撬开了连接下水道的罩子，果然是问题所在。把那里清理干净后，水顺畅地流掉。

"不难啊！"看着地面终于露了出来，张铭也很有种成就感。"别以为只有你能干。"

姜燕尴尬地笑了起来。

张铭跟受到鼓励似的，又四处喷上洗涤液，用淋浴喷头把地上的污渍冲掉，抽风机打开散味儿。卫生间里的秩序转眼就恢复了。

最后，只剩姜燕需要清洗了。他过去帮她把衣服脱掉，姜燕本能地想躲，张铭不由分说给她脱了。

"你好像在发烧，不宜洗太久，冲几下上床歇着吧。"边给她冲水边嘱咐。晚一会儿到那边应该也不要紧。

也不知是发烧还是什么缘故，给姜燕冲水的过程，她身体不像以往那么僵硬……那时他才觉出面前是妻子的裸体，不是他刚才冲刷的地板。

"我一会儿还得要出去见策展人……应该会很快。"他稀里糊涂地说道。

给她洗完，裹上浴巾，自己又进去洗。洗完已经是八点多了。姜燕正在客厅里翻药箱，洗完后更不见好转，整个人都打着蔫，脸颊仍旧通红。

"你去躺着吧，需要什么我来给你找。"张铭实在看不下去。

"我没事，你忙你的。"姜燕头也不回地说，"你不是有事儿要出门？已经晚了吧？"

看着她湿头发一直在往地板上滴答水，张铭有些不忍。"我帮你把头发吹了，你这样没法睡。"

不顾姜燕反对，他还是给她吹了。她那个头发实在好吹，稀稀疏疏抓在手里，又轻又少，留长了也不过小半把。

吹得张铭情绪起伏。当然，无论如何都是他的亲人。她生病，他照顾她理所当然。他也难得有这种机会。

想到这儿——她为什么会突然生病？姜燕身体向来很好，这么多年就没见过她发烧。因为早晨自己怀疑她偷情的那番话让她伤心过度？真冤枉她了？早晨她还好好的。难道除了找情人，还有更重要的事情？

"说实话，姜燕，"他关上吹风机，蹲在她面前，看着她的眼睛，"你这些天到底在干什么？"

姜燕原本迷糊的视线渐渐清晰起来。"我不是跟你说了吗？"她疲惫地离开座椅，"布置咱们的新家。"

张铭看着她蔫头耷脑的样子，把到嘴边的"放屁"两字咽了回去。

连像样的辩解都没做。他连辩解都不配听。刚才不管发生了什么，现在看来什么都没有发生。看来以后他要节省自己的心软，否则只会一次次被人利用。是她让他不得不继续相信那个最可笑的可能。

这么一想，没什么可犹豫的了。他把姜燕安置在床上里，去更衣室换衣服，犹豫了一下还是没给许璟楠发正要出发的短信。直接过去。

经过姜燕时，她正裹在被子里发汗，难受得左右不是，头发又再次被汗水湿透。他一时好奇，去看了看床头柜上的电子温度计。四十度。这个温度有点儿出乎他意料。

姜燕上上下下打量了他一眼："赶快走吧，你戳这儿也帮不上忙。"

张铭看了看时钟，九点已过。

他晚了这么半天，许璟楠竟一个催促的电话短信都没有。他知道她不可能不急，她没做任何他今晚不过去的心理准备。

床上这个人，高烧四十度，没要他送医院，没要他留下，甚至劝他快走。

他第一次感到自己被分成了完全对等的两部分。不管朝哪个方向都迈不出去那一步。哪个方向都不是完全的失败或完全的成功。

姜燕看他满脸纠结，满头大汗，蜡像一样死死钉在床边。

"快走吧。"她背过脸，钻进被子。

张铭不想再分析那目光的含义，一咬牙，转身。

姜燕的声音绝望地传来。"别让她等急了。"

张铭一步也走不动了。

为什么这两件事今天会撞到一块儿？是在逼他交出许璟楠那个问题的答案？

他爱姜燕吗？

他不知道是什么荒唐的东西，荒唐到只要姜燕能承认他的出轨，不再装作若无其事，他可以立刻把自己叫回这个家里，继续待在这个不知道什么循环的循环里。

她不是从不承认自己会受伤吗？他就要深深地让她受伤。他不仅自己出轨，他还要冤枉她出轨。直到她喊疼为止。

这不就是许璟楠在他身上做的事情？

如果许璟楠问得更实在一些——他可以离开姜燕吗？绝不。

那他究竟在干什么，他疯狂离开着一个他不可能离开的地方？就像许璟楠疯狂追要一个他给不了的东西？

必须做选择。他不能继续骗自己世上有完全静止的状态。

他没急着给许璟楠发消息，他等到十二点过了，等她二十六岁生日这一天完全过去，才认真地给她发了一条短信。几次眼泪模糊的他不知道该怎么措辞。

她没有回复。

凌晨一点多，他接到刘欣打来的电话，说许璟楠流产。

直到这时他的所有计划才被打乱。否则他那晚绝不可能走出家门。

2

一直被又沉又苦的梦魇着。睡梦中姜燕觉得自己像块浮木，快接近水面时，她又强迫自己睡进去，不想扎破那层现实的薄膜。

四肢毫无力气，头又是那么昏沉，很想再多睡一下。离开这张床，就不能保证自己不去想那天在宾馆里发生的事。

薄膜另一面，她偶尔能看到张铭，多次过来看她，摸她额头试体温，扶她起来喝水，把被子给她盖好。还叹气。

再往前回想，他还曾给她洗澡。这一部分一定不是梦，现在她还能想起他的手把泡沫在她头发里揉弄的感觉。

清除掉了他们生活中的一个污渍，没想到同时也清除了他们之间的污渍。最让人欣慰的是，她并没真的杀人。

那个人已经死了，但氰化钾还完整地放在她包里。她的确是有些运气。在没彻底清醒以前，她还不敢确定那究竟算不算是好运气。

窗帘拉着，看不出是白天还是晚上。姜燕试着活动了一下身子，不知道自己究竟睡了多久，房间里很安静。她下了床，身体感觉轻了不少。

拉开窗帘，黄昏的余晖照进来，刺了一下她的眼。秋天的北京，树叶已开始变黄，北京最美的季节开始了，虽然持续不了几天。之后就是对她这样的南方人来说无法忍受的漫长冬天。

她看了眼宁静的小花园，这应该是很长一段时间以来她心情最为松弛的一天，身体虽还有些虚弱，但能感觉到活力在一点点复苏，立刻觉着饿了。

假如她当时急躁一点儿，把氰化钾放进他的杯子里，此刻就会以一种完全不同的心情。如果是那样，短期内她恐怕看不见任何美的东西。当然是好运气。

整个过程现在想想还是有点儿骇人。吃饭吃到一半，卢庆丰突然呼吸短促，捂着胸口倒在椅子下。她当时都恍惚了，不敢靠近，以为他又想要什么花招。多看一会儿才发现人是真的不行了。她问怎么回事，他话都说不出来。应该是急性心脏病之类。

她也不知道怎么想的，帮他四肢平躺在地上，摸了摸他衣服口袋，没药。又到屋子里找。心脏病人应该会随身带着药吧。翻遍了随身物品都没找着。等再去看卢庆丰的时候，已经断气了。整个过程非常快。

她在尸体边傻站了得有半个小时。虽然和自己计划不一样，他终究还是死在自己面前。

不管怎么死的也不能让别人知道她来过这房间。她继续按计划的后半部分进行……

现在还想这些干什么？她把脑海里的这段过去式甩掉，只想立刻见到张铭。

姜燕推开门，从楼梯上看客厅里也是空的。找了一圈也没看见他。最后穿过走廊，来到画室门前。画室的门此时半开着，里面传来断断续续的说话声。

正要推门进去，却被传进耳的内容镇住了。

"……也替她……就是我那个朋友做一下吧……肯定是了，都不好过。我希望她能快点儿渡过难关。流产对女孩身体也不好……她本人需要去吗？……哦。对了，做这样的法事需要给师父多少钱？……那太谢谢了！改天一定当面道谢！"

他声音听着很低落，从椅子发出的声音也不难判断，他极度焦虑地一直在变换姿势。

要把这番话和里面的人结合起来极其困难。究竟是谁在里面说话？姜燕渐渐理出头绪，全身都僵住了。

他和那个女孩有了孩子？也掉了？去想象他们有肉体关系还不是最难忍受的。

姜燕把手从门上拿开，背过脸去，她没有力气就这么冲进去质问。一向愿意掌控一切的她，突然无比后悔听到这件事。

她没听错，他还要为她做法事——这真的是那个死也不肯陪她去寺庙上香、提起这种事就一脸鄙夷的人吗？她是不是从来就不认识这个人？她为一个陌生人付出了一生？

那些本该升起的愤怒，一点儿也发不出来。她说得出口吗？从哪儿说起？说出来都会很可笑吧。

她刚才居然会怀有那种幻想，她怎么会忘了真正要扫除的污渍存在于张铭心里。

太可笑了。连人带心都不在了。

姜燕返回了客厅。隔壁邻居院子里的榆树，以骄傲的姿态站立着，把最后一缕夕阳也挡住了。明明这里应该看到整片的天空。

连一棵树都能嘲笑她。

她有种透不上气的感觉，紧接着狂躁也出现了。她突然很想不通，为什么不是她把卢庆丰毒死的？为什么不是她亲手做的这件事？

他那就算是死了吗？

她瞥了一眼墙上的挂历，最先看见的仍然是一天前的日子，那是她下手的日子。再次看到那个数字，仍有隐隐的紧张，总觉得有件事还没完成。

日期还有什么所谓？看着挂历上一个个黑色的冰冷数字，她感到无比空虚，那种向前的动力正从她手中滑走。这是她最不想面对的状况。

身体的虚弱也涌上来了，她没办法继续在房间里待着。

走出自家院子觉得头更晕了，没走出两步，听到身后自家的门有动静，张铭推门出来，她赶紧躲到了身边的草丛后面。

她现在没法面对他，也不想……他是出来找自己的吗？

姜燕朝他的方向看过去，张铭一脸空洞朝四周扫视一圈，眼睛哪里也没有真的在看。然后提了一口气，匆匆朝大门口走去。

姜燕身子一软，瘫坐在地上，索性躺了下来。

秋天了，她怎么穿着一身丝质的睡衣就出来了，还有点儿凉意。有什么关系？

现在，整片天空都在眼前了。

3

一直游不出头顶那片又黑又冷的海水。

刚过去的和更早发生的，交替出现在许璟楠脑海里。有时候是坐在包房的彩色光球里，她一遍遍看向门上的那个小窗口。多数是服务员，有一次是一个陌生人，自称张铭助理，带来一幅画和一个大蛋糕。

他始终没在那个小窗口出现。

她喝了很多酒，吃了很多零食，那时她还不知道自己最近的好食欲是因为怀孕。后来周姐还坐过来安慰她，她心想自己有什么可安慰的？他肯定有什么不得已的事情耽误了。即使被姜燕耽误，也不是不能接受。

张铭没有出现，也没有解释。她不想打电话，不想给他任何压力，在她相信别人的贫瘠认识里，她认为这就是其中一种。如果他认为她应该一个人把生日过完，他有他的理由。

时间越来越晚，不祥的感觉再也压不下——他会不会出了什么事？在沟通如此便捷的现代社会，什么阻止他用哪怕最粗陋的方式通知她？当时的那个她可是愿意相信他说出的任何一个字。

除非他们已经在两个不可能沟通的时空。

她记得去结账时，刘欣看着账单说，"早听我的换个小点儿的房多好。"

一出门她就收到张铭的分手短信。

的确不是什么粗陋的内容。他从来不说太肉麻的话，那条短信除了最后一句都很肉麻。她只看见最后一句了。

他是在要她吧？他又哪儿来的这么完美的计划，每次都先把她带到制高点，再狠狠推下？为她量身定做的杀手？

生日礼物画得不能再烂了，她真不理解他作为画家是怎么成功的。不是难看好看，那根本不是她。

画面又回到那个惨白的房间。姜燕说，他不可能跟任何人认真。她早就提醒过自己。不仅如此，她还说了"我不知道他画的是些什么鬼东西……"这句话在许璟楠的睡梦中，玻璃碴子一样反复闪烁。

她突然意识到自己是怎么走到今天这一步的。因为她没有从故事的开头阅读。她每次都莫名其妙选择了中间部分。

就像一本漫画书里说的："我们为什么看不懂电影？因为电影早就开场。"

她看不透这个人，因为她入场太晚。

她一直以为那张"内疚"的画，是画给姜燕的。如果是这样，姜燕为什么是那么不屑的口吻？

在当时那种气氛里，她没意识到，如果那是一个男人向自己老婆表白的画，如果老婆本人怀着孕也去抢救的画，她没任何道理用那种口气。

她一直没怀疑过——假如不是画给姜燕的呢？假如让他"内疚"的事跟姜燕根本没有关系呢？

只有她像中了邪毒，一厢情愿那么认为。

为什么会有这些对不上的东西？

包括在自己身上发生的事，她也一次次绕过开头。她和张铭的全部起点，都是因为青岛那间海景房。她问过自己无数个问题，却从来没认真问过自己——张铭究竟为什么要把海景房换给她们？

世界上真的存在一件介于游泳和自杀之间的事？

他不去洱海究竟是为什么？

他画一张沉没在水里的脸是为什么？

现在不能再绕开这个不断出现的背景——大海。是什么让张铭对海水有着如此强烈的恐惧？

答案不断地自己走到她的面前，她宁肯相信他在自欺，也不愿意看。她宁肯和他联手欺骗自己，也不愿意看。

现在看来，把他们隔开的不是年龄，不是姜燕，不是任何别的东西，是张铭的谎言。每当她以为和他有了最近的距离，他都会用一个谎言急速拉开。

如果那片又黑又冷的海让她明白了什么，张铭的确在掩盖一件事。这件事，从他们见面的第一分钟起，就不断地向她发来信号。它一直吸引她向它靠近，让她恐惧让她好奇。她所有的痛苦都来源于她不敢直视这件事。

她可以肯定，那件事不仅和爱一点儿关系没有，而且是一件极度罪恶的事。

杨霄那五个电话，是不是就是要告诉自己这件事？他肯定是知道了什么，杨霄……

想到这儿，她才有了睁开双眼的理由，意识渐渐恢复，手上有一团毛茸茸的东西……星光上了她的床。她慌张地推开了它。

"醒了？"张铭抬起头来。

许璟楠一时有点儿分不清是现实还是梦境。定睛看了看他，胡须疯长，两鬓白发明显，脸上还有一条新的血道子。那天张铭来接她去医院时，她抓的。

她以为她会很害怕，没有。她努力坐了起来，他过去扶住她。

"我不会无缘无故不去你的生日。你生日那天晚上，赶巧了，姜燕突然高烧四十度，神志不清，我没法把她扔家里……"张铭像个多少天没说过话的人，语速飞快，又着急地从口袋取出一个红布袋，"这个是我专门找一个活佛念过经的……"

"不是分手了吗？"

他被噎得说不出话，懊恼地低着头。

许璟楠看着他眼角的疤。她不想再看任何能扰乱她真实感觉的东西。她必须坚信第一感觉——伏地魔。不管他的化身有多温柔动人。很难想象哈利·波特一直以为伏地魔是爱他的。

她伸手够水，他快速把水杯放进了她的手里。

"我知道你想问什么。"他坐回椅子，"那个时机说分手确实不合适，可在当时那种情况，我没别的选择。我不想让你过一个这样的生日，我也不想你继续在我身上投入更多。我确实不能和姜燕离婚，她是很可怜的女人……"

"对！"许璟楠打断他，"今天发生的一切都是因为你太有责任感了。"

张铭怔住了。"我是想好好跟你说说话，你别这样行吗？"

"我是在好好说话。"

"你知道，现实非常复杂，世界上不可能只有我和你……"

"我从没这么以为。"

"你不能理解？"他受伤地看着她，"还是你不打算理解？"

许璟楠笑了起来。自己刚睁眼他就追着自己来理解他。她现在终于能看清他为了画这张假画，用了多少漂亮的颜料。

理解，不惜一切代价理解，把他当作一个比她更可怜的人去理解，甚至用同样的方式去理解姜燕。每次理解之后把她带进更深的深渊。

哈利·波特永远不该试图去理解伏地魔，他唯一该做的就是用战斗保护自己不被杀死。

"我要睡觉，你走吧。"她转过身，面朝窗户躺了下去。

"为什么你们每个人都这样！"看着她的背影，几天来也没怎么睡的张铭情绪失控，"每个人都懒得听我说话！我听说你流产了，你知道我有多心疼？我难道就想让你流那么多血？我们在一起的每一天，我付出的点点滴滴，都不能让你相信我不是个无情无义的人？一个我完全不知情、也没法控制的意外就全部抹杀了？这就是你得出的结论？"

她会告诉他抹杀掉这一切的不只是那些从她体内流失掉的东西？不会。她不需要来自他的任何东西。

这时张铭趴在她的床边女人一样痛哭起来。

听着他委屈又悲痛的声音，许璟楠压制着自己本能的情绪。他到底有什么可痛苦的？！这个念头像个叛徒一样又跑进了敌人的阵营里。她肚子绞痛起来。

"你能诚实回答我几个问题吗？"她转过脸看着他。

张铭抬起头来，坐直身体，心平气和地说："除了第一次约会，我跟你说餐厅没位子。我发誓就那么一次。"

许璟楠冷笑一声。"我们在大理的时候，我说去洱海，你为什么不愿意去？"

张铭沉默片刻，目光有些飘忽。"实话可能会有些刺激你。你确定现在要听？"

许璟楠心跳开始加快。没想到第一个问题就要达到目的了。难道真是怪她自己绕了太多弯路？

"我要听。"她连身体都不敢翻动，生怕听不清他在说什么。

"当时你说，去洱海是因为什么传说可以永远在一起，我知道没法给你这种承诺。给不了，何必让你空欢喜？我已经尽力了，你还要给我施加压力。"张铭越解释，许璟楠的脸越冷漠。他紧张起来。"你是不是觉得我这么说非常虚伪？当时的确就是这么想的，我也不知道该怎么证明这一点。"

全神贯注听来这么一个答案，许璟楠觉着肚子更疼了，疼得她眼泪本能地流了出来。她真替生日当天十二点之前的自己庆幸。

张铭看见她哭，也难过起来。"是，我不能给你永远在一起的保证，那才是虚伪。"

他去拉她的手，她用力甩开了。

"在青岛，你在完全不认识我和刘欣的前提下，主动和我们换房，为什么？"许璟楠虚弱又坚决地继续问道。

"我也奇怪你为什么一直不问我这个问题。"张铭苦笑，从她的表情，他已经知道他说出去是什么结果了。

"当时我坐在大堂喝咖啡，听见了你们在前台的对话。我看你非常想住海景房。如果还有更深的原因，"他有些绝望地看着她，"也许那时候就觉着你挺可爱的，想逗逗你。"

"你放屁！这叫实话？！"许璟楠把手边那个红布袋愤怒地扔向他。"我进去的时候，里面干干净净的。那间房你原本就没打算住！"

抱着被子倒向一边，想压住铺天盖地朝她袭来的绞痛。她怎么还盼着跟他沟通？根本不可能从他嘴里听见真正答案。

张铭从椅子上站了起来，把红布袋捡起来，放回桌上。"既然你就没打算相信我，何必问我？"

他想过去帮她盖好被子再走，又觉得不能再摇摆不定。

"就不该换，对吧？"他看着蜷成一团的她。

"张铭，我只是想了解你，有错吗？你为什么要这样对我？"

"我从没有拒绝你。"张铭消沉地说道，"你让我也很困惑。我还从没对谁这么诚实过。为了你，我对姜燕撒谎，我一次次欺骗她。结果呢？应该指责我的人没有指责我，不应该指责我的人……我真不知道是哪儿出错了。知道也不想改了，就像你说的，我没能力改。决定权其实一直都在你手里，只不过，你不要。"

合着全是她错了。

她转过身。"2000年，你在布鲁克林画的那些画，到底是怎么掉水里的？老天爷给你毁的？全毁了？一幅没留下？"

张铭震惊地抬起下巴，脸上的细微表情迅速不见，半响一句话没有。

"你很讨厌大海吧？"她打着冷战叫了出来。"你倒是说实话啊！你连编都懒得编了？"

继续沉默。

许璟楠自己都震惊这些问题的惊人效果。果然有一个黑色地带是她没资格碰的。再没比此刻更确定。好像他整个人随着这些问题从她面前消失了。

这样的张铭她完全不陌生，她已经见过好几次了。她每一次都付出了伟大又乐观的理解。

他害怕海，所以会和她们换房。他害怕海，所以他不想去洱海。他害怕海，所以他画了一张沉在水里的画像。甚至因为他害怕海，他以那种方式跳进四月的海水里。

每一次乐观都是错的，每一次悲观都是对的。这就是她。就是她一直幻想着眼前人能帮她消灭的那个她。

什么是介于游泳和自杀之间的事情——那就是她必须直视的。

"希望那天在医院门口，你已经把我们之间伟大的爱情都吐干净了。"她看着这个已经完全关闭的人。"我是想相信你，我也一次次为你做我不想做的事，也许你看不到，可我真的努力了——我现在觉着，相信你就是往刀口上撞。"

张铭忽然朝她走过来，做出一个她完全意想不到的举动。他把刚放回桌子上的那个红布袋拿走了。

"我现在也有同感。"

扔下这句话后他快速走出她的房间，把她家门摔得震天响。

许璟楠完全惊呆。

听见门外的脚步声彻底消失，哭都哭不出来了。她知道当这个声音彻底消失的时候，她将开始世界上最孤独的、永没有回应的旅程。已经开始了。

在她再一次付出了惨烈代价之后，她坚信自己会有资格得到一个像样的答案。

真正的她，永远没办法睡在一泡猫屎上。

4

周围的人越聚越多。好像还有警笛声？警笛！姜燕突然一机灵，也清醒几分。

她可不能被带到警察局去。

她想挣扎着站起来，但一点儿力气也没有。她这是靠在哪里？好像在一把铜质的桌子下面，她的手还紧紧抱住那个桌腿。成什么样子？

本来就是大病初愈，又把最后一丝力气用在了那棵树上。她哪儿来那么大力气，把一棵树砍倒了！倒了？不能确定，因为砍到后来，她已经是无意识的动作。

她的客厅必须照到太阳！这是当时脑子里唯一的念头。也只能想到这里为止，在那之前发生的事，她不愿意想，不敢去想。

断断续续可以听见一男一女的台湾腔，左一个他妈的疯女人，右一个他妈的疯女人。台湾人骂脏话可真奇怪，生硬地夹杂了些他妈的，也不怎么难听。

姜燕眼睛张开一条缝隙，那对台湾夫妇晃来晃去，变成了两个移动的小点儿，近得好像就站在她眼球上。

旁边还站着物业的人吧，另一个是警察！姜燕闭上了眼睛。过了一会儿又开始有激烈的争吵声。吵了很长时间才停下来。

姜燕听见其中有一个熟悉的声音。随后她被人拉了起来。还要挣扎，但那个熟悉的声音在叫她的名字。

是张铭。她觉得很长时间都没见过他了。听见他的声音，她眼睛一热，终于把手从那个桌子上松开，转而抓住了他。触到他的瞬间，那种四分五裂的感觉又出现了。但她连去感受那份痛苦的力气都没有。

张铭把她背了起来，姜燕再也忍不住，双手死命缠住他的脖子，塌在他身上放声大哭，像要钻进这个身体里去。身体移动起来，穿过漫长的隧道。

回到家，张铭把她放在了木头沙发上。那个木头沙发实在太硬，姜燕也钢筋一样难受地蜷缩着。他叹口气，到卧室里去找了枕头和毯子，给她垫好。

姜燕侧卧着，他坐在沙发的边缘低着头。之前耳朵里充满声音，也终于安静下来。

确实到家了，她已闻到鼠尾草散香瓶的味道。眼睛还在充血，没法完全睁开。抽泣还是停不下来，掩盖住了张铭粗重的叹气声。

两个人都沉默半天。

张铭强打精神看看她。"你到底怎么了？"

姜燕的目光跟他对上之后，刚憋住的眼泪又要往外涌。

"行行行，我不问了。"张铭赶紧道，"都怪我。"

"你脸怎么了？"她伸手。

张铭烦躁地躲开。

姜燕努力让脑子回到自己拿着斧子去邻居家之前，她在他画室门口听见那女孩流产，他出门应该是去找她……她在邻居家院子里的时候，他和她发生了什么事？

看见比她更颓丧的张铭，她的虚弱竟一点点退去，恢复了一些精神。下地，去药箱里找酒精和创可贴。

回来的时候张铭仍雕塑一样坐在原地。她过去给他清理伤口。本来一切正常，张铭突然打开她的手。

"你跟她胡说什么了？"他有些怨恨地盯着她。

姜燕一怔。"我胡说什么？"

"我要跟你谈，你从来不跟我谈，一提就跟疯了一样。原来你是找着人谈了。"张铭讽刺地说道，"你能找个合适的人吗？"

"她知道什么了？"姜燕紧张起来，"我真的什么都没说。对，不小心说了掉孩子的事，那也是因为很生气……"

"不止。"

姜燕慌乱起来。"画？确实当时情绪有点儿激动，说完就后悔了。不过，她知道了能怎么样？"

"是不能怎么样！"张铭突然吼了出来。"我就不懂了，你到底是想让我记着，还是想让我忘了？你就是觉得这些年我欠你的吧？你觉得我很对不起你？你逼我忘了，你自己记得比谁都清楚？

那你倒是跟我本人说啊！你一天到晚装得跟什么一样，然后背地里声讨我？噢，你现在倒真的可以去找她谈谈，我欠你们一人一个孩子——你们更有共同语言了。"

姜燕的眼泪瞬间铺了一脸。她低头把创可贴的包装揉成不能再小的一团。

张铭说完也胸口发闷。他无奈地看了她一会儿。"姜燕，我们是不是被诅咒了？这样下去很危险……"

"什么危险？！"姜燕吓得从沙发上跳了起来。

"你别叫……我现在脑子都快炸了。"张铭声音哽咽，"那就是我被诅咒了吧！"

姜燕不知所措坐回他旁边。张铭扑她腿上闷声大哭。"她现在觉得我就是个骗子，我都不知道该怎么解释……"

至此姜燕才终于听清了重点，什么东西闷棍一样打在她胸口。原本想把手放在他背上，僵在原位。

"我们回美国吧？"张铭突然起身，"离开这儿，重新开始。"

姜燕瞪大了眼睛。"你刚才究竟说什么危险？"

"我说我自己……"张铭躲开她逼视的目光，"我这种状态下去很危险。你不觉得我们在美国比在这里生活得好？当然，你可能不觉得，那时候你天天忙着赚钱。但是现在不同了，我们有钱了，你不用再出去工作，我在哪儿都一样画画。我们可以到处去旅游……我都不知道当初为什么非要回来。"

的确是个好主意。她怎么没想到？如此一来，所有的烦恼都会随之消失。这主意有点儿太好了，好得她不敢整个吞下去。尤其在他刚说完那些话之后。

她歪头看了一眼墙上的挂历。她发现自己在默默地找一个理由。还有两个月就是张铭十周年画展的日子。

　　"那你画展怎么办？总得办完画展吧？"她犹豫地说道，"总不能心情不好，就找个地方躲起来，总有躲不过去的时候。"

　　张铭惊讶地看看姜燕，自己真心实意的回归，等来的就是这么一番义正词严。他这次不生气了，他给她时间，再说，她也不是没有道理，他有什么可躲的？他在躲什么？

　　姜燕说完也心虚地垂下了头。她是不是有病？离开这里意味着他彻底放弃那个女孩了，离开这里意味着在藤原宾馆发生的事永不会和她有关系了，从一切角度看对她只有好处。她为什么能说出这样的话来？难道是希望看着他继续受折磨？她希望自己继续提心吊胆？

　　因为是那女孩让他下了这么突然又重大的决定。他究竟哪一次重大决定是和自己有关系的？

　　"当然是在画展结束之后。"张铭耐心说道，"不过你可以先准备起来。画展一结束我们就动身，去西雅图、旧金山，或者是哪儿，你想想，或者我们每个城市都住上一段。"

　　张铭说得诚恳认真，姜燕终于表现出微微心动。

　　有什么高兴不起来的？她应该迎接这个崭新的计划。这才是能让她感到熟悉和安全的命运。只要她愿意，日期的确可以有重新滚动的意义。

　　可是他所指的危险究竟是什么？

5

"认识这人吗？"

"哪儿来的？"

许璟楠看着面前那几张照片，心跳都快停了。

那是几张视频截图，画质不太好，画面的中心都是同一个女人。一张是从一辆白色SUV里出来，一张是正在走进一家宾馆，还有一张更模糊的，是她从路边小超市里出来。

日期标的是她生日前的几天。车她没印象，人她认识。那个娇小、利落的身影，她永远不会忘记，是姜燕。

"我查另一个案子，无意撞上了这个。"坐在对面的杨霄说。"在调看街区监控录像时，这辆奥迪Q5多次出现在附近的路边。这么好的车反复在这种地方出入，很难不引起注意吧？"

许璟楠一时都不知该先问什么好。

"更巧的是，这个女人要去的宾馆，刚好是有人报案的那个宾馆。"

"报什么案？"

"宾馆里死了个人。"

许璟楠吃惊地抬起头。"这个女人也进了这个宾馆？你怎么知道我认识她？你在帮我跟踪她？"

杨霄坐到床边，想着怎么能解释得通。"我跟踪她干吗？真是撞上的，不信你问我同事。这个宾馆里死了个外地游客，派我去调查，结果发现了这个。"

"那你怎么知道这女人是谁？"

"人我不认识，我认识车。"杨霄谨慎地组织说辞。"听刘欣跟我念叨过，所以知道。既然你和开车的人是那种关系，估计会对这个小八卦有兴趣。"

其实是生日那天夜里把许璟楠送回家时，一路跟到了医院，当然记得车牌。

许璟楠失望地扒拉着照片。"你要告诉我的重大八卦就是这个？"

"不止。"杨霄不怀好意地笑。"如果仅仅是见朋友，也就算不上八卦了。"

"还有宾馆房间里的照片？"

"那破宾馆摄像头坏了，什么都看不了。但我一时好奇，去查了这辆车的信息，姜燕。没错吧？"

听到这个名字许璟楠身体微微一震。

"我拿这几张照片，去问宾馆的服务员，看谁见过这女的没有。奇迹就出现了，那几天她就住这个宾馆里。住宾馆不奇怪，奇怪的是她开房用的身份证，不是她本人的，假的。"

杨霄抛出了全部包袱，看着许璟楠。对方却没他想象中激动。

他进一步解释："一个有钱人家的阔太太，用假身份证，跑这么个地方来开房，是不是很有意思？"

有意思？姜燕在这个宾馆里偷情？她是这种人吗？这个八卦实在太怪异了，难道她不仅看错张铭，连姜燕一起看错了？

"她为什么要找这么破的宾馆？"她心不在焉地问道。

看她反应如此冷淡，杨霄无趣地收起照片。"你问我？"

"还有呢？"

"还不够？你还想知道她跟谁约会了？我还真没闲到那地步。"

许璟楠万分不解地瞪着杨霄。的确和她期待了两天的答案差太远了。她现在对姜燕可一点儿兴趣也没有。

"我不是问她。之前你给我打了好几个电话，我没接着……你要告诉我什么事？你还给我发过一条短信，我应该怕什么？"

杨霄冷笑一声，想摸烟，看了看她又没点，拿起冰可乐吸了一大口。

"不接电话是我不对！你到底查出张铭什么事了？"

"张铭？"杨霄反应了一会儿，声音不由自主升高，"你以为我在帮你调查他？你给我个理由？"

他瞥了眼许璟楠的脸色，控制住情绪。"我给你打电话，就想跟你说，没事儿别跟已婚男的瞎混。不过我想你现在已经明白了。"

"我明白什么了？"她有些委屈地看看他，"我等了两天，我一直在等你今天过来，结果你就告诉我这个？"

杨霄没忍住，把椅子在地上蹭出了一个刺耳的摩擦声。"你还真是挺能气人的。我好心来逗你开心，现在跟我欠你的一样。"

看他这么激动，许璟楠突然意识到，可能真的是自己想多了。即便如此，杨霄可以帮她吗？

她犹豫着该不该把这两天网上查到的情况跟他说说。

杨霄过来之前，她两天没离开电脑。开始只是随意在网上搜张铭，并没抱多大希望。之前也检索过，当时没觉着有什么不对劲。

这次越看越惊奇，视线豁然明亮，像是从零乱的三维色块中浮现出了清晰的图像。两晚都是看到筋疲力尽才不得不睡。

所有暗含的信息都和她的猜测惊人吻合。所有解释不清的也都说得通了。

真相越来越靠近，当然也意味着……如果真像她猜测的那样，告诉杨霄会不会等于害了张铭？

没等她下定决心，杨霄主动问了："你想让我帮你查什么？"

心跳一点点加速。她的确需要旁观者的意见。她应该动用一切可以帮她找到答案的力量。尤其是杨霄。

为了让杨霄接受她的猜测，她必须先把他们之间的故事告诉他。她讲得非常细，从青岛换房，到海中救人，为洱海闹矛盾，姜燕找她……包括张铭当时的反应，她尽可能还原当时的每个细节。本来只想讲和海有关系的几段，拉拉杂杂还讲了很多别的。一直说到两天前张铭从她家摔门出去……

杨霄始终不做评论，表情看着有点儿奇怪，不知道是鄙视，还是不耐烦听。

"你的问题是？"

他的声音把她叫了回来。

"我觉得他有个不可告人的秘密。那个秘密应该跟海有某种关系。"

"秘密？"

"每次一碰到海，他的反应就很反常。"

"哪儿反常？"

"你刚才到底有没有认真听？"

"听是听了，没明白跟海有什么关系。"

许璟楠有些不耐烦。"你的理解力怎么还不如刘欣？我一说，她就全明白了，而且完全同意。"

"难怪你俩成闺密了。"

许璟楠被噎得脸都红了。"你就是当笑话听的吧？"

"没有没有，我就是觉得逻辑不通。就算他怕水，很多人都怕水，还有怕血的、怕动物的……都不说明问题。"

"你会在四月的晚上，跳海里游泳？正常人会这么干？"

"我不会，保不齐有人会。我承认这人傻×，可他解释的那些，我听着都挺合理——冬天还有人游泳，都有见不得人的秘密？"

"那是你不在现场！"

"别瞪我，"杨霄想笑又忍住了，"你要问我还不许我说实话？"

"不要以为我是异想天开！"许璟楠一把拖过自己的电脑，打开一个桌面文档，展开一个表格后，把电脑推到杨霄面前。

杨霄这时才表现出一些兴趣。

表格以时间和张铭的行动轨迹为经纬，详细罗列了他从1999年到2011年间的动向。

"这些都是从网上搜集的资料，还有一些我听来的。他多数的采访都是国外网站上找到的，内容也都不怎么谈私生活，基本都是在聊工作。只有一篇采访，他自己提到是1999年结婚，同年去的美国。所有信息都是1999年到美国时开始的，之前的什么也搜不到。哪儿上的大学、高中、初中，在哪儿学的画，都没说过。好像这个人去了美国才真正存在于世上。随便一个有点儿名气的人都不可能这样！"

她很满意看到杨霄一句反驳的话也不说了。

"我现在觉着，能搜出来的都不是问题，问题就是不能搜出来的——这么多的空白，很奇怪吧？"

杨霄赞叹地看着她那张精致表格。"你这表是怎么画的？"

"昨天刘欣提醒我，张铭以前一直都很低调，从不接受国内采访。她在青岛采访那次，正要问他去美国前的事，他就宣布采访结束了。还有一次我们在机场……"

"停！"杨霄忍无可忍，"你刚说完他不爱接受采访，就说他接受刘欣采访？这就叫标准的前后矛盾。"

许璟楠愣了一下，她还真没想过这个问题，又不想被打断："我们去大理那次，在机场碰到一个人，号称是他高中同学，他当时表现特别奇怪，根本不敢认。怎么会有人害怕自己的同学？可我想不起来他叫什么了。那人说他是开茶馆的，他手里还提个袋子……他肯定知道他去美国之前的事，你能帮我找找他吗？"

说完她目光停在空中。杨霄说得对，按她之前的判断，张铭不愿过多暴露自己，为什么会接受刘欣的采访？

杨霄打了个夸张的哈欠。"我现在真有点儿同情这男的。"

"同情？"她跳到地上，"我还有别的证据。"

她从床底下拖出了张铭的自画像，翻过来给杨霄看日期。

"之前我没太注意这个日期，其实它是所有秘密的导航！2000年5月8日，差不多就是他和姜燕刚到美国的时候，也符合他自己说的时间。2000年，画了一幅内疚的、在水里的自己。画完还把这些画毁了……什么事情让他这么纠结？你还认为是我冤枉他？"

杨霄扫了一眼。"这又说明什么？"

"所有这些证明了一件事，"许璟楠激动地说出最重要的结论，"在去美国之前，发生过一件特别的事，他希望把那件事彻底埋葬。那件事让他逃出国了！我们现在要做的就是找出这件事！八成是发生在海边！"

说完之后，突然想到，姜燕会和这件事有关系吗？或者，她也被蒙在鼓里？

"我们？"杨霄推开了她的电脑，"我能说实话吗？"

许璟楠安静地坐好。

"屁都说明不了！"杨霄说，"你知道什么叫有罪推定？你先认定一个人是罪犯，满世界搜集能让他犯罪假设成立的证据。这个过程，他有一万种被冤枉的可能，你故意不看，你只想证明他有罪。他扔画，他完全可以是不满意。他去美国，他有太多合理原因去美国了，非得杀人越货才去美国？别人这么说你，你乐意啊？你要是混进我们警察队伍，一天到晚也就只能靠屈打成招——那也不行啊，现行法律讲的是疑罪从无，打瘫了也不一定能结案啊！"

"那你也不能证明我说的那件事不存在。"

杨霄大笑。"我干吗要证明你臆想出来的事？"

"你……你不是当事人！"

"当事人了不起？"他随意的口气仍带着压迫，"你能客观？能客观才见鬼了。先把身体养好比什么都强，别一天到晚琢磨那傻×了。琢磨清了能干吗？离婚，跟你结婚？我觉得他还真不一定那么傻。"

"那就当我什么都没说吧。"许璟楠关上电脑，回床上躺下。

杨霄很尴尬。"你是不是觉得我没站你那边儿？我从来都是站在你那边儿。你想聊这些事，我只要得空……"

许璟楠猛地坐了起来。"你说这么多废话，不就是想说我是个神经病吗？我知道了，谢谢你！"

杨霄皱起眉头，打了个休战的手势，退了出去。

身后传来抽泣声。他转过头，看许璟楠已经扑倒在床上。

被激怒的心又软了下来。他向前凑了几步。

许璟楠恶狠狠道："还不走？！不想帮忙就算了，用不着你这个蠢货来教育我！"

杨霄气笑了。"许璟楠，你爸根本就没死，对吗？这屋里到底谁是蠢货？"

第十章

2011年10月2日 雨

坏事儿就坏在这张嘴上。

好几天了，一直在想那天的事儿。

还以为她会上来给我一耳光。真要是打了也就没现在这么难受了。怎么道歉都不理我了。一声不吭。

女的说自己失恋的事儿，我跟着胡骂几句得了，犯得着跟她那么认真？跟这么一位认真得着吗？

要说这男的有什么不正常，我的确没看出来，不正常也是给她逼的。真不正常的，我倒觉得是他老婆——姜燕。

大栅栏那个心脏病的案子，基本没什么疑问，其实早就该结了。之前为给她弄八卦，我一直找借口拖着，没想到这一拖还真拖出点儿怪事儿。

233

刚开始做排查的时候，我就觉得哪儿有点儿不对劲儿。

死者手机最后的通话记录里，最后一通电话是打给楼下川菜馆子叫外卖。送餐那个人回忆，当时死者点了六个菜，一个汤。

一个人不至于吃这么多吧？饭量这东西不好说，重点是，他当时要了两副餐具。现场只留有一套死者用过的餐具。

最后法医确定他就是喝酒引起的心肌梗死，身上没有压迫伤，没有他杀迹象。可当时就有种感觉：死前这顿饭不像一个人吃的。

假如是这样，那人是没看见他发病就走了？那又何必收走自己的餐具？如果看到了，见死不救？不声不响就走了？再有，房间里采集不到任何指纹，包括死者自己的。干净得有点儿诡异。

张胖还提醒我，也可能他是那种怀念旧日情人的，假装对方坐在对面，所有东西都是按两人份准备的，其实是对着空气而已。

可还是解释不通啊！那更应该是两份餐具了。难道一怒之下把那份餐具给扔出窗外了？

很蹊跷。

有一种最大的可能性，他最后见了一个很不愿意被公开的人，那人生怕被卷入其中，偷摸着收拾东西溜了。

他见的究竟是谁？这恐怕就得看他一贵州的老龄无业人员，为什么要独自来北京了。

问当天值班的服务员，都说没看见有访客出入，有的话他们也都会登记。咄咄怪事！难道就是个神经病？

也就是因为有这些疑点，才有理由一再地去查看附近的监控录像。

昨天下午见了一个人，特别有意思。是这个死者的老婆，从贵州老家过来认遗体的。我还很少见到认老公遗体这么磨蹭的人。

本来没有讯问这个环节，我就不知哪儿来的灵感，想起死者临死前那天上午，除了跟一个陌生号码有过联系，还跟他老婆有过一通四十多分钟的通话记录。

她跟我说了一些事情，简直是太有意思了—— 天底下能有这么巧的事儿？

那个画家老婆姜燕，她真是到宾馆偷情的？

我能感觉，有一些碎片正在发生吸引反应，正在往一块儿凑。

还没想好要不要告诉许璟楠。也许，等再多掌握一些信息再去告诉她比较好，以免她又瞎激动。毕竟现在整件事只是我脑海里的一种猜测。

至于这些碎片究竟能否拼出一张有意义的图画，就取决于我接下去要去见的这个人了。

像我们警察常说的一句话：人不会无缘无故地做一些事情，找不到原因，就是你的无能。居心不良的人常有，而神经病不常有。

一旦有不符合逻辑的行为出现，那背后大多有着不可告人的动机。

1

听见开门声，许璟楠把电脑搬开。星光睡眼惺忪地抬头看了看她。她都没发现它是什么时候在自己脚边睡着的。自从猫屎事件过后，它再没敢招过许璟楠，当然也因为她永远关着自己那屋的门，今天是疏忽了。

"怎么样？"她起身去门口迎刘欣。

"恐怕让你失望了，"刘欣边换鞋边汇报，"李文波也没说出什么新鲜事儿，虽然跟张铭是同行，两人也就是些工作上的来往……而且，我是打着采访他的旗号，问太多张铭的事儿，也不合适嘛。"

"什么都没说？"

"有用的不多。我也问了问姜燕的事，她跟张铭是老乡，就在老家成的婚。他在他们家吃过几次姜燕做的饭，一般他跟张铭聊天的时候，姜燕就在一边伺候着，也插不上什么话。我还壮着胆子问，既然这样，那张铭会不会在外面有人？他说不太可能，这么多年，没听说过他有花边新闻。哎呀，我还真像个间谍，快把我紧张死了！"

刘欣夸张地捶着自己的大腿，栽进沙发里。

"噢，还说了一件事儿，跟咱们之前的推测简直太吻合了。张铭刚回国的时候，他们一起接受采访，有个记者拍了些照片，他老婆就不干了，非要让人把照片删了，闹得张铭有点儿下不来台。你记不记得我在青岛采访他，他也不让拍？果然是英雄怕见老街坊，肯定有什么糗事儿，不希望被人找着。"

许璟楠不安地去厨房拿了两罐酸奶，递了一罐给刘欣。

"问题是，他也不知道张铭去美国前是什么情况，他从来不提。"刘欣吸着酸奶继续。"也有一种可能——张铭出名前一直靠老婆养。这会不会就是他想隐瞒的事儿？不过跟大海就没关系了……你在听么？"

许璟楠的确没认真听，也不知道该说什么。

"你为什么愿意帮我做这么无聊的事儿？"

刘欣一愣。"我不是看你太可怜了么？怎么了？我去之前你还挺激动的呀。"

星光突然走到许璟楠脚边，轻飘飘地卧下了。

"我在机场碰到过一个他的高中同学，还记得吧？"许璟楠说，"我今天找到这个人了。"

"啊?！"刘欣惊得张大了嘴，"你不是连名字都不知道么？"

"我每天都在网上搜。"杨霄既然不肯帮忙，她只好靠自己。记忆里只记得那人是个开茶馆的。为找到这个人，多可笑离奇的组合都试过了。"可是我从来没试过用'黑板报 喝茶'这个组合——"

"黑板报？"

"对，我突然想起来，当时那个人一直管他叫'黑板报'。我就心血来潮，说试试看。"

——经过了几十页无关的信息后，有一则留言突然冒了出来。

两个多月前，在张铭的个人网站下，有个取名为"巴萨球迷"的ID（网络身份账户），在留言区跟了这么条留言：

找到你真不容易！还是在电视上看见了你，才知道你现在在做什么。当初的黑板报真没白出！什么时候来我这里喝茶？很惦念！

单凭出现在这里的一个ID，也没办法联系到那个人，很可能就是随手取的。

"我就到新浪博客去搜索'巴萨球迷'，碰碰运气。一个开茶馆的，可能会在博客里写一些这样的东西吧。"

"结果搜出好几百个？"

"没那么多。反正我前几天就给每个叫这名字的人都留了言。如果对方上网的话，应该会给我回复。"

刘欣再次惊讶得无言以对。

"本来没抱什么希望。今天，就在你回来之前，有个人回复我了。他在马连道茶城开茶馆，叫王小军。"

"已经通过话了？"

"没有。"许璟楠黯然地低下头。"他给我留了茶馆地址。可是我现在不知道还应不应该去。"

"为什么不去啊！"刘欣急得跳了起来，"你不就是在等这个呢吗？"

收到王小军留言的那一刻，多天以来的坚定不移，在那一刻全面崩塌。她突然觉着身心俱疲，一个字不想再看。

张铭那张画像，她每天都要看很多遍，每天都想猜透背后的故事，每天都想知道他想告诉她什么，她恨不能钻进那个消失了的神秘大脑里去看个究竟。

她已经没有办法从他本人身上知道任何事儿，只能绕开他本人，从他的一些痕迹里去揣测，真像是一个最笨的侦探。人早就抬走了，只是对着地上留下的模糊线条，猜测着曾经发生过的一切。

她现在倒需要一个完全不认识的人，来告诉她那个她深爱过的人是什么样的？真相究竟是在她已知的事情里，还是在她未知的事情里？

会不会就像杨霄说的，她是故意不去看张铭也有一丝被她误解的可能？如果是这样，她去见这个王小军，等于错上加错。等于全面地否定他们之间也曾有过各种意义上的关系。几个月以来的亲密接触，她完全是瞎子聋子傻子。她真的能去做这件宣布所有人都失败的事情？

"说白了，你是不是挺想他的？"

她强忍住眼泪。"你告诉我，我该去见这个人吗？"

"你是不是想得太严重了？"刘欣把星光抱到腿上，"这人也许什么都不知道呢。再说，就算我不让你去，你还是会惦记。别忘了你这些天是怎么过的。"

许璟楠不知道说什么了。这个人又会告诉自己怎样一个张铭？她只知道这些天，她觉着电话好像死了。她也跟着死了。

"我还需要确认一个问题，"她心慌地看看星光的眼睛，"既然张铭花这么多心思隐藏自己的过去，在青岛，你是怎么说服他接受你采访的？这不是矛盾吗？"

刘欣半天不吭声。

"反正都已经这样了，"刘欣最后说，"别说你，我现在都好奇。既然什么都没得到，死也死个明白吧？如果你害怕，我可以陪你去。"

"不用。"许璟楠道。"我自己去。"

刘欣是对的。既然已经失去了，她至少应该知道失去的是什么，否则她会一直留在青岛那个追踪张铭的海边。

2

几天以来，姜燕都赶在张铭起床之前，先把报纸拿进房间，仔细浏览一遍，没有什么特别的新闻，才能稍稍安心。

她也不知道自己是害怕看见什么样的新闻。能有什么破绽呢？除非有人能到她脑子里取证。

虽然当时就能确定卢庆丰是发病死掉的，可终究害怕被别人查出点儿什么。这样的事情，一点儿也不能沾上。张铭的名声可能受损尚且不说，给张铭知道本身就会让她吃不消。

只有她知道，他们目前的状态有多来之不易。画展结束前，万万不可再出什么状况。上次谈话过后，她明显感觉，张铭这回的确下定了决心，整个人的状态都不一样了。这理应是她最愿意看见的状况。

昨天晚上，张铭还试图跟她发生关系。

太久没有了，都有点儿陌生和小心翼翼，可是也有个理应如此。她也很想配合。张铭反复在她耳边让她"放松"。如此简单一件事儿，她居然不会了，身体紧张得完全没有响应。最后二人只得相拥而眠。

她简直是有点儿羞愧。张铭也体贴地没有深究。她知道他是怎么想的，大概觉得她心已原谅他，但身体还没有。

她知道不完全因为这个。

一旦患得患失，就会对那天在宾馆里发生的每个细节产生怀疑。反反复复回忆、核对做过的事情，也总担心没有做好。

整个过程里，她都小心地没有留下指纹，最后也做了清理，把自己用过的东西都拿走了。与卢庆丰联系的手机，也是临时买的号码。出门时非常幸运，没人看见。

可是她总觉得还有什么事情没想到。毕竟，这样的事情也是第一次做，能那么万无一失吗？

比如，现在想想，她当天就退房，是不是有点儿急了？会有人因此把她和这件事联系起来么？当时满脑子只想着立刻离开那个事发地，与此事彻底划清界限。

可是又安慰自己，身在其中才会这么想。

至少到现在为止，近两个礼拜过去，还没有什么状况出现。只是接过一通奇怪的电话。

张铭每天忙于画展前最后的冲刺，每天一起来就要出门了，晚上才进家门。按她以往的习惯，她会自己处理掉，根本就不会让张铭知道。

一早儿起来，张铭吃过早饭，准备出发去798，手机之前已经响个不停了。看他在玄关处换鞋，姜燕给他递过手机、钱包。

"昨天接到一个女记者的电话，说想采访我。"姜燕还是决定告诉他。

张铭停下了手里的动作。"采访你？"

"嗯，说是要做一个话题，叫什么艺术家背后的女人。"

"神经病，都找到你这儿来了。你答应了？"

姜燕摇头。

"估计是听说年底有我画展，所以提前做些准备？"张铭快速说道。"以前就经常有记者提这个要求，知道你不喜欢，在我那儿就直接拒绝了。"

"可现在想想，是不是该答应呢？也算给画展做做宣传吧？"

张铭大笑。"你能宣传什么？你就专心设计我们回美国的事吧！"接过姜燕又递来的钥匙，"这些乱七八糟的东西很快就和我们彻底没关系了。"

"不知道是不是我多疑……"

张铭电话又响了起来，他匆匆应付了几句挂掉，姜燕把他送到门口。

"你刚才想说什么？"

"那通电话有点儿奇怪。"

"奇怪？"

"纯粹是种感觉。我刚说自己不太喜欢这种事，那个记者也就没做更多争取。可能我也没那么重要，但感觉就是她很急着挂电话。"

张铭这才听明白姜燕真正的意思。

"女的？"

"女的。"

"叫什么？"

"没说。"

"什么杂志？"

"也没说。很奇怪吧？"

张铭蹙起眉头，沉思起来。

姜燕说道："有些事情可能还是得去面对。总是躲的话，对方的兴致可能更高了。无论如何，也要安抚到画展之后。"

张铭进一步领会了姜燕的意思，脸色不再轻松。

"现在你是穿鞋的，对方是光脚的。"姜燕递过一张早就准备好的银行卡。"本来我是想替你去，可又怕把对方更激怒了。还是你自己去比较好。"

张铭看着那张卡，愣了片刻。他都能想象出许璟楠的表情。

"多少钱？"他苦笑。

"给她就是了。"姜燕看出他的犹豫，把银行卡放到了一边的条案上。

"刚消停几天……"

他刚确定了自己应该做的事，她就来提醒他不想做的事。为什么要自己做不想做的事？

他不想去定义刚结束的这段关系，显然他也没理解成一个"麻烦"。补偿她当然应该，姜燕是比他考虑得周全实际，只是他没办法面对那种场面。

全部结束，结账……微微烦躁起来。

"你知道我说的穿鞋，是什么意思吧，不仅仅是因为你是名人。"姜燕看着他，眼神里有很多内容。"她如果想找我，完全可以直接找，为什么要骗我说是记者？"

"你也不能确定那电话就是她打的！"张铭不耐烦道。"我们不是好好的吗？你不要疑神疑鬼。我忙着呢，哪有工夫！"

"卡放这儿了，你自己决定。"姜燕有些尴尬地转过身去。

看着她的背影，张铭有些狼狈，也有点儿惊奇。姜燕是说了你自己决定？

他真不知道该为她的进步欣慰还是悲哀。不被人相信的沉重他是领教过了，现在被人相信也这么沉重？

他看着条案上的卡，不知道拿是不拿。这事他真决定不了。

以他对自己的了解，他永远都做不了这个决定。她到底是要他做有情人，还是无情人？怎么才叫有情，怎样才叫无情？或者姜燕就是在考验他？

几天不想这事儿，他都快忘了有多复杂，脑子这就要炸了。他拿上卡逃也似的出了门。

听到大门关上，姜燕心情也十分复杂。他会去吗？

由自己主动提出的，多少还好过些。可是两个人又见面，谁知道会发生什么？她给那女孩拿过去不就完了？何必自找麻烦？

在发生了这么多事儿之后，她对张铭的感觉有点儿奇怪。

当她一次一次看到那女孩给张铭带来的变化，不管她承认不承认，她不仅闹不懂张铭，更有些闹不懂自己。应该高兴的事儿都不确定是不是真的高兴。原本自信的事儿，都有些拿不准。

她只能用时间太短来解释。

没有那个女人的存在，她的窘境还不是那么突出。随随便便地怀上又流掉，对她真像是无情的讽刺。

也许等生活真正安定的时候这些问题都可以解决。她只好如此安慰自己。到美国后还可以求助高科技。想了想未来的事儿，心情逐渐松弛下来。

她花了一上午把房间打扫一新，上网查了一下出国讯息。下午，电话终于响了，以为是张铭跟她汇报见面的事儿，却不是张铭打来的。

她接起来，才知这一天不会空虚地过去。

"由于您家的特殊情况，不在警局里见面您会更舒服些吧？不如你说一个地方，哪儿都成。"对方听上去年轻又有点儿痞气，嘴里正在吃什么东西。"我建议你最好不要拒绝我，否则，你就没的选了。"

听到警察两字，她就已经头晕目眩，后面说了什么几乎都没听清，连对方叫什么都没有记住。

怎么会这样？！

3

"你说啥，结婚？"

茶城一间小茶馆，刚送走一拨客人的老板王小军，重新坐回一张夸张的根雕椅子，看着许璟楠。

他说一口奇怪的普通话，许璟楠必须全神贯注，才能保证听懂每个字。在他招呼客人期间，她挣扎很久是撒谎还是说实话。从他的反应看来，他和张铭中间并没有联系过，他不知道张铭的实际情况。

"对，我们明年春天办婚礼，"她说，"婚礼上要给对方准备一个惊喜。我打算做一个视频，每一年，他在做什么，我在做什么……一直到2011年，我们有了交集，遇到了对方。"

王小军始终笑眯眯地听着，没有说话，热情地给她泡茶。

许璟楠哆哆嗦嗦端起茶杯。她能感觉到，王小军也在回忆上次机场和张铭碰面的情景。结合当时张铭那种冷淡态度，她再要求他为张铭的"婚礼"做贡献，显然很难让人接受。

她忐忑地解释："他这个人很少讲他小时候的事儿，我现在去问他，又怕被他猜到我的'惊喜'，就想起了你。不过，如果你觉得不方便说就算了，我再想别的办法……"

"有什么不方便！"王小军哈哈一笑，"我也正想找他呢，你一来，不就等于找着了？给我留个他的电话吧，回头我好当面恭喜他。"说着拿起了自己的手机。

许璟楠目瞪口呆。没想到一上来就碰到这种情况，撒谎真是太麻烦了……怎么办？算了？

王小军操作着手机："你放心，我不跟他提你来过的事儿，不会给你婚礼上的惊喜搅和了——"

眼巴巴地举着手机，等许璟楠说出号码。

她傻看着他，半天一个字说不出来。如果他们联系上，她可不能保证他们之间会说什么。张铭会怎么看自己？这么做确实很卑鄙，根本就不该来。以前没觉得自己故意伤过张铭，如果他知道这件事——可他在乎吗？

燥热，眩晕，可是发呆也不叫个事儿……慌乱中她瞟了一眼王小军的手机，像被什么东西电了一下，迅速冷静下来。

"你记一下。"她镇定地背诵了张铭的号码。当然，末两位数她颠倒了一下位置。

王小军记的时候，她再次去确认他手机屏幕上的姓名栏，那里出现了一个她不认识的名字。既不是张铭，也不是黑板报。张宏伟？

好像完全不意外。现在好了，她不用再心虚。一个人改过名字不新鲜，可是发生在张铭身上……如果她一直在朝一个黑洞里坠，她又坠到了更深的地方。今天就坠到底吧。

"惊喜——你想知道什么类型的事儿？"王小军放下电话，"我们也就是高中同学，知道的不多啊！"

"一点点就够了，只要把那几年他都做过些什么告诉我，回去我再发挥我的想象。"

"那我就瞎说了啊！"王小军点了根雪茄，调整了一个舒服的姿势。"那时候我们在六盘水，这你知道吧？他那会儿就爱写写画画，班里的黑板报都是他出的，所以我们都叫他黑板报嘛。人可没现在这么清高，人缘不错，出手大方！哈哈。他家里条件相当可以……放现在就该叫富二代了吧。"

许璟楠问清了时间，在纸上记下：六盘水中学——1983-1986。

"这中间，发生过什么特别有意思的事儿吗？"她让自己回到战斗中来。人缘好？那怎么老同学见面都不相认？

王小军使劲儿回忆，半天也就想起一件罚站的事儿，一件张铭带他三岁的妹妹去学校一块儿上课的事儿，还有一次是运动会摔伤的事儿。

"真想不起特别有意思的。"王小军为难地挠着头。"你想知道什么？情史？不太合适吧。"

"高中就有情史了？"许璟楠做出一个准新娘该有的表情。

王小军突然笑了，给她添上茶。"总之，高中毕业，他考上我们那边的贵州师范大学，之后我们就很少见面了。"

"贵州师范大学？美术系？"

"这一类的吧。我没考上大学，还留在六盘水，做点儿小买卖。之后就很少在一起耍咯。"

"再没见过？"许璟楠听清了他的意思后，失望地抬起头。

"不多，离得远。最后一次见还是……"他停下了，神情变得有些闪烁，"他大学毕业就留校当了老师，平时还能画点儿东西，小日子过得很滋润。所以那天我在网上看见他1999年去了美国，还挺佩服他的魄力。"

接近目标。许璟楠兴奋起来。"出国不是挺好的吗？"

"现在看当然是好了，当年可是个大决定，尤其是在我们那个小地方……"

"那会不会是出了什么事情才要出国呢？"

王小军狐疑地看着她。

许璟楠脸红了。"那我们来对下时间吧？"

她正要念出纸上记录的时间线，王小军把雪茄架到烟缸上，打断了她："你真的是为你们婚礼上那个事情来找我？"

许璟楠一慌，膝盖顶住了面前的大桌子。

"别慌别慌，"他笑起来，"我咋有背后揭人老底的感觉？人家现在是大名人，有啥子忌讳我也不知道，害怕说多错多，再影响了你们。"

"有什么事儿会影响我们？"许璟楠心跳开始加速。

王小军喝了口茶。"我问个不礼貌的问题，"他犹豫地说道，"这样，你晓不晓得，他以前在贵州的前妻……"

许璟楠看他那个表情，莫名有些紧张。"我知道。"

"嘿！"王小军突然松了口气，"早说嘛！我一直怀疑你来找我，就是为了套出他以前的婚史。我还怕是他小子没告诉你，生怕自己说岔了！得，对不起啊小嫂子！他前妻也是我们高中同学，我刚才说一半没好说。不算机场那次，我最后一次见他就是在他们俩的结婚酒席上。"

"哪年？"许璟楠在纸上写下"婚礼"两字。

王小军翻着眼皮回忆。"1995年！"

"1995年？！"

许璟楠记下后，盯着这个时间，有点儿喘不上气。她清楚记得网上那篇采访里，张铭自己说是1999年结的婚。怎么会差这么多？

"没记错？"

"不会错！因为当时几个同学还在婚礼上给我送行，就是1995年前后，之后我就去深圳，正式下海了。两人高中就在一起，一直到结婚。当年也是金童玉女。那前妻长的……邓丽君你知道吧？"

许璟楠尴尬地看着手上的笔。姜燕年轻时还有这种风采？

"两个人感情很好。上学那会儿就是，他老婆想吃什么东西，他连夜坐火车去外地买。他老婆有先天性糖尿病，他就找各种食谱，换着法的给她做饭……可惜了……"

王小军说到这儿，惋惜地摇了摇头，继续去冲茶。

什么可惜了？许璟楠望着开水上的白雾，觉着耳朵里一阵轰鸣。她的确刚刚听到了一件有史以来最奇怪的事。

她不会忘记，她第一次跟张铭生气，就是因为他偷偷在超市给姜燕买了巧克力。这个人又说他老婆有先天性糖尿病。两个结婚时间，再加上王小军说这件事儿的语气……到底怎么回事儿？

"我觉得他没有走出来。"她梗着脖子说道。

"那不会！都多少年了！"王小军安慰她，"当年应该是吧，感情那么好的俩人，换谁也难啊，肯定窝心，毕竟车是他自己开的。还得怪他小子财运好，那个年代谁家……"

看到许璟楠的表情后，他不敢说下去了。

她从椅子上站了起来，没法再装。"你说的这个人究竟是谁？是姜燕吗？"

看他的面部表情，她已经知道了答案。

她听见张铭跟她说，你可以离开我，但不要那样离开我……

"是在海边吗？"

"啥？"王小军也站了起来。

"是在海边出事儿的吗？"许璟楠又大声问了一遍。

王小军愣了半天，眼珠子乱翻。"海边？"他很尴尬地笑，"我可记不清了。抱歉抱歉，岁数大了……"

4

"十月，真是北京最好的季节啊！"

一个中等身材的年轻男子，不知道从哪里就冒出来。姜燕看不清他的样子，只觉着眼前一黑，下意识地去握住了面前的热巧克力。

"好日子也就那么几天，再过几天，外面就坐不住喽。"年轻男子把手机和可乐瓶子往桌子上一蹾，自己也坐下来。"大过节的把你叫出来，不好意思啊！我是西城分局的刑警，杨霄。咱们之前通过电话。姜燕。"

听对方叫出自己的名字，姜燕手抖了一下。

别紧张，她一路都在演练自己接下去的表现。还没有到最糟糕的时候，既然只是个私下的会面，想必一切都还有缓。

想着不紧张，才意识到肩膀都是僵硬的。松开。

"要喝点儿什么吗？"她抬起头。对方看着跟没睡醒似的，口气还有点儿轻佻，但眼神却很锐利，每次碰撞她都想躲开。

"不用，喝这个就行。"杨霄摇了摇可乐，眼角观察着姜燕。

看对方不作声，姜燕不知该说什么了。

"我要先看一下你的证件……"她还是先开了口，嗓子都有些哑。

杨霄撇了撇嘴角，微微一笑，身体向后靠去，在身上的各个口袋间一通乱摸。

"不错，公民就得有警惕心。这年头什么都能作假。你们多长点儿心，我们警察也就清闲点儿。"终于掏出自己的证件。

姜燕瞟了一眼，不敢去拿。

杨霄点上烟，把证件打开来，推到姜燕跟前。

"看清了？我告你一秘密，假证再怎么仿，也做不了这个。"他用食指关节敲了敲证件上的某处标记。"下回你要是有这方面需要，小心，别被人给蒙了。"

姜燕脸色变得苍白。

"知道我为什么找你吗？"吸着可乐，声音含混。

"不知道。"

"不知道？那我们来谈谈你知道的。"杨霄把烟打散。"9月28日中午12点前后，你在哪里？"

"在家吧。我一个家庭主妇，每天都差不多。"姜燕的心跳加速，盯着对方手里越来越长、随时会掉下来的烟灰。

"回答得真快！"杨霄挑了挑眉毛，"一天都没出过门？"

"记不清了。"

杨霄叼着烟在随身带着的一个小包里翻找，拽出几张照片。姜燕从她的角度，看不太清照片的内容。

杨霄看了看照片上的日期，一张一张推到姜燕面前。

"那9月25日下午3点05分，你在哪里？9月27号4点30分，你在哪里？看上去不太像在家里做家务哦。"

姜燕已看清照片上的自己，站在藤原宾馆外。还有一张照片里能赫然看到她那辆白色的奥迪车。

她觉得头晕起来，额头的皮肤也明显感觉在收缩。她从座位上猛地站了起来。"你到底想干什么？我有义务回答你这些奇怪问题吗？"

杨霄眯起眼看着姜燕。"我真不太理解你们这些人。有困难找警察呀，怎么就是不明白？非要出了状况，等警察来找你？"

姜燕站着却没有走。对方好像也断定她不会走。

"说说吧，为什么一住大豪宅的人，要到这么一小宾馆里开房？"

"哪条法律规定我不能去宾馆开房？"

"你这样就没意思了！"杨霄把烟头扔到地下，"光是办假证这一条，我就可以把你拘了。"

"我那是拿朋友身份证办的，犯法吗？"姜燕强迫自己盯着对方，心里突然燃起一点儿希望。难道就因为发现了她用假证件这个事儿？"就算是假的，你们怎么不去管那些卖假证件的人？倒要来找我麻烦？"

杨霄咧着嘴笑了。"你先坐下。我大老远把你请出来，不会就为这么点儿事儿。我有更精彩的故事。"

"没这个必要！"姜燕已没办法继续待下去，还是推开了椅子，走了出去。她太讨厌这个警察那种眼神了。

"被人要挟的感觉不太好吧？"身后继续传来不紧不慢的声音，"尤其被自己的老乡要挟。"

姜燕被钉在原地、不敢贸然接他的问话。走也不敢走。

怎么可能？她那个万无一失的计划，这么轻易就被看穿了？难道宾馆里的摄像头并没有坏？是啊，有这种可能性。她的每个动作他都看见了？

这想法让她浑身燥热，脸也涨得通红。

好在她什么都没有做过。对啊，她没有下过毒！幸亏没有。后怕让血液又一阵激荡。

虽然如此告诉自己，却一点儿也得不到宽慰。麻烦还是来了。这个年轻警察，正用X光般的眼神穿透她。问题是现在还不知这麻烦到底有多大。

僵硬地坐回原位，重新抱住了那杯已经冷却的热巧克力。

"你那位老乡，卢庆丰，"杨霄缓缓说道，"9月28日中午1点左右死在大栅栏藤原宾馆。这个时间段，你也在宾馆里？"

姜燕咬住了下嘴唇，不知说什么好，只是用纸巾默默擦拭着桌子上杨霄掉落的烟灰。

杨霄看了看她这个奇怪的动作，又点了根烟。"这么淡定？听见老乡死了一点儿反应也没有？"

总是用这么戏谑的口吻说话，姜燕心里又气又急。但她残存的智商告诉她，不可以主动表露任何东西，先等对方把牌出尽。

"由我负责这个案子——"杨霄停顿片刻，看看姜燕，"准确点儿说，现在还不知道是不是案子。"

姜燕不再擦桌子，身体不由自主向后撤去，贴在了椅背上。

杨霄继续说道："一个五十六岁的外地老头儿，在京没有任何工作，每天住在宾馆里到处吃喝玩乐，最后因为喝酒过量引起心肌梗死而死亡。不仔细想的话，看上去也没什么问题，是吧？岁数大了，又没家人在身边陪着，一不小心可能就会丧命。哪怕——他以前做过医生。"

杨霄突然指了指旁边的电子大屏幕，哈哈大笑。"怎么会有这么缺的人？"

姜燕顺着他的目光看过去，屏幕上正播放一则求爱信息。她一口气小心地松开，先前紧张得快要窒息了。

她焦虑地组织各种可能性，想着如何才能解释得通。可是脑子里的事儿全是被截断的，那些细节像失去了黏性的碎片。

电子屏幕又开始播放一段新的视频，杨霄津津有味地把视频看完，重新把目光投回姜燕身上。"本来呢，我没觉得有什么可调查的。虽然有些地方很奇怪，比如他死前叫过餐，居然叫了六个菜，两副餐具，最后却神奇地只剩下了一副。他最后不管是跟谁吃饭，这个朋友都很不地道哦！"

难怪她总觉得有哪里不对，是他叫的餐！她怎么把这个给忘了！

"与此同时，他的老乡——你，特别巧地，就在事发几天前，到同一家宾馆开了间房。听说也不怎么住，只是偶尔过来一趟。既不是接待外地朋友，也不是自己住——你们有钱人还真不把钱当回事儿啊！"

杨霄把可乐里最后的几滴也吸光。

姜燕迟迟没听到对方提监控录像的事儿，隐约觉得还有一线希望。可他又从哪儿知道敲诈这件事儿的？

"你都没什么问题要问？"杨霄故作惊讶地看着她。

"现在是你有问题要问我。"姜燕回答。

"对对，不问也罢，我还没说到故事的高潮部分。事发之后，我见到了死者老婆，她跟我讲了一些很有意思的事情。"

姜燕刚平复的心情又再次悬空。

"她和死者在事发当天通过一个电话。她当时就觉得她老公疯了，在电话里胡言乱语什么要把一家子都从贵州接到北京来住，要在北京买房。我听那意思，你这个老乡，多年没有正经工作，也没有任何收入来源，怎么敢跟媳妇吹这样的牛？难道是……在北京傍上了富婆？"

姜燕双手抓住了桌子，突然感到胃里一阵翻搅。

杨霄一拍脑门。"我怎么忘了说最重要的部分！她老婆说，最让她听不明白的，是死者说什么北京现在一幅画可以卖到几百万上千万。"

姜燕再也忍不住，哇的一声侧身扑到旁边的花坛里，吐了起来。

杨霄看她反应如此强烈，略显惊讶，把餐巾纸推了过去。"没事儿吧你？"

姜燕什么都没吐出来，只有些酸水。趴在那里怎么也不想起来。为什么会这样?!

僵持到不能再僵持，她只好又坐好，调整呼吸，大口地喝着巧克力。

　　"我是这么想的，"杨霄等她平静之后说，"你这个穷老乡，跑北京来投奔你，先是找你要钱，然后大概是要画？在你们吃了一顿午饭后，他死了。一个有严重心脏病的人，喝酒暴毙。我好奇的有两件事儿，第一，你们那顿饭究竟聊什么了让他这么忘情？"

　　"我不是故意的！"姜燕突然大声说道，引来旁观者侧目，"我不知道他不能喝酒！我上哪儿知道他有心脏病去？"

　　说完姜燕突然一激灵。

　　杨霄强忍住满意的表情。

　　"他好好的突然就死了，跟我有什么关系？酒也是他自己要喝的，我只不过是和他吃顿饭。我当时也试着急救，我让病人仰卧，四肢平放，还找过药……但他发病速度很快，根本就来不及，叫救护车都来不及……"

　　"你救了？"杨霄口气稍显缓和。

　　"我怎么才能证明我救过？我难道盼着他死？"

　　"我可没这么说。"

　　"你自己不会从摄像头里看？"姜燕脱口而出，余光快速扫了一眼杨霄。

　　这次换成杨霄愣住了。他用十分莫测的眼神打量着姜燕，语气不再调侃："你把现场打扫那么干净，谁能证明你救过人？"

　　姜燕的脸色在一瞬间完全恢复了平静。"我当然……当然怕被牵扯进去，毕竟是和我吃饭的时候发病的，那我就真说不清楚了。不该擦，对吗？"

杨霄不可思议地看着姜燕。"你跟他吃这顿饭的目的究竟是什么？"

"老朋友不能一起吃顿饭？"

杨霄冷笑。"当然可以。你的确很热情，还在同一家宾馆里开间房，陪住？"

姜燕把脸转向一边。

"就我所知，对你来说，他可不是一个很好的吃饭对象。我还有一个更大的疑问——"杨霄凑近她，"你这位老乡，到底是用什么方法，让你那么心甘情愿地赞助他？或者，他在勒索你？"

"他没有勒索我……谁说他勒索我了?!"姜燕声音微微发颤。

杨霄看了看自己的指甲，不耐烦道："他老婆说，他一个月前曾往家寄过两万块钱。"

"那跟我有什么关系?!"姜燕怒视着他，"你有什么证据证明是我给的？他有可能是偷的、抢的！"

她猛地住了嘴，站了起来，提起包，用最快速度跑出了星巴克的户外区域。

杨霄一直看着那个仓皇的背影消失在人群里。

5

张铭以为他永远不会拿着姜燕给他的那张卡，去跟许璟楠结账。事实又一次证明，姜燕总是对的。

是他们第一次约会没去成的日本餐厅。他准时到达，在露台上找了个好位置坐下后，才想到这层特殊含义。哪里开始，哪里结束吧。

促使他下这个决定的是一通奇怪的电话。王小军通过他工作室找到他，叫他以前的名字不稀奇，稀奇的是，上来就问他明年春天是不是要办婚礼。

那一刻他就知道，这件事的确需要一个正式的了结。

她这么做实在太让他寒心了。可是怪谁？

本来就是自己不对，就不该去招惹她，她也就不会升起这些没必要的好奇，顶多每天应付一些年轻的追求者……他从周围的人群里找了一两个年轻男人看了一会儿，实在没法想象。

收拾好心情，他注意到周围十分嘈杂。整个露台站满了人，一侧还搭起了自助餐的架子。许璟楠迟迟没到。看了下时间，离约定时间过去四十分钟了。

服务生在人群里东奔西走，他叫住一个问，才知道是有公司临时在此组织派对，包房也已被零散的客人占满了。

他拨了一个电话给她，电话里传来关机提示。临时改了主意？连续拨了几次还是如此。他又打电话给刘欣，对方说许璟楠早就出来了。

又等了十几分钟，还是没见到许璟楠的踪影。问服务生，也说没见到有女孩找人。他只得进到餐厅里面。也许人太多，她一时找不到他。平日人不多的餐厅，突然到处都是人。明知她可能还没到餐厅，还是每个地方都找了一遍。每次盯紧一个相似的身影，都不是。

最后一无所获站到了门外，茫然看着四下走过来的路人。一个多小时过去了，还能上哪儿去？傻站了一会儿，又拨了几次电话。

关机。他伸手拦了辆车。

车停在面前，他又没上去。车骂骂咧咧地开走。他不知接下去该做什么。想起第一次约会他们在街上散步，也是这么个情形。看来他们就是不应该来这间餐厅吃饭。

正不知道是怎样的心情，身后突然传来急促的脚步声。回头一看，那个熟悉的身影，穿过满地银杏叶的金色街道向自己跑来。她没看见自己就站在餐厅门口，一头撞进餐厅，片刻后又退了出来，抬头找着餐厅名字。

张铭眼眶蓦地发热，这才意识到有多少天没见过了。

"没错！"他喊了一声。

许璟楠转过头来，气喘吁吁，怀里抱着一卷牛皮纸包裹好的画。

"手机丢出租车上了，"她目光躲闪，"一着急，谁的电话都想不起来，怎么也找不到这个地方了……你怎么没走？"

许璟楠胆怯地迎上他的眼睛。她找路的时候，一直在想，如果今天见不着，他们永远不会再见了。

张铭仔细看她。多日不见，消瘦许多，两眼明显红肿。穿了条背带裤，背带也跑得从肩膀掉下一边，表情和姿势都像个做错事的小孩。

"正要走。"张铭一点儿怨恨都找不出来了，伸手去把她的背带拉回原位。

许璟楠眼眶发红，身体摇摇晃晃，低着头站在他面前。这么多天没见，好像拥抱才是正常的，但两个人都站着没动。

沉默了片刻，许璟楠把画交给张铭。

张铭看了看，尺寸不像他送给她的那幅。他掀开了一个小口儿，没仔细往下看，神色瞬间黯淡下来。

"你是很想知道这个故事吧？"

"我不想。"许璟楠完全是哀求的口吻。

"那你这些天在干什么？你去找王小军，你还冒充记者给姜燕打电话？"

许璟楠抬起头。"姜燕我没找过！"

张铭没有作声，走到路边的一片树荫下。

许璟楠紧张地跟过去。"是……是找过王小军。"

"你为什么对这件事这么好奇？"他困惑地看看画，又看看她。"跟我们俩有关系吗？我不能对你有一点儿隐瞒？哪怕是我本人都非常不愿意去回忆的事儿？"

"对……我现在知道了，都是我的错，我不该怀疑你，我不该调查你，我就是个蠢货……"

许璟楠忙不迭道歉声中，张铭说："姜燕之前，我是还有一个太太。"

口气竟是非常轻松的，甚至还有些嘲讽。

许璟楠仓皇地看着他，很想立刻跑开。他要亲口跟自己说这件事儿？她现在对自己的判断力完全失去了信任。

从茶馆离开后，她都不敢仔细去想，不敢仔细去编排其中的逻辑。她只知道她可能完全错了。如果不是张铭打电话，她连"对不起"都不会对他说，她将永远不会去打搅他。

"你知道为什么那天会出车祸？"张铭看着对面的街景，平静说下去，"说了都很可笑。我们结婚后，在贵阳生活。我在师大艺术系当助教，她当时是幼儿园老师。那天我本来是开车带她出去玩，路上，我和她闲聊，问她是不是又背着我给她幼儿园得白血病的小孩送钱——不止一次。我本来是开玩笑，她却躲躲闪闪。送钱也没什么，她就是个很善良的女人，可是我讨厌她那样偷偷摸摸的样子，好像我是多不近人情的人。我一急跟她吵了起来。车子当时正在拐弯，没躲开对面的货车——"

这个无比冷静的声音，在许璟楠听来是世上最悲伤的声音。她不敢去看张铭的脸，也不敢发出任何声音。

"可笑吧？就为这么一点儿小事。"张铭停顿片刻，看着墙根下的一堆落叶。"生活可能在一瞬间就被改变了，在你没有任何心理准备的情况下。每一天看上去是一样的，每一天又完全不一样。"

许璟楠终于控制不住侧过身大声抽泣。对不起含在喉咙里说不出口，好像显得太轻飘飘了。

"这件事对我来说，也只留下眼角这条疤。"张铭把目光投向许璟楠，安静地看着她。

许璟楠感觉到什么东西正完全迎向自己。所有的碎片都去往了真正的位置。每一件相关的事都带着新的意义在她脑海里滚动。

"所以从那以后，你再没碰过车，除了……"她痛苦地看着他，"你送我去医院那天……难怪你一下车就吐了……我还以为是……"

杨霄是对的，她的确是个瞎子。生日那天晚上，从不开车的张铭，自己开车把她拉到了医院。他下车就吐了，她根本没想到是车的问题，竟然还骂他。

张铭不说话，只是朝她苦笑。

还有三里屯那天——难怪张铭当时是那种反应。对他来说，当她撞向汽车自杀的瞬间，她才是为他量身定做的杀手。

"所以那天在酒店里，你跟我说，你可以离开我，但不要那样离开——你其实是对她说的。"

说完她觉着呼吸困难，身体发软，不知道该看哪儿好。

餐厅里涌出几个人，从身边嘻嘻哈哈地走过，解救了她愧疚带来的高度紧张，她突然很想加入他们轻松的谈话……张铭完全不受打扰，始终盯着她，一直等这几个人走过去。

"我是对你说的！"张铭暴躁的声音把她吓了一跳。

"那海又是怎么回事儿？"她惊慌地看看他，"出事儿的时候是在海边？"

"跟海有什么关系？"张铭惊讶道，"你去过贵阳吗？在山路上。"

"没有一件事儿跟海有关？包括你在青岛下水……"

"终于不说我是自杀了。"张铭笑了起来。"在青岛，并不是我一个人下水，白天也有不少年轻艺术家下水，你都没看见？你一直在观察我？那我也想问问你，那晚你为什么在海边跟踪我？"

许璟楠也被问得哑口无言，打岔道："酒店房间里的安眠药——不是你的？"

"不是。"

"为什么接受刘欣采访？"

"你说呢？"他无奈地看着她。

许璟楠一个问题也问不出来了，缓缓蹲了下去。

她为什么起初看不出那幅画像上的表情？她就是在躲避今天这个下场。为此她宁肯坚信他内疚的是一件罪恶的事儿，她费尽心思想证明他是个不值得爱的人。

每件事儿她都是亲身经历，结果她的每次认识都是错的。当所有碎片摆到了正确的位置，拼凑出的不是一个无情的张铭，而是一个完全错误的自己。

当她可以拥有真实的张铭时，竟意味着要完全否定掉自己。为什么她和他会有这样的关系？她又为什么会错得这么离谱？到底是从哪里开始出错的？

张铭也蹲了下来，同情地看着她。

"因为你不相信我爱你。"他回答她心里的问题。

许璟楠有些透不过气来，还是被那团熟悉的东西包住了。她现在已经没有信心判断那究竟是不是黑雾。

出神中，张铭拿起那幅画像，撕掉了上面的纸。"这张画，的确就是事故之后画的。对我来说，这些东西没有任何意义，只能叫发泄。如果你不提醒我，我根本记不得还有这回事儿。"

听着撕扯纸片的声音，许璟楠觉着被什么东西冰了一下，摇摇晃晃站起来。

真的都是她的错？所有的故事真能讲得通吗？如果她过去一直判断错，今天没道理判断对了。假如今后她发现，哪怕今天这样感人至深的他，也仍有一丝欺骗，她不知道那会是谁的死路。

她也没有能力去接近那个东西。面对此刻的他，除了选择完全相信，没有别的可能。她一次次抵挡，在他面前，好像是在一根空中的细钢丝上逃命。

到今天为止，她面临的选择题终于清楚了，的确很极端：要自己，还是要他完全吞掉自己。

她瞥了一眼他手上画像中的张铭："我已经把你还给你了。"

把我还给我吧！

没说这句，就飞快、逃命似地奔向来时的路。

张铭看看她的背影，犹豫都没犹豫，快速追上她，跟在她后边。

许璟楠刚想跑，张铭拉住她。"我让你还了吗？"

冬

第十一章

2011年11月20日

去广州一个多月，回到北京都冷成这样了。

这次追的那孙子，让我说什么好呢，本来身上就挂着一条命案，这孙子躲到广州之后，偷了辆面包车，开着偷来的车，一晚上又撞死两人，撞伤一人。

还是广州的交警帮我们破的案子——如果丫没犯交通肇事，恐怕我们还逮不着他了。

可惜最后还是没见着这个疯狂车手。

那辆面包车在接连撞了仨人之后，撞上了高速公路的护栏，人车俱毁。疯狂车手也在里边。

很想问问他本人，大哥你到底会不会开车啊？不会开车会撬车？会开车，把自己撞死在高速上？从现场车辙、车身撞击情况看来，没有被追击迹象。就是自己撞上去的。

畏罪自杀？不像。

这一路，除了琢磨这位极品，还一直在想那天跟姜燕见面的事儿。急着回来，因为还有一件事儿没做完。

真是个非常有意思的女人。那天见面之前，并没觉得她会和卢庆丰的死有什么直接关系，纯粹是瞎猫碰死耗子。

谈话前半截儿我还没觉得奇怪，直到聊起卢庆丰心脏病发作后，她是否采取过急救。她在说了一堆抢救细节之后，补了一句很有意思的话："你自己不会看摄像头？"

我现在都想得起她看我的眼神。正是这句话让整件事发生了很奇妙的转变。

她在那种看上去很抓狂的状态下，还不忘试探我——为什么要试探我？

正常人在解释这种事儿的时候，只会强调自己如何救治对方，如何清白，希望警察帮她，有没有监控录像她都不该关心。

最最不应该的就是把矛头指向警察。

她辩解的潜在目的已不全是自己施救与否，而是在辩解她没有杀人。她很关心有没有监控，她迫切地想套出我掌握的东西。

一个看上去干干净净的家庭主妇，怎么会有这种凶手逻辑？

奇妙的是从那之后，她不再慌里慌张，突然自信起来。我现在知道是为什么了，因为她发现我手上没有足以威胁她的实在证据。

我不得不产生了一个奇思妙想。

之前始终觉着是在帮许璟楠搜集八卦，都没有系统想过那些案发前几天的街边监控录像。

姜燕在事发前一个礼拜，经常出现在附近，她究竟在忙活什么？事后她把所有痕迹都擦掉，真是像她自己说的，害怕被牵连？

为了不犯跟许璟楠一样先入为主的错误，我必须去一个地方求证。这就是我急着回北京的原因。

监控视频里显示，事发3天前的下午，姜燕曾去过路边一家超市。我今天饭都没吃，直接去了这家超市。

我很好奇她去超市买什么。

视频上有精确时间，不太费力气就跟收银员要到了那个时段的流水单。有三个人结账，其中一人购买的东西非常有意思——尼龙手套。

姜燕，我已经提醒过你，太爱干净不是个好习惯。你提前3天就准备清理现场了，你怎么跟我表现得那么"不小心"？

我现在不得不仔细想一下，她究竟为什么也要到藤原宾馆里开一间房，天天守着一个对她实施敲诈勒索的老乡。

我不得不仔细想一下，她究竟为什么要跟他吃那顿饭，为这顿饭，她到底准备了多久。

只有弄明白这些，我才能确定，这究竟是许璟楠的案子，还是我的案子。

1

姜燕站在院子里，茫然地给一个多月前栽下的种子浇水。三色堇、风铃草、矢车菊。她仔细研究过，能在北京扛过冬天的花，并不是很多。

还没任何发芽的动静，但她觉得，它们已经在这块冰冻的土地里坚强地生长着。明年春天的院子，应该就会色彩缤纷了。她还能看见吗？

她想象了一下那些漂亮的颜色，好像还是没法点亮她心里的黑色背景。

她到底站在那里多久了？今天她到底浇过没有？还要再继续浇下去吗？

这些天不知道是怎么熬过来的，几乎每晚都无法入睡。手机和门铃声都会把她吓一大跳。她不确定什么时候会接到一个正式的传唤，或是出现那个无数次让她担心的画面——警察破门而入，要把她带走，让她把她可笑的一生，一字不落地告诉他们，并记在纸上。

"又一个傻瓜！"最后每个警察脸上都带着这样的评价，"还是个自以为是的傻瓜。"

她也试着去网上查找相关信息，比如"谋杀未遂"这种罪名是否成立。

也不敢去咨询律师。她现在已毫无安全感，似乎做的所有事情都有双无形的眼睛在盯着她。

她并没有看出自己必然会被追究的地方，自己当时的确真心实意地施救了。尽管如此，心里还是七上八下。毕竟有人已经开始对她感兴趣。找到她，就说明整个计划都已经失败。会发展到什么地步，她不敢想。

可是为什么一个多月过去，那个警察再没找过她？

冷静下来细想事情的经过，还是觉得有些惊奇的地方。为什么那个警察会想到她和卢庆丰的死有关系？即便从卢庆丰老婆嘴里听说了什么买画的事情，又怎么知道那个出现在宾馆里的人就是她姜燕？她用的明明是假身份证。仅凭一个人的形象，能反向查出一个人的真实姓名？

显然卢庆丰也并没有把那天的会面直接告诉他老婆，否则那警察就不用兜那么大的圈子了。即便他老婆都知道，卢庆丰也只知道她过去的那个名字，又怎么能查到她身上来？更何况，若是这样，警察一定一上来就会说。

也就是说，没有任何直接的证据，能证明"姜燕"这个人去过宾馆。

一个买画的信息，再加上老乡，就可以直接怀疑到她头上？那这个警察也有点儿太神通广大了。

也可能是通过她的车牌号查出她的真实身份。可还是不对啊，为什么要查她的车呢？ 她并没停在宾馆门口，而是胡同外的停车场。难道警察会把出现在宾馆外的所有车辆都进行调查？无法想象，这样一个意外死亡案件，警察大可不必下那么大功夫吧。

只有一种可能，宾馆里的监控录像并没坏，拍到了她去他房间的画面。可那警察为什么不是一上来出示这些照片呢？从头到尾他也没提过这一点。

还有那种谈话的方式，隐约让她觉得是在诈她。他不过是有些猜测而已，用肯定的口气跟她说，她立刻就吓蒙了。这也是事后她非常后悔的一点，她承认和卢庆丰见面，承认得未免太快了。

如果监控真的坏了，根本没有证据能证明她那天去过卢庆丰房间，他甚至不能知道她认识卢庆丰。

随着时间推移，最最让她不解的是，这个警察为什么要私下找她？难道想来敲诈一笔？可他显然又没这个意思。一个多月过去，还是没有其他动静。

给她的感觉，好像只是对她这个人的故事感兴趣。既不是要把她抓起来，也不是要敲诈她，此番调查肯定另有目的。

想来想去，一个更让她毛骨悚然的可能性忽然冒出来：这个所谓的警察，在案发之前就已经认识她，甚至一直在跟踪她。

就她目前简化到不能再简化的生活圈看来，会对她产生这种"好奇心"的人，几乎没有。等等……也不能说完全没有人希望她过得不好。

至少还有一个人。再加上前段时间那个以"艺术家背后的女人"为由想采访她的奇怪电话。

一向默默无闻的她，怎么会突然间获得来自多个地方的关注和兴趣？难道……这个警察认识那个女孩？不然就是她找的私家侦探？

想到这儿，姜燕手都哆嗦起来。为什么不可能？很有可能她是想报复。张铭……他这次到底是惹了多大的麻烦！

现在她知道应该做什么了。她必须去确定，那个警察找自己，到底是公事儿还是私事儿。不管公事儿私事儿，她应该先排除掉公事儿的可能。

怎么排除？只有再去一次藤原宾馆，确认那里的监控录像到底是不是真的坏了。她应该去弄明白，是什么东西出卖了她，到底是监控录像，还是那个迫切想看她露出马脚的女孩。

问题是，万一是公事儿——她会不会已经被人监视了呢？那警察会放过她吗？如果他已经能猜到"敲诈"这件事儿，她要是再去那个宾馆，等于是此地无银。

除非她主动去找这个警察说清楚。

一想起上次在星巴克见面的经过，心都要蹦出嗓子眼儿了。那不是一个很好糊弄的人，再见面绝对不能撒谎。要不然直接去找那个女孩？

两个选择比较了很长时间之后，她决定找这个警察。他上次电话像是从警察局打过来的，找到他应该不难。

她看了看面前宁静的小花园。最危险的也许才是最安全的，必须再赌一把。

想通之后就不能再等下去，必须马上去，赶在对方调查出来之前，她主动交代还说得过去。否则，她再也别想翻身。

2

中午进来时，许璟楠已仔细看过小区的结构。不是很密集的建筑，还有大量的植物，走在里面很舒服。小区中心还包裹着一片水域，应该出自南方人的手笔。

楼以咖啡色为主，三年前的流行色系，有户外网球场、健身房、咖啡馆、餐厅，来往的老外很多。

从她所站的窗口看出去，远处有一队幼儿园放学的小孩，在橙色的柔和光线里穿过园区。

她回到卧室，把最后一批衣服挂进新衣柜。楼下还摆着七八个没拆封的纸箱子。从中午搬家公司放下东西，一直干到傍晚。

本来张铭说等他完事儿了，陪她一起收拾，她又希望他进门就能眼前一亮。她看了看时间，快六点了，张铭应该很快就能完事儿。至少再把客厅收拾出来，必须一鼓作气。

刚过去这一个月，她的生活发生了两个重大变化——和刘欣大吵一架后几乎绝交；搬进了这个三环边儿上的新家。

吵架起因是一周前的早晨，许璟楠听见刘欣在隔壁屋打电话。刘欣在电话里说，稿子还要再多等几天，她现在资料还没准备齐全，最后还开玩笑："上社会版还是文化艺术版还不知道呢。"

许璟楠当时就冲了出去。陪自己渡过难关的好朋友，竟然在偷偷准备一篇张铭的恶意报道？她差点儿就真把张铭给害了。

其实她早有怀疑。张铭提的一件事她一直耿耿于怀——究竟是谁冒充记者给姜燕打电话？

她跟张铭和好当天，到家后，刘欣像往常一样，热情追问细节。在她生病期间，那曾经是很自然很温暖的举动，也许因为她已经选择和真正的张铭站在一起，她对他们之间的事儿有了本能的保护。刘欣那天的关心，听上去更像是打探。

她隐约怀疑姜燕接到的那通电话，可能是刘欣打的。

刘欣有什么理由比她本人更关心这件事儿？找姜燕这种要求她绝对没提过。她一度是有很多不美好的猜测，可从没想过要针对姜燕。

许璟楠没有直接问，也再没透露任何事儿，直到听见那通电话。刘欣起先不承认，后来气急了也交了实话，理由让许璟楠觉得极度震惊——

"你什么时候替别人着想了？你把我的猫放走了是替我着想？你这么自私的人，大半夜偷偷出去找猫，假惺惺陪我贴找猫启事——你当我傻呀！"

因为星光？后面说的才是真正原因。杨霄。刘欣虽然没直说，意思就是怪她一直都吊着杨霄，杨霄才会跟她分手。

许璟楠为星光的事道了歉，至于杨霄，她实在不知道自己有什么理由道歉。你刘欣被杨霄甩了，总不能发泄到张铭头上，这是什么鬼逻辑！

吵到最后她发现了，她这段曲折的爱情真像把剑，把身边所有人的面具都砍掉了。至少当时那个屋里的两个生物，全都以最快的速度丢掉了她熟悉的样子。

那她自己呢？

快七点钟时，她已经把大部分东西归置到位，拖了地，洗完澡，再也坚持不住，倒在沙发上昏睡过去。张铭什么时候进来的都没听见。

看到眼前景象张铭的确有点儿惊讶，完全不是他想象中的满地狼藉。上次去过她自己那个小屋，没觉着她是个很会归置东西的人……当然，新家难免有热情。

他把给她打包的晚饭放到茶几上，看了她一会儿，没醒。给她身上盖了毯子，自己轻手轻脚在房间各处转了起来。

到二楼卧室拉开衣柜门的时候，愣了片刻。她自己的衣服挤在一半衣柜里，还空出很多地方。他看了一眼就赶紧关上。

他也不知道到底在想什么。重压之下，人会做出些奇怪的举动吧？

半个月前和几个人喝酒时，听说有人急着出租一个三环边儿的复式，他立刻说自己感兴趣，自作主张去看了房，很满意，直接交了一年的租金。

两个人报复性地在一起，确实有极大的减压效果。可惜都是在酒店。本就觉得委屈了她，还生怕不够像在偷情，多好的酒店都让人尴尬。况且他也想为许璟楠做点儿实在的事儿。即使他走了，她也可以好好生活下去。

他不愿意把那张卡直接交给她，可他愿意全部为她花了，甚至更多。但钱必须是他亲手为她花的，能保证什么东西的纯洁性？他也不清楚。这样才舒服。

他和姜燕即将去美国的事儿，铡刀一样悬在他顶上。姜燕天天都在跟他汇报进展。她已经订好一个月后飞往旧金山的机票，住处也都安排好了。

他又开始骗她，说已经把钱给了许璟楠，已经彻底分手了。他也知道，重新建立的信任，如果再次崩塌，会是个什么后果。还是那么做了。再骗也不过一个多月。

现在，两边的气泡都被他吹了起来，越鼓越大，到底该怎么收场？回头他又会带着怎样的心情，走进另一个新房子里？

下午策展人提起画展开幕时间，他听着都觉着心慌。画展的结束也等于是他和许璟楠的结束。他也根本不敢跟她说，即便他们天天在一起，也没多少天了。何况不可能天天在一起，总有一天要告诉她。总有一天又是哪天？

　　这几次见面都太不是滋味了。因为好，因为这是一件注定结束的事儿，两个因素彼此交织在一起，双重刺激下他找不到片刻虚度的理由……

　　看到客厅地上还有两箱书和杂志，他闲得无事，过去把书搬出来，摞到书架上。有些普通的书，更多的是大开本的画册、国外的装修杂志。他边整理，边随手翻看，突然有种奇怪的感觉，好像是在收拾自己家的书架——他和姜燕的家。他们的书架上，的确也会出现很多画册和装修杂志。

　　这一点巧合他还从没注意过。许璟楠本身学过画画，又是室内设计师，身上竟然无意中兼容了一些他和姜燕的特点。

　　正觉着有些惊奇，又打开一样东西让他更加惊奇，目光再也无法移开。

　　那是一本红色封皮的绘图本，厚厚一大本，已经用掉大半，每一页上都是许璟楠画的他。同一个角度的铅笔肖像，每张图下面都有日期。不是每天都画，基本上隔几天就会有一张。一个文字都没有，像是用纯图像完成的日记。

　　张铭一张张翻，像被什么东西卷了进去，心情剧烈起伏。第一张是五月份画的，那个日期应该是他们第一次约会完之后。每一次的他，都有些细微不同。各种表情都有，他都奇怪自己什么时候有过那种表情。

翻到他们第一次分手之后的时间，以为她会画出什么恐怖的东西。画面上的他只是看上去更加忧伤而已，色调变得有些沉重……不能说她的技术很好，可他能感觉到每一张画都画得非常专注。专注的目光无声地、热情地跟着他。

快速翻动整本画册时，他几乎可以看见一个动态的自己。一个由她创造的自己，在他看来是有些距离的自己。在看不见他的时候，她就是这么小心地搭着桥……他当然知道她为什么要画。越看越觉得伤心，伤心她太辛苦了，也伤心自己的无能。

最后几张是刚过去这一个多月画的。

他一直在看那几个日期。为什么还在画？这几幅画旁边，除了日期，还出现一些前面都没有过的数字。这些数字又是什么意思？

放下画册，看了看在沙发上昏睡的人，感到了一些全新的东西。他一次次不由自主回到这个困局里，也许就是在回避一个简单的事实——他想跟她在一起。他们完全可以不必这么沉重。是不是他自己想得太复杂了？

她会给他打破僵局的勇气吗？

他心慌慌地朝她走过去，刚坐到沙发边，她猛地睁开眼，起身抱住了他。张铭埋进她头发里，眼泪一下子就下来了。

"你在偷看我的东西?！"她嚷嚷道。

"那些数字是什么意思？"

"我画得怎么样？"

"那些数字究竟是什么意思？"他又问了一遍。她没吭声，像猫一样安静地瘫软在他身上。张铭的心脏跳得厉害，她却很平静。

抱了不知道有多久，他们两个放在茶几上的电话同时响了起来，打破了房间的宁静。他们松开的时候，那两个电话都已经变成了未接来电。

许璟楠看了眼来电显示，笑嘻嘻道："我们一起关机吧！"

说完注意力转向张铭给她打包的饭。

"好。"

张铭正要关机，一条短信跟着就进来了。

张铭看了看那条短信，又看了看许璟楠。

她正把袋子里的打包盒，一样一样摆到茶几上。

"寿司？"她转过脸看着他。

张铭没吭声。

许璟楠愣神儿的空当，张铭把手机砸向他们面前的茶几。

3

"有什么新鲜事儿？"

杨霄把手里一堆零碎扔桌上，拽开椅子，颇有意味看着约他出来喝咖啡的人。此时是晚上八点，星巴克。姜燕面前仍是一杯热巧克力。

姜燕没说话，从包里拿出个透明小瓶子，放到桌上，瓶里有些白色粉末。

"什么东西？"

"氰化钾。"

杨霄坐直了。盯着那个瓶子，既有些吃惊，也有些兴奋。

"胆子不小。"

姜燕苦笑，拿自己的纸杯套扣在了瓶子上。

"今年四月份，这个人突然来北京，找到了我。先是跟我要钱，说他儿子要结婚。我就给了他十万，他当时也答应再不会来骚扰我。没想到，秋天吧，我和我先生在一个拍卖会上，这个人也去了，说想要一幅我先生的画，如果不给，就把我们的事告诉我先生。"

"你们的事？"

姜燕没直接回答，继续讲下去。"我当时很害怕，这么下去，不就没完没了了？他那种人，说话也不会算数，我以后就得一直被他这么敲诈下去。我就动了这个不该动的念头。"

她看着那个被她罩住的瓶子。"这个是多年前从一个特殊渠道弄来的，绝对不是违法途径。我就想跟他有个彻底了结。约他那天中午十二点在宾馆里吃顿饭……"

"所以你提前几天在宾馆里另开了一间房。"

"是。"

"为了确定宾馆里是否有监控录像，你提前设置了一个丢钱包的好戏。"

"是。"姜燕抬起头。

"这么做还有个好处，事发当天，没人会对你的出现感到奇怪，只是把你当成一个普通住户看待。"

姜燕的眼睛里已满是惊叹和恐惧，没想到自己的每一步小心思都被看得如此清楚。她太庆幸自己今天的决定了。

杨霄冷笑。"你继续。"

姜燕重新整理思路。"我带着准备好的红酒，打算吃饭的时候，趁他不注意，把药撒酒里。结果跟我想的完全不一样。吃饭的时候，他一直跟我唠叨老家的人怎么不把他当回事儿。还说什么了，我真没仔细听，光惦记着他什么时候能上个厕所什么的。你要问他那天为什么激动，后来想，他确实情绪激动。我也没往别处想。忽然他就倒地上了，吓我一大跳，可是我本能反应是先把他救过来，因为我的计划还没完成……"

杨霄再次忍不住笑出声。

"这就是全部经过。"姜燕脸微微发红。"我什么都没干，结果反而说不清了……如果我知道他喝点儿酒就能死，也就不必准备这瓶氰化钾了。即使我想杀他，他也死在我动手之前。"

杨霄一直在观察她和那双发抖的手。"最重要的事儿你还没说。"

"他强奸了我。"姜燕又轻又快地吐出这句话。

杨霄再没有更多小动作。

"十几年前，我的初夜，被这个浑蛋……我不能告诉任何人。我先生一直不知道这件事儿，他一直都以为我和他才是初恋，在我心目中也的确如此。卢……那个王八蛋就是用这件事儿威胁我。可是我真的没有杀他。我的确很想亲手杀了他……"姜燕不敢相信自己把这件事儿就这么说了出来，情绪瞬间激动起来。

"我是被他逼得没有办法了！那一礼拜我也快疯了，天天提心吊胆。我也不知道我做了什么孽，总是要碰到这么麻烦的事儿，连个帮忙的人都没有，不知道该找谁商量。我只想好好过日子，为什么总要跟我过不去……"

杨霄靠到椅子背上，表情有些尴尬。"如果就是这件事儿……"

"也许你觉得这不重要，"姜燕抬起头瞪住杨霄，"对我来说非常重要！那时候我刚刚认识我先生，在那之前，我从没指望过我的生活里会出现这么好的一个人，我就没指望过我生活里会有什么好东西……可他就是出现了。我刚以为我从此要走进一个美好的世界，那个浑蛋就夺走了我最宝贵的东西！那么多年过去，还敢拿这件事儿来威胁我——我不该杀了他?! "

她的声音不由自主地升高，杨霄看看四周的人，打了一个安静的手势。"不管怎么样，不该动这个念头。"

姜燕胸口剧烈起伏，盯着面前那瓶毒药。

"我没有选择。"

"你太极端了。别人未必在乎这种事儿。"

"对，他什么都不在乎，我不管发生什么事儿对他都没影响。"姜燕忽然拿起瓶子。"你根本不懂，跟一个不爱你的人生活在一起是什么滋味。我改变不了别人，我只能改变我自己，我只能比别人付出更多。从我见他第一眼起，就知道是这种结果。他还怪我不跟他说，我跟他说什么？我求他看看我为他做了什么？我求他来爱我？"

姜燕在说话过程中，无意识地做了一个可怕的举动——把瓶子里的粉末全部撒进了自己的热巧克力里。

杨霄看得心惊肉跳，赶紧把她的杯子拿到自己这边。

"不难理解。"杨霄回应她。

姜燕看了看杨霄，突然觉着空空荡荡，一句话不想说了。沉默中，她看见杨霄的手正放在他那一串手机挂件上。上面挂了几个卡通玩具，其中有一只蓝色的小鲸鱼。

她突然像被什么东西扎了一下。

"你认识许璟楠？"她下意识地问出了这句话。

听到心中的名字被这么叫了出来，杨霄躲开了她直视的目光，面部表情瞬间变得僵硬，半天接不上话。

姜燕吃惊又愤怒地站了起来。为一件私事儿，她今天说的未免太多了。

4

"这就是你前段时间鬼鬼祟祟的原因？"张铭疲惫地看着姜燕，用全新的目光。

姜燕在床上用被子把自己裹成小小的一条。"要是你实在没法接受，我们可以离婚。"

张铭突然一拳打在了床头。

姜燕吓得坐了起来。

一阵钻心的疼，张铭不知该先顾哪儿的疼。

"我不是说气话，"姜燕看着他的手，也不敢碰，"这种事儿谁都没法接受。我就是个骗子，还是一个想杀人的凶手……我以为永远都不会有被揭穿的一天，还是太侥幸……"

他刚刚明白了很多事儿。

他想起这些年姜燕每次和他发生关系时，身体总是那么僵硬。

很多年前，他想亲她时，她好像非常厌恶，总是把脸转开。他想起自己之前怀疑姜燕去找情人。他想起调侃姜燕不跟他接吻像妓女挨的那一巴掌。他想起三里屯的树荫下，许璟楠的脸上瞬间发生的变化。好像除了他，这两个女人都知道。

他也确实没道理知道。

结合他刚刚听到的这个故事，他现在感觉真是太棒了。姜燕就是有意无意把他塑造成了一个连他自己都吃惊的冷血动物。

看他脸色越来越难看，姜燕神经质地绞着床单。"即使再不想离开你，我也可以接受这个结果。我真的没有任何脸面再求你原谅，我骗了你十五年……"

"姜燕！"张铭叫停了她，凑到她面前，"你跟我说实话，这么多年，你就是把我当成一个傻×吧？"

"说什么呢……"姜燕抓了个靠垫护在自己胸前。

"你说这些不就是这个意思吗？咱们生活了这么多年，在你心目中，我还在乎你跟我结婚的时候是不是处女？你就是这么理解我的？这不是傻×是什么？所以我也不好意思评价你做的这些事儿。我真的不配。你太伟大了！"

姜燕死死盯着他，眼泪冲出眼眶。

"你要是觉得我说这些话很刺耳，那也是你逼的。"张铭越说声音越大。"你还想毒死别人，我是跟谁生活在一起？有那么多次机会你可以跟我说实话，你可以知道我真正的想法，你没有。我一问，你就给我甩脸子。所以我只能理解成，你的确把我当成了一个什么都不配知道的傻×。我说什么好呢？你要总是错误地理解别人，你也只能是干出这些蠢事儿来。我还真不觉得有我什么事儿。

我很想同情你，可我做不到！我今天谁他妈的也不想同情！"

骂完这一通直想哭。

从短信得知许璟楠在找人调查姜燕，他用最粗暴的方式离开了许璟楠。没想到进家门就听见这样的事儿。

他此刻的确觉得自己已经没有一丁点儿感情。当他决定把许璟楠从身上剜掉的那一刻起。

"张铭！"姜燕两眼通红，"你怎么能跟我说这样的话？你配吗？"

张铭嘲讽地看着她。"那我配干什么？和你抱头痛哭？为你的处女膜？"

他说完的一瞬，姜燕抄起床头柜的台灯向他砸了过来。

张铭手忙脚乱躲开了。台灯在他身旁碎了一地。

这一次姜燕脸上没有任何愧疚。"你为什么不问问我为什么会被那个浑蛋强奸？！"

姜燕说完瘫软在地毯上，浑身剧烈发抖，埋在床边大声痛哭。

台灯那声巨响过后，张铭就已经看傻了眼。从姜燕最后那个愤怒的表情里他看到一些别的东西。

"为什么？"

他的声音很轻，姜燕的情绪逐渐平息。房间里安静下来，能听见窗外远处有人走过的声音。

姜燕看了看一地的碎片，坐到床边。"我敢跟你说吗？我刚说这么一点儿，就这个下场。我知道不管我跟你说什么，都是往我自己身上扎刀子。我还想多活几年。"

这些话完全没有停顿，奔涌而出。张铭一愣。这个说法不是第一次听见了，他一直不明白，姜燕为什么宁肯跟许璟楠说，也不和自己说。

他一向以为自己表达力和理解力都不算差。现在两个女人就他得出完全统一的结论。他是刀。看来这房间里让人难以理解的不只是姜燕。

"除了这个事儿，你还有别的事儿没告诉我？"他问姜燕。

姜燕看向他的时候，他把目光移开了。什么东西撞击得他头皮发麻。

"你让我告诉你什么，张铭？"姜燕的声音意外地软了下来。

张铭一时不知如何应对。他到一边拖了把椅子过来，面朝姜燕坐下。

"好。我们今天把话说清楚。"他虽然专注地看着姜燕的脸，却也不是很确定自己能说什么、能听什么。

坐在如此熟悉的女人面前，竟觉得是推开了一扇陌生的大门。这感觉真是太怪了。

"先是吕晓雯，然后是许璟楠，我在哪儿？我真的不知道我在哪儿，我想都不敢想。"

姜燕说的第一句话，他就有点儿受不了。尤其是听到那个陈旧的名字再次出现在他们之间。这么些年，姜燕一直在吃醋？

"哪辈子的事儿你还记着？我跟你说过很多次，是你想多了。"

"我想多了？"姜燕看着他，"你知道卢庆丰为什么会突然找到我们？就因为你拍了那个广告。你为什么要拍？告诉我你为什么要拍？我们这么多年躲得这么辛苦，你居然能拍那么个东西？"

"什么躲不躲的……"张铭惊讶地看着姜燕。

"因为那是给白血病小孩拍的！因为你一直忘不了吕晓雯！是你把狼引到我们的生活里！你觉得你有资格嘲笑我做的这些事儿吗？"

张铭一句话接不上来，紧张地咽了口唾沫。

时间一下子回到了他去青岛之前的那次争吵现场。原来是因为这个，从不发火的姜燕摔坏了他的非洲木雕……如果不是这样，他根本不会遇到许璟楠。

他确实没有从这样的角度去看待过这件事儿。难道真的是因为潜意识里对前妻的内疚，才答应拍广告？他当时怎么没想到会有麻烦？

没等他厘清头绪，姜燕继续用冰冷的声音说道："如果不是你出去乱搞，这个警察根本不会找上我。我不能让这件耻辱的事儿，通过那个女人的嘴告诉你，所以我今天必须主动告诉你，否则，我永远不会让你知道——我永远不会让你有机会像今天这样伤害我！我永远不想知道你能有多自私！"

张铭看着姜燕的眼睛，焦点却完全散乱。这一切究竟是怎么发生的？这么看来，麻烦都是他自找的。他难道是有主动靠近危险的爱好？

当初为什么要答应拍那个广告？又为什么要去招惹许璟楠？他在青岛跳进海水之后，当时是什么感觉？许璟楠没有一句是对的？

一个多月前，他本可以和许璟楠分手，是他舍不得。今天在他们新家，发脾气骂她的也是他，几分钟前想跟她永远在一起的也是他。

当他从短信上得知许璟楠在调查姜燕时，他感到不能遏制的愤怒。除了愤怒许璟楠辜负了他的信任，就没有别的原因吗？到底是什么主导着他这些矛盾的行为？

他有些绝望地看了看姜燕，她选择不说是对的，不然他意识不到自己也度过了多么可怜的十五年。

"听你这么说，我还真觉得我这十几年是个笑话。"他苦笑。"你所有要求我都满足你，你说什么就是什么，我让你过上这么好的生活，我天天回家面对的又是什么？就算我出轨，你想过我为什么会出轨吗？对你来说，我就是画更多的画，赚更多的钱，出更大的名——这些事儿，你觉得我有那么大兴趣？我这么做都是为了谁？最后你还得出我自私这样的结论？"

"你别说大话了行吗?！"姜燕气得胸口剧烈起伏，"你的意思都是我逼你的？你出去乱搞都怪到我头上？你在纽约大街上画画，被警察追得到处跑，那是你想要的生活？你怪我不让你过那样的生活？你怪我不忍心看着你受罪？你怪我牺牲自己成全你？"

张铭被她一句比一句尖利的声调弄得身体直往后撤。"你这么说就没意思了。"

"是没意思。你也知道没意思？"

张铭恼怒又委屈地吼了出来："你听不懂我在说什么吗?！"

"我听不懂！"姜燕比他声音更大，一把推开了张铭。"这世上最没意思的事就是我爱你。"

姜燕戛然而止，慌乱蹬上拖鞋，踢开地上的台灯碎片朝门外走。

张铭一句话也说不上来。

姜燕走到门口又猛地停下，并未回头，问道："你和她分手顺利吗？"

他半天才弄明白这句话的意思。"分了。怎么了？"

"你最好先别急着跟她分手。"

张铭还以为今天不会再听什么奇怪的话了。"你什么意思？"

姜燕不吭声。张铭看不到她的表情。

张铭过去把她僵硬的身体扳过来。"姜燕，你精神还正不正常？你到底想让我怎么样？"

姜燕皱着眉头看着他。"我就是后悔今天和那个警察说的太多，我害怕……不过也可能是我想多了，幸好……"

张铭感到脚底下的地面被突然抽走了。

"幸好什么？"

"我觉得，你至少抽空和她再好好谈谈。"姜燕忧心忡忡地说道。"只要她不要再东查西查了。"

5

听见门铃声，许璟楠终于从地板上站起来。有多久没动了？她看了眼时间，已是夜里十二点。一口东西没吃，站起来才觉着头晕目眩。

杨霄探头探脑地进来，跟着进了客厅。

"刚搬家就被打劫了？"

许璟楠冷冷地瞥了他一眼，没理会他的玩笑，栽回沙发里。杨霄到厨房找了扫把，把茶几旁散落一地的食物残渣和手机碎片清理了。回来默默地坐到沙发另一头。

"这事儿确实有点儿误会。"杨霄心虚地开口。"我调查姜燕真的跟你没关系，他怎么能那么说？他怀疑我是你找的私家侦探？说话还能再难听点儿吗？你需要我去跟他解释吗——不是，我跟他解释得着吗？你也甭跟他废话！"

他仔细看了看许璟楠。"他没把你怎么着吧？"

许璟楠趴在沙发扶手上一动不动。

"我找姜燕是因为之前我跟你说过，宾馆死了个外地游客。姜燕根本就不是去宾馆偷情，她那时就在这个死者屋里，跟这个案子有直接关系。我这正经是公事儿。妈了个……"

杨霄没说下去，盯着空中出神。许璟楠朝他看过来。杨霄猛地站了起来。

"我怎么觉着被人给涮了？她是打哪儿知道我认识你的？"

许璟楠看着他在自己面前走来走去。

"那调查结果呢？"她问。

杨霄刚想把见面经过讲给她，又犹豫了。

"也没她什么事儿。不过我总觉得哪儿有点儿不对劲儿，一时想不出来。可别是被算计了。我他妈每次这么想的时候都是真的。"

"跟张铭有关吧。"许璟楠道。

"你知道？"

许璟楠不知道该点头还是摇头。当她见识了今天这么愤怒的张铭，她也该知道些什么了。

坐在地板上的几个小时里，他临走的几句话一直在她脑子里回旋——

"我们年底就要回美国了，手续和机票都已经办好。其实一个多月前就已经确定了。只是我一时鬼迷心窍……你就离我们这两个可悲的人远一些吧！"

她还第一次听见他把姜燕称作"我们"。她既没哭，也没辩解。安静地听他发泄完，看着他摔门出去。那已经是她的极限。

她谁也不想怪，哪怕是给她惹这个麻烦的杨霄。

杨霄焦虑地点了根烟。"这两口子还真有意思，我他妈现在非常有兴趣。如果这里头还有别的事儿，我今天就真是给人骗了！"

"被姜燕？"许璟楠说出这个名字时，打了个寒战。

杨霄挠了挠头。"你知道，有种人撒谎很高明，他有选择地告诉你一些，绕过重要的部分，说一些次要部分。次要部分可能的确是真实的，他可以说得有声有色，让人误以为他说了全部的实话。也的确没撒谎，只不过，没说的才重要。"

听到这番话，许璟楠震惊之极。杨霄对姜燕的感觉，竟然和她对张铭的感觉完全一致。他说的，正是自己坐在地上这几个小时心里默默聚集的念头——

他说出了前妻的故事，她当时就觉得哪里有些不对劲儿，好像漏掉了一些内容。在那么真诚的张铭面前，她当然不知道是什么。

现在回想，张铭除了质问她是否冒充记者给姜燕打过电话之外，有关前妻的故事里没提过姜燕。这也太不正常了，前妻因自己而死，那是怎么快速又和另一个女人在一起了？

那天他把一切都解释清楚了，唯独在说到那幅画像如何被毁的时候，意思并不是很清晰——"对我来说只能叫发泄"？

他还是没说清楚，那些画究竟是不是他自己毁掉的。之所以解释不清，很可能因为那件事儿牵扯到的不止他一个人。

撒谎的人真是张铭吗？或者，他们俩都在撒谎？

张铭真的向她讲出了全部故事？如果仅仅是一部分，那剩余的部分为什么要隐瞒？

张铭讲述完之后，一个问题就不断冒出来——仅仅是前妻去世，他有必要隐姓埋名远走他乡？有必要见到高中同学那么惊恐？

不太说得通。只不过她当时愿意相信他说的那个故事。她决定相信。

当一个人永远遮住自己的一半，她当然无法看清，她和他之间只会有越来越多的误解。他为什么遮住这一半？直到今天他认为是她找警察调查姜燕，那一半的力量在愤怒的张铭身上完全显现出来。

他们之间真正的障碍早就出现，只是她早早就将其排除掉了。不仅是她把姜燕排除掉了，可能连张铭自己都把姜燕排除掉了。

只有她一直把目光锁在张铭身上，其他人都在帮她寻找答案。刘欣，甚至是杨霄。他们都在把她指向另一个地方，她却早早选择完全相信姜燕。

他拼命遮住的这一部分，就是他在保护的东西。

他保护的就是姜燕。

问题是——他为什么要保护姜燕？

比这更可怕的是，他是不由自主地在保护姜燕。想到这儿，一整天没掉过一滴眼泪的许璟楠，突然痛哭出声。

杨霄给她抽了几张餐巾纸。"真抱歉，我给你搅和了。"

许璟楠盯着纸巾，也不用。"是不是连他自己都不知道，他其实很爱姜燕？"

当她说出这句话时，之前刚刚拼贴好的碎片又重新打乱，旋转。

她早就预见过今天这一刻，可她没想过，这一刻意味着张铭对自己的感情没那么可信，可他为何又一再表现出留意？

　　这是上次让所有碎片黏合在一起的唯一理由，这是她明知是谎言仍选择吞下的唯一理由，现在可好！

　　她快要被那些锋利的碎片击中时，杨霄冷静的声音飘了过来。"我真不是安慰你，世上有些关系，比爱更可靠。"

　　许璟楠收住眼泪，凝神听着。

　　"合作关系？同谋关系？狼狈为奸？因为什么事情互相牵制？"

　　杨霄的每句话都让她胆战心惊，又像沉溺时漂到手边的浮木。

　　现在想想，姜燕和张铭还真是很不般配，这样两个人到底是怎么走到了一起？

　　"张铭在姜燕之前，在贵州还有一个前妻。"她哆哆嗦嗦地说道。"车祸死了，是张铭开的车……"

　　"这么重要的事儿你不早说！"杨霄挑了挑眉毛，消化片刻。"然后就和姜燕在一起了？"

　　许璟楠怔怔地看着杨霄，心里突然翻江倒海。

　　"车祸？"杨霄斜了她一眼，"知道时间吗？"

　　"我只知道，他和前妻是1995年结的婚，1999年和姜燕结的婚，别的就不清楚了。"

　　"你觉得这两个女人中间有故事？"

　　"我不知道。"

　　杨霄看着她傻笑起来。"好家伙！别真让你蒙出一大事儿来。"

　　她心慌地看着杨霄。"会是什么事儿？"

"姜燕以前是做什么工作的？"

"没听他说过。"

杨霄思索片刻。"如果我没猜错，她应该在医院工作过。"

"医院？"

"她是有洁癖吗？"

"很严重。"

"嗯，我见她的时候，发现她很爱擦桌子，控制不住那种。还有她讲起急救常识的那种口吻。还有一点，这个死者以前在医院工作，如果他们是那种关系……"

"到底是什么关系？"许璟楠忍无可忍地看着他，一急拿了根杨霄的烟点上，"我知道的都告诉你了，你为什么不把知道的全告诉我？这样下去我们永远说不明白。"

杨霄看了看她凌乱抽烟的样儿，忍不住笑了出来。"我还指望跟你这个糊涂蛋说明白？"

"姜燕到底跟你说什么了？她跟死的那人又是什么关系？"

"现在不能说。"杨霄道。"不是跟你卖关子，除非我能确定她今天是撒谎，我才可以把这件事儿告诉你，否则，我选择尊重她。"

许璟楠更是一头雾水。

"是……我节操有限，可也不是没有。"杨霄说。

"怎么才能确定？"

"先搞清楚姜燕和这个死者究竟是什么关系。"

"这跟张铭有什么关系？！"

"张铭在这中间起了什么作用，我现在还真说不上来。要先弄清楚姜燕，她清楚了，张铭自然就清楚了。"

"那我怎么办？"

"你怎么办？你陪我一起去确定这件事儿。"

"去……去哪儿？"

"你说呢？你不是想了解这个人吗？所有的秘密都在那个地方。"

许璟楠看着他，几乎能听见自己扑腾的心跳。她就要找到真正的张铭了？她要掀开那个晦涩的答案？还有必要吗？

世上的确可能存在介于爱和不爱之间的关系，那就是他和姜燕的关系。可能也将解释清她许璟楠和张铭之间的关系。

经历过这么多事情之后，她不想再怀疑自己，也不想再怀疑张铭。她相信他们的痛苦、愤怒、爱都是真实的。现在她就想知道，什么东西可以超越这些她所能感到的最大的真实。

只有那个答案可以救她。

"贵州。"说出这两个字之后，心慌完全消失。

杨霄看了看墙上已经指向两点的挂钟，站了起来。"也许等我的案子结了，你的案子也能结了。或者——这根本就是一回事儿。"

第十二章

2011年12月10日　阴

　　的确，所有答案都在姜燕身上。

　　我回来一直在想，姜燕究竟是怎么猜出我认识许璟楠的？我明明有充分的理由去调查她。

　　什么叫关心则乱？我和她的对话，充分体现了这个意思。

　　她敢主动把我约出来，已经有些稀奇了。一个清白的人，急什么？一上来就把一瓶毒药蹾桌子上。我当时的确以为，如此诚意开场，就是打算跟我掏心掏肺。

　　当然，现在我知道了，撇清她和卢庆丰死亡之间的嫌疑，仅是她见我的目的之一。另一个更重要的目的是——她想知道我找她，跟许璟楠有没有关系。

即便我和许璟楠有关系，她堂堂大婆，有什么必要担心？足以说明，她摆到桌上的那瓶氰化钾，还不是她最恐惧的事儿。

背后有另一件更让她恐惧的事儿。

为了保护那件事儿，连氰化钾这种剧毒，都可以被轻松地摆在星巴克的桌子上。她要是不拿出这瓶东西，我还真没办法想到后面那件事儿。

什么叫关心则乱？什么叫欲盖弥彰？什么叫两害相权取其轻？

这种场面可不是天天都能见着。一个人到什么情况下，能做出如此不符合常规的举动？

她说卢庆丰强奸她——这一部分我基本相信是真的。她甚至说了一些她和张铭之间的问题，以此佐证她有足够的动机，为初夜的问题起了杀心。

这个动机真的那么充分？如果她不是在情绪那么失控的情况下，突然质问我是不是认识许璟楠，我几乎认定算是很充分了。

是什么出卖了我？是许璟楠。

当我听一个40多岁的女人说，因为初夜没给自己丈夫，就精心设计了一桩谋杀案之后，非但没有哈哈大笑，反而完全相信这种情感——可以有。

我理解单恋的人有多荒唐。

也许因为共同的处境，姜燕察觉出了藏在我心里的那个人。

那杯子我拿去化验，的确是氰化钾。姜燕就在我眼前做那么危险的动作。

假如让我完全相信她那天晚上的每句话都是谎言，很难。

所以，现在的确变成了我的案子。我必须去弄清楚，姜燕跟她老公之间，到底是不是像她自己说的，感情深到可以支撑她在藤原宾馆度过那荒唐的一周，是否深到可以把毒药撒进自己的杯子里。

幸好我在贵州还有一位老相识，她肯定能帮我前进一大步。

除此之外，我必须保护好许璟楠。

广州那个疯狂车手在撞死两人之后，为什么最后要把车撞烂在高速公路？因为他希望毁灭他先前肇事的罪证——那辆车就是罪证。

一个人极度想掩盖自己的罪行，为了这唯一的目的，可能做出极端荒唐的举动。为了掩盖罪恶，为了真相永不暴露，有时是毁灭物证，有时甚至不惜杀了自己。

当然，走上绝路之前，更可能的是，干掉追踪者。

1

张铭在门口试了半天，门锁已经换了。门把手上还插了几张小广告。

来之前给她打过电话，关机。又发了短信，没回。这个状态持续了两天。

能上哪儿去了？他在门口站了半天，一遍遍拨打她的号码，都是一样的回复。打电话问刘欣，也没接。茫然。

坐在门口等到将近凌晨一点，还是没见她回来。会出什么事儿吗？应该不会，否则没必要换锁。她只是想完全跟他这个人隔绝。

他经常能感觉到她的存在，但今天站在那扇门前的几个小时，他一点儿也感觉不到。

他想起那天在这扇门里看见的那本画册。她还在继续追踪自己吗？他好像已经习惯了被她追踪的感觉。她一失踪，他真有些不习惯。

当这个追踪仅限于他和她之间时，他还觉得是安全的。如果出了这个范畴，他不知道为什么也有种被背叛的感觉。那天会对她发那么大的火，就是因为这个。

他希望她相信自己，可自己又做着完全不值得相信的事儿。为什么会走到这一步？他一再挑衅她，让她把自己逼向更危险的地方？

他知道她并没有停下来。他究竟希望她做什么？

自从上次姜燕那个奇怪的谈话过后，他这些天不知是怎么过的，做什么都没心思，总觉得有样东西在默默地抽干他。

和姜燕一句话没有了，他领教了和她说话的代价。他有太多问题想问她，又一个都不敢问。他知道，已经不可能用过去的任何一种方式和她说话。他突然不会了。

离开许璟楠家门口时，唯一想明白的是，如果他决定再次和姜燕说话，只能意味着他打算全部推翻。

到家时，快夜里两点了，屋里灯还大亮着。姜燕明明听见他进来，还是背着身在客厅里套沙发罩。

张铭站在客厅里，第一次觉着自己家这么大，这么干净，这么漂亮。他看着她的背影，知道这些天困扰的人不仅仅是他。

"你去找她了？"姜燕先转过头，也是满脸憔悴和不安。

张铭看清她的瞬间，还是想赶快上楼。这么熟悉的一张脸，他竟有片刻的恍惚。好像飞驰而过的公交车上快速消失的一张脸。

他强迫自己看着她，试着把这张脸、这个人和自己未来的生活联系在一起。过去是怎么做到的？现在为什么很难想下去？整个人都在跟着失重。

十几天之后，他们真的能当什么事儿也没发生，去美国重新开始生活？

张铭觉得头越发昏沉，过去坐到刚被她套好的沙发上。姜燕手里还紧紧攥着一个靠枕。那么软的一个东西，他看着却觉着心慌。

"她知道了。"张铭梗着脖子说。

"知道……知道什么了？"姜燕手上的青筋凸显出来。

"知道我有个前妻。"张铭看着姜燕的手。"知道有吕晓雯这个人存在。"

姜燕睁大了眼睛，听清楚了，她觉得自己一定是听错了。空白片刻，她软到沙发上。

"谁知道了？"她莫名其妙地问了一句。

张铭没有回答。全身找不出一点儿力量。当他自己说出那个名字，时间就已经粘住了。口干舌燥。好像多年来一直在奔波，最后发现一步也没走出去。

"怎么可能？她怎么会知道？是因为我？因为卢庆丰的事儿？她那个当警察的朋友……他肯定在帮她调查我们……"

姜燕说着忽然清脆地抽了自己一耳光，张铭吓得打了个激灵。再去看她，苍白的脸已经红了起来，这时看着真是非常刺激。他连同情她的力气都没有。

姜燕抬起通红的脸。"她究竟知道了多少？"

"不知道。"张铭抻了抻裤子上的褶皱。"已经找不着她了。

手机打不通，公司也说她请假了，没人知道她去哪儿了。"

姜燕脸色又完全变白。

"也不能把你怎样吧？毕竟……毕竟那些细节都是十几年前的事儿了，我们也把痕迹基本都抹掉了。除非……"她说着说着表情又痛苦地扭曲起来。"我怎么能自作聪明去找那个警察？！他肯定要帮她。"

那也是他和许璟楠真正分开的原因。她也不见了。他突然不确定他今天的尝试能不能成功。那到底该去哪儿？

"怎么办？"

他一问完，向来很有主意的姜燕脸上现出他从没见过的迷惑。他意识到她应该就是这个反应。两个人对视的时候，那个迷惑像什么鬼魅的东西，很快就缠到了张铭身上。

理性分析他和姜燕在一起的原因，从不迷惑的她就是一个好理由。在他不知道该怎么办的时候，她总是能毫不犹豫地给他指明方向。对，他现在完全想起来把他们纠缠在一起的东西。

根本不是他说出来的那些原因，而是现在弥漫在他四周那股没道理的懦弱。

既是他们在一起的原因，也是他们不在一起的原因，更是他们只能以唯一方式相处的原因。他唯一能做的就是不带任何情绪和疑问，和她待在一起。不是她不让他离开，而是他自己不想离开。

能打破这个僵局就是危险。是危险让他复活。他复活，因为他在等待姜燕的复活。他不知道复活之后意味着什么，他只能从自己的行为判断自己对此强烈渴望。

姜燕还是比他更快缓了过来。"你必须找到她。"

张铭窘迫地看着她。"上哪儿找？找到了又怎么样？"

"给她想要的东西！任何东西！"姜燕只是看着他们地下的影子，僵硬地说道。"哪怕是我们离婚，你去找她。如果你不想被她毁了，如果你不想我们被她毁了——"

张铭怕是听见了最荒唐最冷酷的声音。他觉得自己不管朝哪个方向转身都是刀锋。

他实在是转不过来这个弯儿。他一次次努力埋进那个黑暗地带，姜燕又一次次把他推出来。他再没遇见过比这更让他恐慌的解脱了。这就是极限了吧。

张铭闭上了眼睛。姜燕看见他眼角有眼泪流出来，有些不知所措。

"你到底怕她查出什么来？"他问姜燕。

姜燕脸上再没有表情。好像还闭着气。

她什么也没说。张铭知道他也不想听见什么。

就这样吧。他还不知道该怎么对付那个极限，能帮他做决定的人已经全部失踪了。

2

许璟楠站在一个河道旁。贵阳刚下过雨，空气湿润而阴冷。

周围走过一些人，她从他们脸上，看到一些张铭的影子。这是张铭生活过的地方。从没这么近过，也从没这么远过。

她和杨霄这天中午到达贵阳，放下行李杨霄就直奔那个死者家里，就在河道边一排老式平房里。许璟楠已经站这儿等了他快半个小时。她不知道他会带来什么消息。她也没搞清楚他为什么着急来这里。

没多久，裹着深蓝色外套的杨霄，从平房区走出来。看他的表情也大概猜到了结果。

"卢庆丰的东西早都烧了，连张旧照片都找不出来。"他有点儿沮丧。"她老婆也根本不想提她老公。我早该想到，她就算认识姜燕，也不一定愿意承认。何况这么多年以前的事儿。"

许璟楠幸灾乐祸地靠在河边的栏杆上。

"你是没去她那个家，找东西还真费劲儿。卢庆丰N年前就被医院开除了，她和他以前同事也没联系。不过，我已经给她留了电话，如果她能找到电话簿，会给我打电话。还有一种可能——姜燕改过名字。"

杨霄说完自己停顿了，不知道想起了什么。"你怎么不发表下看法？"

"我都不知道你在查什么，发表什么看法？"许璟楠冷笑。"反正你也不听我的。"

杨霄看看她，躲着风点烟。"你还惦记着去贵州师范大学？"

"不该吗？查张铭就不用这么费事了。"

"去也是白去。"

"他在那里念过书，还当过老师，肯定有他以前的同事吧？甚至肯定有认识他前妻的……如果去了，没准儿什么都清楚了，你非要跑这儿来！"

杨霄有点儿不耐烦。"第一，没道理去他学校调查张铭，谁跟你聊啊？我查姜燕那是名正言顺。第二，如果你特别想重温一下你心上人生活过的地方，也等正事儿办完了，我陪你，我们来个'张铭一日游'，如何？"

　　许璟楠被噎得半天不吭声。

　　"先吃饭。"杨霄走到了前面。

　　许璟楠看着他骄傲的背影。"那你正事儿办得怎么样？"

　　杨霄径直前行不理她，许璟楠追上去，突然抽走了他塞在羽绒服侧兜里的笔记本。

　　杨霄转过身，看她正要翻开自己的日记本，脸色大变，伸手把本子抢了回去。

　　许璟楠看他死死攥着笔记本，神情紧张又古怪，像护什么宝贝。

　　"我不能看？"她瞪着杨霄，"你到底查出什么了？"

　　"懂点儿礼貌。"

　　"你既然什么都不跟我说，为什么要带我来这个鬼地方？"许璟楠怒视着他。一到贵阳胸口就被什么东西堵着，已经够难受了。杨霄还总对自己遮遮掩掩。

　　"给我看看你记的东西！"

　　"什么也没记。"

　　她再次伸手到杨霄的身后去抢。两人拉扯过程中，杨霄的手没抓紧，笔记本被甩到了河里。

　　两个人同时趴到栏杆上看。笔记本消失在湍急的河水里，混着河面漂浮垃圾，很快就不见了。

　　许璟楠知道自己做错了事儿，尴尬地瞥了瞥杨霄。"这儿冬天不结冰？"

杨霄默不作声，整个人好像定住了，塌在栏杆上，重心弯向奔腾的河面，不知道在想什么。

"那个本子……本子很重要？"

她问的瞬间，杨霄飞快地抹了一把眼睛，身体跟着从栏杆前移开，朝回去的路走去。

吃午饭过程中，两人情绪都十分低落，没说什么。回到宾馆，午后的时间就默默对着电视里播放的一个香港老电影。中途杨霄接了一个电话，在纸上记下一堆东西，把电视关了，朝许璟楠走过来。许璟楠心虚地坐好，以为他要来说那个本子的事儿。

"知道我为什么对姜燕工作过的地方这么感兴趣？"他说，心情看似已经恢复，"我只是有些猜测——还记得么，你流产那天，张铭送你去医院，刚到医院门口就吐了，最终也没进去。"

许璟楠心头一紧。没想到他会提这件事儿，这是她不多的可以确定的宝贵记忆，她想永远珍藏起来那一晚，永远不让它有被重写的可能，杨霄竟然就这么把它拎了出来。

"因为前妻的事情之后，他再也没碰过车。"她戒备地看着杨霄。"因为我，他那天是多年以来第一次开车。你想说什么？"

杨霄还没开口，眼看着她的两眼已经蒙上一层雾气。他也像看见什么可怕的东西，把目光调开了。"我什么都没说。"

"那他为什么要给我那种错觉？"许璟楠大声问。不知道在问谁。

这就是她之所以那么反感杨霄隐瞒她的原因。她知道她一向跟伤害自己的东西之间有种默契，他知道杨霄就是在围着那个东西打转。他越是不告诉她，她越是心慌烦躁。

"他其实是害怕医院，对吗？"

"或者是一半一半，"杨霄赶紧补充，"有车的原因，也有医院的原因。如果姜燕确实也在医院工作过……"

"因为医院，等于是因为姜燕。"

杨霄叹了口气，不知道该怎么表达好。

"你看，我敢告你吗？刚说一点儿你就开始发挥。现在什么证据都没有，只能叫猜测。人心是很复杂的东西，你不能断定他心里不是装着你，就是装着她。可能他自己都不知道怎么回事儿。"

看许璟楠安静地听他说，他继续。"我是在想，医院这个地方，既是卢庆丰和姜燕产生联系的地方，也可能是张铭和姜燕产生联系的地方。这三个人绝对有着某种关系。所以我会急着先去找卢庆丰老婆了解情况——医院我知道是哪家医院。"

听到这儿，许璟楠觉着后脖颈儿直发冷。

"如果卢庆丰老婆今天没信儿，我原本想着直接去医院调查，难度比较大，只能说试试。不过，现在我们有了一个更好的选择。"

杨霄把茶几上那张便签推到她面前。"这是当年和卢庆丰同时期工作的一个护士长的电话，已经退休了。见到这个人，我们有可能就见到姜燕本人了。"

许璟楠看了看那个号码，抬头看着杨霄。"等等……你怎么知道张铭在医院门口……我生日那天是你把我送回家的？"

杨霄愣了一下，拿起便签。"如果张铭和姜燕是在医院里认识的，没准儿这个护士长知道点儿什么。所以，我今天是一定要去见一下这个护士长。至于你去不去，你自己决定。"

许璟楠有点儿哭笑不得。他就这么生硬地忽略了自己的问题。

"你好像比我还关心张铭和姜燕。"

"对。"杨霄也哭笑不得看着她。"因为我发现，只有这样才能把你们三个人彻底分开。"

3

手机已经响了一个上午。姜燕几次绕过，不知该如何处理，那个响声让她非常心慌，像有什么东西在追赶着她。

看了看时间，已近中午。她决定如果再有一个电话打进来，就去叫张铭起床。

画展正是最脱不开身的时候，张铭没离开过卧室，从昨晚睡到现在。她轻手轻脚来到卧室，张铭一只手搭在床头柜上昏睡。

她故意去抽屉里翻找，想弄出点儿声音，又不敢弄醒他。她别扭地蹲在床前，大声了也不是，小声了也不是。昨天谈话到现在她已经非常怕他。因为她自己的失误，才走到了这一步。她不是在吓唬张铭，她真的可以接受离婚。

她好像就是在期待最严厉的惩罚。如果没有被惩罚，她反而不知道该怎么走下去。

张铭睁开了眼。

姜燕吓了一跳。"你手机一直在响。"

张铭翻了个身，仰面躺着。

"不知道会不会有她打的……我没看……"她小心翼翼地看着他的脸，完全判断不出那表情代表什么。

她觉着自己昨晚在他们之间放了什么东西，正在把他们的生活快速瓦解。这么想让她一阵心痛。

"要不要我去给你煮咖啡，清醒清醒？"姜燕打起精神。"看样子那些人都等着急了……无论如何画展也得办，还有十五天我们就解放了……"

"多少天？"张铭突然坐了起来。

"十五天。"

她回答的时候，张铭拿起床头柜上的台历，正打开的这一页，月末的某天旁边，赫然用圆珠笔写着"旧金山"。他翻回上一个月，仔细看着那些已经失效了的日期。

"不会错。"姜燕道。"你没发现吗？家里每本日历上我都记了。"

张铭完全听不见她的声音，只是全神贯注地盯着上个月那一页，然后呆滞地抬起头，好像在计算什么。

他记得在许璟楠家看的那个画册，其中一张图底下的日期是11月20日。旁边对应的奇怪数字是"49"。他终于知道那些数字是什么含意了，那是他在中国所剩的日子，那是他在她身边所剩的日子。从来没跟她说过他要去美国，她为什么会知道？为什么要做这样的倒计时？如果她早就知道，为什么从没表现出来？

他回想过去的那些天她的种种表现。也许她只是想好好跟他把最后的一个月过完。

那她就更没道理找警察去调查姜燕，是自己错得离谱。

最后分手时的画面，是他决心一点儿信任也不给她。她也并没有争取。他第一次感到这把刀有温暖明亮的力量，他的确是希望她把自己剖开。

如果他真的把自己弄丢了，也是他自己弄丢的。那个美好的虚幻地带，不是他和许璟楠之间的，是他和自己之间的。

有一点她一直是对的，在青岛的海里，他有一瞬间的绝望。如果不是有一只手突然抓住自己，把他惊醒，他那天也许真会把自己溺死。

姜燕从侧面看着他，刚才还肩膀剧烈耸动，眼泪大颗大颗地掉到日历上，过了片刻他突然又笑了起来。

她不仅看不懂这些奇怪的举动，还感到极度不适。

"我去煮咖啡。"姜燕有些待不下去了，径自朝门外走去。

"姜燕——"张铭叫住了她，"是我告诉她的。"

她心里一颤，胆怯迎上他的目光。

张铭一边穿衣服一边说："是我告诉她有吕晓雯的存在。"

姜燕脸上露出难以置信的表情。他说话口气里甚至带出些神气活现，完全不该出自她认识的这个人。她既觉着陌生，也觉着害怕，半天一句话也说不出来，脚步发着飘，继续往屋子外面走，好像想躲开正袭击她的什么东西。

"就走了？"张铭的声音从背后飘来。

这种更加随意的口气让她还是定在了门口，失魂落魄地贴着旁边的墙壁。

"张铭，你这么多年来一直非常恨我吧？你可以直接杀了我，为什么要费这么大的力气？你为什么要用这么长时间？"

"我为什么要恨你？"

"你问我？"

"我问你。"

"你怎么不去问她?!'"姜燕喊道。

"什么意思？"

"你自己已经把答案告诉她了。"

"什么答案？"

"你不知道?!"姜燕突然歇斯底里，"你不知道?! 你装什么装！"

张铭没有吭声。

姜燕崩溃地大笑。"你跟我说你不知道?!"

即便她愿意主动离开他，也想不到他会有这样的背叛。她以为自己这段卑微的爱如果还有一丝尊严可言，就是他们会永远忠于这个秘密。如果还有一丝亲密可言，就是他们会一起死在这个秘密里。

张铭没再说话，转身到更衣室的橱柜里，拿出旅行箱，开始收拾衣服。姜燕听到叮叮当当的响动，半天才反应过来他想干什么，她又完全不知道他想干什么。

张铭又走到卫生间，从柜子里取出一整套旅行装的盥洗用品。

姜燕尾随其后。"你要去哪儿？"看着镜子里的张铭，她完全慌了神。

张铭也不理她，拿了东西从她旁边擦着身出来，来到客厅，把旅行箱里的东西摆放平整，认真地安排位置。过了一会儿姜燕默默出现在客厅，看着他收拾东西。

"你难道不希望我那么做？"她问他。

张铭头也不抬。"在回答你这个问题之前，我也想问问你：我们两个月前就可以去美国，你为什么不答应？"

姜燕茫然地看着他，不知道该怎么回答。

"卢庆丰那个烂事儿，你早可以跟我说，为什么不说？"

姜燕还是回答不上来。

"我在美国那批画，你说你不知道画的是什么——你真不知道我画的是什么？"

姜燕满脸惶恐。

"你知道你为什么要这么做吗？你不是害怕毁了我们，你是正在毁了我们，你渴望毁了我们！要不然，"张铭把旅行箱拉上拉链，"你自己都找不到理由离开我。"

张铭说完悲哀地看了她一眼，拉着箱子从她身边走过。

姜燕冰雕一样戳着，目光安静地跟着他移动的脚步。

"你不是问我为什么会被强奸吗？"

张铭竟然走不动了。

姜燕用不很高的声音轻易抓住了他。"因为你。"

张铭觉着她的声音些异样，心也跟着一阵狂跳。他转过身来看着她脚下的白色地毯，再一点点看上来，姜燕站姿是正常的，表情也近乎温柔，可双手架在胸前，手上不知道什么时候多了一个他剃须刀的刀片。

"姜燕……"张铭全身的血液都退去了，战战兢兢地看着那个刀锋和她皮肤相接的位置，他觉得自己声音再稍大一些，刀片就会切进她的皮肤里，也会切进他的皮肤里。积累了多年的挫败感潮水一般朝他冲过来。

他刚做了这辈子最勇敢也是最正确的决定，难道又要失败了？他刚想从姜燕手里要回自己，难道又要失败了？这样的态势他完全不陌生，好像已经重复过了无数次，只是没有一次是针锋相对在如此毫厘之间。刚刚打开的心完全紧缩起来，他的手从旅行箱的拉杆上缓缓移开，又不敢贸然去抢姜燕手里的刀片。他垂着全无用处的双手傻站在她面前，像过去的任何一天那样。

即便是攀附在一个错误的根基上生长起来的关系，也已经长出一个完整的血管丰富的世界来。这就是时间的杰作。

他为什么会和许璟楠相遇？他就是希望她永远追踪下去。

因为他自己做不到。这么看来，他永远不会有和她合并成一个人的那天。

如果她是另一个自己，也是最遥远的那个自己。

没有什么力量能把时间切开。

张铭艰难地把目光从她手腕移到她的眼睛。对视的瞬间，姜燕原本满是怨恨的眼神突然软弱，在他的目光里化开了。两个人眼睛里都充满了眼泪。刀片从她手里脱落。

"她在贵州。"

"什么?!"张铭惊讶地看着她。

"她往你手机里发了一张照片，"姜燕擦掉眼泪，"我删掉了。"

"什么照片？"

"师大门口。"

张铭一时有些弄不清姜燕的逻辑。既然如此，她为什么之前完全没表现出着急？她不是一直在担心许璟楠查出什么东西来？

"你现在告诉我是什么意思？"

姜燕看了看他的行李箱。"你不就是想去找她吗？"

"我是想去贵州……但我没想去找她，我也不知道她在哪儿。"

"那你现在可以去了。"

姜燕说完，朝楼梯口走去。

张铭看了看墙上的挂钟。

"你想让我干什么？"他觉着一股寒意袭来，看着已经走上楼梯的姜燕一句话空然冒了出来，"晓雯到底是怎么死的？"

姜燕头也没回，冷漠地答道："你希望她是怎么死的，她就是怎么死的。"

张铭看着她的背影，脑子里有片刻的空当，很快又混浊起来。

"我不希望！"他突然感到前所未有的愤怒，朝空阔的房间吼了出来。姜燕的后背跟着一哆嗦。

"我告诉你，我从来都不希望！哪怕是每天没有任何希望地走进那间病房，守着一个永远不可能醒过来的人，尽管我不知道那样的生活该怎么收场，我都要比现在更好受。你不要觉得我说大话，因为你也是这么想的。你用十几年时间告诉我，你就是这么想的。假如那件事真是你做的——我只能说，我们有无数机会爱上对方，可惜这种可能只存在于你做那件事之前。"

姜燕始终安静地听着。听到最后她转过身，疲惫地看着他。

"那瓶氰化钾，当年是给我自己要的，是你让我决定无论如何也要活下去。现在看来，那简直是最坏的决定。如果我当时就喝下去，也许并不比现在更糟。"

姜燕说完关上了卧室门。

4

"植物人？"

许璟楠已经第三次从沙发上站了起来，杨霄又把她拉了回去。到护士长家里才几分钟，她就已经知道了故事的另一半内容。

老护士长又仔细看看张铭的照片。"那时候是长头发。他当时在我们医院很有名，有几年时间吧，他几乎天天去医院。他老婆那个事儿，几乎每个人都听他讲过，一喝多了就找个人讲，怪可怜的。当时送医院来时，男的轻伤，女的只是昏迷，身上还都好好的。结果一检查，刚好头部撞到了要害部位，再也没醒来。"

"还有你们问我的这个护士——周文静，"老护士长敲了敲桌子上几张零散照片，"当年谈没谈恋爱不知道，可有些风言风语，说她喜欢上一个病人家属——就是这个画画的。不过大家也只是猜测。周文静老是往脑科跑。"

许璟楠和杨霄都惊得不知道说什么好。

"这两个人跟老卢又有什么关系？"护士长摘下眼镜，看了看杨霄。

杨霄道："是这样，卢庆丰是在北京死亡的，死亡原因现在还不好说。在贵州好好的，突然死在北京，这个护士周文静也恰好在北京——你知道他们当年有什么过节吗？"

老护士长这才恍然大悟。"你是说……周文静害死了老卢？"

"所以，"杨霄道，"就看您能不能帮她打消这个嫌疑了。"

"那么乖的姑娘？不应该……老卢是有点儿好色，喜欢逗小护士，不过我不记得他们以前闹过多大的矛盾。"

许璟楠对他们的对话完全不感兴趣，人已游离。

为什么张铭只告诉自己车祸，而不愿意说医院这一段？她实在无法理解。这样的掩盖在她看来毫无意义。也就是说，上次张铭跟自己说的那一切，只是缓兵之计，仅仅是害怕她无休止地查下去？他真的是对自己拿出了最凶狠的武器？这一点朦胧的猜测让她浑身都冰了下来。

"老卢的熟人里，会有人希望他死吗？"杨霄问。

"那个植物人……那个车祸是在哪儿发生的？"许璟楠也问道。

听他们两个同时发问，老护士长愣住了。杨霄拉了拉许璟楠，让她别乱插嘴。

老护士长本来态度一直很好，突然有些不悦。"你们真是查老卢的？为什么老问那个植物人？"

她这态度突然转变，杨霄敏感地察觉到些许异样。他瞟了许璟楠一眼。许璟楠已经不敢再吭声。

"真的！"杨霄诚恳地解释，"所以我一上来就问您老卢当年有没有追求过周文静。周文静当时又喜欢的是这个画家，画家老婆又是那么个特殊情况，这里头一定有什么联系。要想搞清楚这些，必须先弄清楚这个画家和他老婆的事儿。"

老护士长似懂非懂点了点头。

"当时我们是市里唯一一家有条件接收这种病人的医院。这个画家呢还特别爱他老婆，又是怪他自己开车出的事儿，说什么也要供着她老婆活下去。他家条件是不错，可家人当时为这个事儿和他断绝了关系。他只好自己出去赚钱，找各种工作，说啥子也要维持老婆的生命。把房子都卖了，那也只够完成第一疗程的高压氧舱治疗。他老婆也算是条件很好的病人，第一疗程结束后，已经有一些无意识动作。可那个治疗费用实在很高，时间太长疗效也不好保证，医院都不建议继续做这种治疗。这画家很犟，还到处拼命工作，赚钱，想做第二疗程。好像也累出啥子病来了，真是可怜。"

"他老婆的生命维持了多久？"杨霄问道。

老护士长的眼神闪烁起来。"有个两三年吧。植物人能活多久，也说不好……不过，对谁来说，都算是解脱哦。"

房间里再度安静片刻。

"我还有一个问题，"杨霄看着老护士长，"如果周文静和当年这个画家结了婚，您会做何感想？"

老护士长想了想。"那不是挺好嘛，总不能老婆死了，就一辈子不结婚呀！"

"医院里会不会很瞧不起这两个人？"

"当年大家也没太当真吧？毕竟谁也没瞧见他们两个怎样。"

杨霄陷入沉思。许璟楠已经听不下去了，显得十分不安。

"植物人的案例我也听说过一些，"杨霄说，"某些情况下，比如家属恳求，有可能给病人安乐死吗？"

许璟楠惊恐地看着杨霄，被这样的猜测弄得毛骨悚然。

老护士长的表情也有些不自然。

杨霄继续说道："我知道这是违法的，但还是有人这么做吧？否则，如果谁都出不起钱，那植物人该怎么办？"

老护士长神情变得有些警惕。"这个我们做护士的就不清楚了。植物人本来也都活不了多久。"

"那我换个问法——这个画家的老婆，吕晓雯，最后是自然死亡吗？"

许璟楠猛地站了起来。"杨霄！咱们到此为止吧！"

杨霄依旧固执地等着回答。

老护士长也站起身，摆出送客的架势。"我虽然退休了，也还拿着医院的退休金，不可能讲医院的坏话。你们要是来查医院的，我无可奉告。"

"跟医院一点儿关系没有。"杨霄忙解释。"我就直接问吧，你手下的那个护士姜燕，噢，周文静——她跟这个病人的死亡有没有关系？"

许璟楠震惊地看着杨霄，浑身都在抖，她知道她已经被带到了故事的最核心区域。杨霄正一点点地刺破那个地带。她不知道的是，为什么她觉得自己也包含在其中。她不确定还有没有勇气听下去。

杨霄关注着老护士长，同时拉住了她冰凉的手。

老护士长表情复杂地坐回了椅子上。

"这个事情确实有点儿敏感。"她压低了声音。"当年发生那个事儿，医院里头也不让提，知道的人并不多，也就盖过去了。所以我害怕你们是查那个事儿的。"

"哪个事儿？"杨霄眼睛里闪烁着兴奋的光芒。

"你问我画家那个老婆是不是自然死亡，有天晚上，治疗病人用的高压氧舱机器故障，起火了，病人被当场烧死。"

许璟楠一惊失手碰翻了杯子，水流了一茶几。杨霄眼疾手快把杯子扶好，擦掉桌上的水。

麻木地看着杨霄的动作，许璟楠意识到，是姜燕主导了这一切。

这是唯一合理的解释，也是唯一可以让张铭解脱出来的理由。

难怪她一直看不清这个故事到底是冰冷的还是温暖的，因为它两者都包含，像那种在废墟上长出来的怪异的花。她也的确见识了它的顽强。

那张铭呢？他知情还是不知情？这对他来说，到底是个温暖的故事，还是个可怕的故事？

房间里一时又陷入沉寂。

杨霄似乎听见了她心中的问题，打破沉默。"病人家属有可能接触到那个机器吗？"

许璟楠听懂了杨霄的意思，愤怒地瞪了他一眼，又什么话都说不出来。她只能承受这么多。张铭的确表现出了同样的恐惧，那些恐惧无数次战胜了他对她的爱。她不知道他是怎么参与其中的，她也不想知道。

没等老护士长回答，许璟楠快速起身，跑出门去。

"哪儿去啊？"

杨霄追到楼道，在电梯口抓住了她。"生哪门子气？"

许璟楠烦躁地按着电梯钮。"你为什么非要引导那个老太太承认是张铭杀了自己前妻？"

"谁引导了？"杨霄惊愕地看着她，"我那是再正常不过的提问。既然连个老太太都可以接受姜燕和张铭结婚的事儿，那夫妻俩为什么会怕成那样？还改名换姓远走他乡？"

许璟楠冷笑一声。"你真是这么想的吗？"

"不然呢？"

"你为什么要拉我一起来贵州？"

"什么意思？"

"你之前为什么要背着我去找姜燕？你真想帮我？你难道不知道张铭一旦知道了，会非常恨我？"

杨霄突然满脸烦躁，大声说道："行了！你不就是想问，我是不是满脑子都是你吗？"

电梯门在他们面前打开了。

许璟楠走进电梯。"你不就是巴不得证明张铭是个十恶不赦的罪犯，好让我彻底死了心？你知道你心里很阴暗吗？"

"许璟楠！"杨霄站到了电梯门中间。

许璟楠疯狂地按着关闭键。瞬间满脸眼泪。

电梯的警报刺耳地在楼道响起。

杨霄看着她，什么也说不出来。他向后退了一步，看着电梯门在面前关上。

5

傍晚，师大校园里人来人往。许璟楠在陌生的园区里安静地漫无目的地走着。

从老护士长家出来，她打车去了贵州师范大学。这是最后一件事儿。

打开手机时，收到张铭五个内容一样的短信。

"你在哪儿？"

最后一条竟然是半小时前发送的。

她不知道该怎么回复。她不知道哪个时空的张铭会向自己走来。或者从今天开始，永远不会再走来。当她抓住了"内疚"的全部含义，当她完全看懂这张画的时候，必须跟他说再见了。

昨天她坐在出租车上路过师大门口，曾经拍了张照片给张铭发过去。夜色下，又坐在车里拍的，照片不是很清晰。他没有回复。

走到操场上，那种透不上气的感觉全部来临。之前那个未解的谜一直保护着她，像阴影一样保护着她，到这时她发现自己已经完全暴露出来。如果再见到他，她真的不知道该说什么。

现在所有的疑问都解开了，必然是姜燕为了帮张铭摆脱痛苦，帮他做了一个艰难的决定。杨霄那个针对张铭的提问必然是阴暗多余的。

她知道无论实际情况如何都是艰难的。要在伤口上建立起新的生活，她知道这不是件容易的事儿。是她的出现无意给他们挑开了这个旧伤。

操场中央是个篮球场，很多男孩在打篮球。她看了一会儿，突然看到对角线有个人正向自己走过来。她以为是出了幻觉。她总是有本事在人群里第一眼就找到他。他曾经就是这样在海边莫名吸引了自己的目光。现在她可以确定那不是因为恐惧。

今天看到这个人，是完全透亮的一个人，也意味着……近乎消失了。为什么会这样？

张铭背着背包，穿过中央的绿地，来到红色的跑道上，也有些惊讶。有种新鲜又轻松的气氛弥漫在她周围，他有些不太习惯，看上去微微紧张。

他停在她面前，终于离得那么近，距离却在悄然扩散。像最初在咖啡馆时那样，辨认什么东西似的端详着她。

从离开家门的那一刻，到飞机上漫长的三个小时，他想象过无数种和她重逢的场景。迈出家门时，他感到完全虚无，只有靠想象与她重逢，他才找到一个可以附着的地方，活力才能一点点灌回体内。他想和她做任何亲密的事情，那种渴望让他从一种软弱流向另一种软弱。

直到这一刻，她真的站在自己面前，和她有关的念头竟然不敢攀附上去，好像企图把自己挂在飞逝的瀑布上面。

两人找了个草坪边的长椅坐下来。天色渐暗，教学楼的灯纷纷亮了。

张铭只敢看着周遭的校园，又不敢完全把自己放进旧日时光里，拘谨地开了口。"这儿完全变样了，一点儿也想不起来曾在这里生活过。"

"是姜燕做的，对吗？"

许璟楠意外地还是问出了这个问题，否则她真的不知道自己坐在谁的身旁，否则她永远不懂欣赏他们之间神奇又易逝的缘分。

张铭看着远处的灯光，怔住了。这个问题竟然从北京一直追到了贵州，从姜燕嘴里跑到了许璟楠嘴里，又或者他们三个人都在追着这个问题打转，从十五年前追到今天。他好像再也躲不过去了。他也真的很想知道自己是怎么度过的。

"医生当时说她有千分之一的概率苏醒过来。"张铭说道。

"我一直没有放弃。每天工作到多晚都要去医院陪她说会儿话。后来我想，那是我人生最绝望又最充满希望的一段时间。为那些永远没有回应的话绝望，又为那千分之一的可能充满希望。这样坚持了将近三年，每次走进医院，来到特别监护室门外，闻着里面的消毒水味道，知道今天也只会像过去的每一天那样，不会有奇迹发生，无数次都想转身走掉。身体的折磨不算什么，折磨人的是那种无望的感觉。可还是要强打精神，害怕错过了她身体的哪怕一点点细微的变化。我想，我应该是第一个看到的人。"

张铭说到这里声音顿时哽咽。许璟楠身体一动不动，眼泪却一直在掉。

"姜燕那时候是医院的护士，每天都会出现在病房，陪我一起照顾晓雯。你知道，照顾一个没意识的人，不光是陪她聊天那么简单，还必须帮她完成很多生理上的……姜燕的耐心让我很吃惊。可我刚开始也只是把她当成个普通护士。发现她喜欢我，是在两年以后的一天，我无意中听说病人餐里并不包含水果，可是那两年我每天房间里都有一个苹果。但也仅限于此。直到出事儿，我没有和姜燕有过任何暧昧。我没资格背叛晓雯，当时也没那个心思。

"你要问我知不知道是姜燕做的——我确实没有亲口跟她提过这种可怕的要求，但是在那段日子我总是找她倾诉，也许就是在向她传达某种信息。这是我这么多年来都不愿去想的事情。如果你不出现，我会一直都不知道。我永远不想知道她是怎么死的。"

"对不起。"

张铭继续梳理回忆。"到第三年，事故发生了。我当时确实以为只是医疗事故，是当班护士不小心。再怎样和医院理论，人也都回不来了。紧跟着我第一次癫痫发作。姜燕每天来照顾我。我知道不该跟一个这种场合下认识的女人发展感情，但当时的心理也非常奇怪，对她有种说不清楚的依赖。事故发生了，不得不说总归是有一些解脱。不是身体上的解脱，而是终于不必每天面对自己的内疚。"

"所以你画了那些画……"

"是。刚到美国时，画的东西都是和这段情绪有关的，非常阴郁。因为我还是接受了姜燕。既需要她，又觉得可耻。我想姜燕也是同样的感觉。下暴雨那天，我一到家，地下室已经进水了，有几幅画已经泡坏了。姜燕一直在家，她完全可以避免这种状况。她跟我说她一觉醒来就是这样，我压根儿不相信。我知道她讨厌我画那些东西，因为她认为那是在怪她，指责她，她认为我一直忘不掉那件事儿。我不知道该怎么向她解释，我也不敢问我前妻那件事儿究竟是怎么发生的。这好像就是我们之间埋下的一个炸弹，我们还必须假装这个炸弹不存在，还要在上面欢声笑语地活下去。到那天我突然觉得很厌倦——这样下去，怎样都没法儿生活下去。为了向她证明我可以忘记过去，我把那批画剩余的全部扔进了水里。"

许璟楠震惊地看着他的侧面。"是你们一起毁的！"

张铭苦笑。"我们两个人就是这么奇怪，我明明为了她才那么做，那也的确是她希望我做的事儿，结果她表现得更奇怪——我一面扔，她一面疯了似的去捞。那个孩子就是这么掉的。最后她还会认为，这个孩子是为我掉的。我的确不能反驳什么，就像我不能反驳她，她是为了帮我才结束了晓雯的生命。你如果没见过什么人靠互相折磨绑在一起，我们两个就是。"

张铭说到这儿便停下了，两个人一时都感到空白。

张铭第一次清楚地意识到，自己和姜燕似乎一直在重复着一件再简单不过的事儿，直到复杂得没法儿收场，直到耗干为止。

天已经完全黑了，校园里的人渐渐稀少。有一阵凉风吹过，张铭看了看瑟缩着的许璟楠，脱下外套裹在她身上。许璟楠感觉到他的热气吹在自己脸上，不敢抬头。

"如果你那天没有跟着我一起下水，我可能再也不想上来。"张铭看着许璟楠剧烈抖动的睫毛。"你在我的画像旁边做倒计时？你怎么知道我要去美国？"

"姜燕告诉我的。"

张铭的手本能地从她身上离开了。"怎么可能？"

"姜燕把发给你航班确认的短信，发到了我的手机里。"

张铭脸上闪过一丝惊恐。"她是很细心的人，不会出这种错。"

"我猜她是故意发错。"

张铭满脸困惑。

"我当时认为，她是在向我炫耀。"许璟楠无奈地说。"现在我不这么认为了。我想，她是向我求助。她不仅不想去美国，她还希望我把你抢走。因为她自己做不到。"

张铭觉得胸口被重重一击。他知道许璟楠说的是对的。只是仔细想一想姜燕当时的心理，又觉得像跌进深渊。他一直认为姜燕是个冷漠的人，现在看来，除了在他面前，姜燕的心可以在任何地方跳动。

"她低估了她在你心里的位置。"许璟楠遥远的声音补充了一句，好像在宣布三个人彻底失败。

沉默中，许璟楠看见远处有个蓝色身影正朝他们走过来。杨霄拎了根烟，晃晃悠悠来到他们跟前。

　　"你怎么知道我在这儿？"许璟楠尴尬地站了起来。不知道他在远处看了多久。

　　"你不就在这儿吗？"杨霄嘲讽地说。他和张铭对视片刻，"我带来一个非常扫兴的消息，说完就走。"

　　许璟楠突然觉着心脏狂跳，看看张铭，又看看杨霄。

　　"那个高压氧舱爆炸的事儿，"杨霄不理会她的暗示，盯着张铭，"不是你老婆干的。"

　　张铭也缓缓站了起来。

　　"我已经打听清楚了，虽然我不知道姜燕那天晚上干了什么，她要不是运气太好，就是运气太差，那天的确是机器故障。事后排查故障时，已经有明确定论，那个状况不是人为造成的。当年有些医院用的氧气加压设备不符合国家标准，没有加湿装备，很容易产生静电火灾，到1999年才有相关规定出台。况且，这么重大的事儿，医院没必要包庇一个护士，如果可以推给一个护士，医院应该非常乐意。"

　　张铭和许璟楠交换了一个眼神，谁都说不出话来，有什么紧密衔接的东西忽然松开了。

　　"说完了。"杨霄看了许璟楠一眼，转身就走。

　　"你别走！"张铭脸上突然有一丝异样，他背起背包，"我走。"

　　许璟楠心慌地看着张铭。

　　张铭走到杨霄面前，向他投去一个感激的眼神。随即把目光转向许璟楠，忍住了眼眶里的泪水。许璟楠不敢看他，背过了身。

张铭最后看了一眼她的背影，快速跑向远处。直到脚步声完全消失，许璟楠腿一软趴在长椅边上。

杨霄安静地坐在椅子上，默默看着她哭。

许璟楠再次抬起头来，四周看了看，再也看不见张铭。她低头看了看自己身上，还穿着他的衣服。

"你为什么说这是个扫兴的消息？"

"因为这个消息会让他们俩彻底分手。"

许璟楠难以置信地坐回椅子。"有一件事我一直不明白，当时他为什么宁肯告诉我，他前妻是被他开车害死的，也不愿意承认是姜燕害死的？他究竟在保护谁？"

"保护他自己。"杨霄道。"表面上是因为他开车他前妻才死的，后来是姜燕帮他把这个罪恶感接了过去。他当然要保护这个秘密，因为在这个秘密里，他是无辜的。他不仅要保护，还要永远跟着这个秘密。只要这个秘密永不暴露，他永远怪不到自己头上。"

许璟楠愣了片刻："我是不是世上最烂的侦探？"

"我也好不到哪儿去。"

两个人都尴尬地笑了。

"大冷天的，回去吧。"杨霄站了起来。"上哪儿吃点儿东西去？"

许璟楠坐着没动。"到底是不是姜燕干的？"

杨霄惊讶地侧过脸，看着她树影下半明半暗的脸，没有直接回答她的问题——

"我也有个问题想问你，你究竟什么星座？"

许璟楠低下头。

"你爸还活着？"

"是。"

"为什么要撒谎？"

"因为我不知道他去哪儿了，我也不知道他为什么要走。"

"现在知道了？"

"在我8岁那年的9月28号，再也没回过家。"

"所以你把那天当成生日。"

"之后我总在做一个梦，梦见他遇到了一个更好的女孩，他在我眼前，牵着她的手离开了。"许璟楠说着站了起来，掸了掸身后的灰。"在梦里，有时候我是那个被他拉走的女孩，有时候，我是留在原地的那个。"

尾 声

"又见面了。"

十几天过后的一个下午，上次星巴克的老位置。

姜燕仍然比他早到。圣诞临近，商场内外一派浓厚的节日气氛。姜燕看了看杨霄扔在桌上的东西。

"换了新的笔记本。"

"好记性。"

姜燕不好意思地低头笑了。杨霄印象里好像还是第一次见她笑。

"我今天找你，是因为我们之间还有一些问题没有解决。"

"卢庆丰的事儿。"

杨霄翻开笔记本的第一页。

"如果不是那天在病房见到张铭，一切都不会发生。"姜燕平静地说了下去。"第一次见他的时候,他已经守在重症监护室里面很久了,他前妻的病房那天刚好让我去照料。

"现在说一见钟情就太虚伪了,我不会轻易对任何人产生感情,他那个样子也很难让任何人一见钟情。当时我只是觉得他实在太消沉了,消沉到每天晚上他离开医院的时候,我都不确定第二天还能不能再见到他。

"起初我要帮他前妻擦身体,他还不答应。他不许别人碰她的身体,每次都是自己来做。我看着他从笨手笨脚到娴熟有序……不知道过了多久,我偶尔会产生一些羡慕的感觉。可能是被他和他前妻之间的那个世界迷住了……那段时间,每天看到他成了最重要的事儿。

"为此我总是让卢庆丰帮我调到病房去值班。祸根是那时候种下的。卢庆丰当年是我们科室主任,手握排班大权。我总是要被他恶心一通,才可能达成愿望。我想,最早发现我暗恋上了张铭的人,应该是他。

"时间久了,我和张铭的话多了起来。我看着他强迫自己一点点适应那个状况,可是谁又真的能适应呢?他到处去找工作,工地、鞋厂,接一些零散的宣传画,没日没夜地工作,赚钱。

"本来很健壮的一个人,很快就骨瘦如柴。两年以后,某天夜里他喝多了来的医院,跟我说了很多。我很难过,也很无能为力,那时就想为他做点儿什么。

"我把平日里辛苦攒下的钱给了他,告诉他,那是医院里每个月都会给特殊病人的补贴。

"到第三年,他已经被折磨得没人样了,我终于下定决心,帮他解除这个痛苦。我知道，以他的性格，这件事儿只会无休止地进行下去，直到把他榨干为止。真到那一天，受折磨的将不再是他一个人。必须有人站出来解决。

"我知道那个高压氧舱仓不是很稳定，尤其在维修后的两天里，那将是一个很好的机会。那两天刚好是安排了别的护士看护，我去找卢庆丰调班。卢庆丰那天比以往更加放肆，对我动手动脚，最后我也只好跑掉了。

"我想着只能夜里偷偷去医院里，找机会下手。第一个晚上，值班的护士从未离开过病房，我没得机会。

"如果第二天仍是如此，就要再等三个月。他那样的身体状况，很难说还能再撑三个月。我必须想办法让当晚的值班护士离开病房一段时间。打听到是谁值班后，下午我给每个人都送了一些李子，包括值班的那位护士。希望这个笨拙的方法能给我一线机会。

"还是给我等到了那个机会——值班护士跑去卫生间之后，我打开了操作控板，慌乱中把所有的按钮都按了一遍。我也不知道会发生什么，想来顶多是窒息而死吧。

"等我跑出医院，才听到里面传来爆炸声。还好，并没有伤到其他人……"

姜燕说到这儿停了片刻。"我这么做是不是很蠢？"

杨霄不知该怎么回答，半天才想起来喝一口可乐。她的声音让周围的现实完全隐匿起来，他好像跟着什么人到了一个忽明忽暗的地方。

"卢庆丰找到我，说要向上级反映，是我导致的高压氧舱爆炸事故，因为我几天前就找他调班，非常可疑。开始我并没有怕他，因为他拿不出证据。直到他说，他也要告发张铭，是张铭指使我杀了他的妻子。

"虽然知道他同样拿不出证据，但是我实在不忍心让那即将到来的美梦面临一丝风险。

"我只好答应与卢庆丰做交易，让他永世不得跟任何人说出此事。在那个惨白的白炽灯下，我的第一次就那样没了。真是讽刺，就在我遇到一生最重要男人的时刻。后来就有了去要氰化钾那件事儿。"

杨霄始终安静地听着，姜燕中间完全没有停顿，像井喷一样。他们都知道，这个故事对他们两个人来说，只会讲一次。

"所以，卢庆丰是用这两件事儿来威胁你的。"杨霄说道。

姜燕点了点头。

"可是我真的不知道该怎么和张铭生活在一起。我只能为他做任何事儿，否则，我感觉不到我和他有什么关系。"姜燕说着无奈地看了杨霄一眼。"也许有的人什么都不用做。"

杨霄知道她指的是谁。

"张铭现在什么情况？"

"那天他从贵州回来，告诉我事情的经过，然后又走了。"

"走了？"

"嗯，不知道去哪儿了。"

"你会去找他吗？"

"真是奇怪！"姜燕笑道，"这个距离对我来说正好。我变回一个人，他变回那个最好的张铭。"

她话音一落，杨霄僵硬地看着她，眼泪突然控制不住地掉下来。

"为张铭，我觉得已经做了很多牺牲，其中最大的，就是牺牲了让他爱上我的机会。"姜燕站了起来。"太辛苦了，是不是？"

"未必。"

她看着杨霄。"谢谢你。"

"谢我什么？"杨霄抹了把脸。

姜燕注视着他没有回答。

杨霄哑然失笑。

姜燕离开座位，穿上外套，朝门口走去。

"还有一件事儿——"杨霄看着她的背影，"你到底怎么知道我认识许璟楠的？"

姜燕正推开星巴克的玻璃门。

门打开的瞬间，圣诞节的欢快歌声，夹杂在冬天的冷风里，一齐冲进咖啡馆。

她裹紧外套，快步走了出去。

2012年6月6日初稿

2012年12月31日第二稿

2013年8月20日第三稿